Cécile Wajsbrot

Nevermore

Cécile Wajsbrot

Nevermore

Roman

Aus dem Französischen
übersetzt von Anne Weber

WALLSTEIN VERLAG

Vorspiel

»Well, we must wait for the future to show«, said Mr. Bankes, coming in from the terrace.

Wir müssen warten, dass die Zukunft sich zeigt, sagte Mr. Bankes, von der Terrasse kommend. Wir müssen sehen, was die Zukunft für uns bereithält, sagte Mr. Bankes, von der Terrasse kommend. Wir müssen darauf warten, dass die Zukunft sich zeigt, sagte Mr. Bankes, als er von der Terrasse ins Haus trat. Wir müssen warten, womit die Zukunft uns aufwartet, sagte Mr. Bankes, der von der Terrasse hereinkam.

Warten wir, was die Zukunft für uns bereithält. Warten wir ab, was die Zukunft ... Nun, wir müssen abwarten, was die Zukunft ... sagte Mr. Bankes, der von der Terrasse kam.

Es war einmal eine Frau, die schrieb, in einer großen Stadt, einer Hauptstadt, schrieb sie das am Meer verlorene Haus, zu dem sie schon lange nicht mehr hinfuhr, und die verlorene Zeit oder vielmehr – das Vergehen der Zeit.

Eine Schriftstellerin, die den Augenblick zu erfassen versuchte, wie sie sagte. Aber auch die Spuren menschlicher Präsenz in der Ewigkeit.

In einem Buch, dessen Titel *To the Lighthouse* ins Französische übersetzt wurde mit *La promenade au phare*, Der Spaziergang zum Leuchtturm. Die Bewegung, die in dem *to* steckt, findet sich im Wort *promenade*, Spaziergang, wieder. Kann man aber eine Fahrt auf dem Meer *Spaziergang* nennen? Werden Spaziergänge nicht eher an Land gemacht? Später werden noch andere Titel hinzukommen. *Voyage au phare*, Reise zum Leuchtturm. *Vers le phare*, *Au phare*, Zum Leuchtturm hin, Zum Leuchtturm.

Alle scheitern ein wenig an der Evidenz des *to*. Können sie nicht wiedergeben. *Die Fahrt zum Leuchtturm*, sagt die erste deutsche Übersetzung. Und eine neuere Fassung, *Zum Leuchtturm*. Das Deutsche erlaubt eine wörtlichere Übersetzung als das Französische, denn es kann die englische Wortkonstruktion nachbilden. Aber das Ergebnis ist kompakt, die Silben sind zu dicht, verglichen mit den luftigen Klängen des Englischen. Vielleicht ist das der Grund, warum in der ersten Übersetzung *Die Fahrt* hinzugefügt wurde, die Entsprechung unserer französischen *Promenade*, aber anders als in Promenade steckt in Fahrt die Idee einer Strecke, die eher mithilfe eines Transportmittels zurückgelegt wird, das auch ein Boot, ein Schiff, sein kann. In diesem Sinn wäre *Voyage au phare*, Reise zum Leuchtturm, die genaueste, auch in der Silbenzahl mit dem leicht-luftigen englischen Titel übereinstimmende Übertragung. Auch wenn »Reise« ein bisschen übertrieben scheint für eine einfache Überfahrt, einen Ausflug. Aber hat diese Reise nicht über zehn Jahre gedauert? Und wer kann die Dauer einer Reise messen? Sie beginnt lange vor ihrem tatsächlichen Beginn und endet erst lange danach – falls sie denn endet …

»It's almost too dark to see«, said Andrew, coming up from the beach.

Mr. Bankes ist nicht die einzige Figur, er ist auch nicht die Hauptfigur, ebenso wenig wie Andrew. Sind sie überhaupt Figuren?

Es ist fast zu dunkel, um noch etwas sehen zu können, sagte Andrew, als er vom Strand zurückkam. Es ist fast schon zu spät, um noch etwas zu sehen, sagte Andrew, vom Strand zurück. Es ist zu dunkel, fast ist nichts mehr zu sehen, sagte Andrew, der vom Strand zurückkehrte.

Zu dunkel, zu spät, um zu sehen, etwas zu sehen. Der vom Strand zurückkam, zurückkehrte. *Coming in, coming up*. Diese nachgestellten *in* und *up* sind wirklich kniffelig. Müssen sie genau wiedergegeben werden? Können sie übergangen werden? Natürlich fügen sie etwas hinzu, und dieses Hinzugefügte ist eine wichtige Nuance. Aber wäre es so schlimm, sie zugunsten des Rhythmus und der Wiederholung wegzulassen? Oder den Unterschied woanders hin zu verlagern? *Venant, revenant?* Hochkam, zurückkam? Und dann, zu dunkel, um was zu sehen – die Zukunft?

Die Dunkelheit bricht ein, es wird Nacht, sie gehen einer nach dem anderen nach Hause.

»One can hardly tell which is the sea and which is the land«, said Prue.

Andrew und Prue gehören der Familie Ramsay an, während Mr. Bankes ein Freund ist. Die Familie Ramsay ist im Zentrum des Romans, vielmehr die Mutter, Mrs. Ramsay. Es gibt acht Kinder, darunter Andrew und Prue, auch James, der Jüngste, der zum Leuchtturm fahren will und dem seine Mutter verspricht, dass sie hinfahren werden, während der Vater ihm sagt, dass es nicht möglich sein wird. Wir werden gehen, sagt die Mutter, falls es nicht regnet. Aber es wird regnen, sagt der Vater. James hasst seinen Vater. Der ganze Hass, den ein Kind auf seinen Vater verspüren kann, verdichtet sich in diesem Gespräch, in der Frage, ob es am nächsten Tag regnen wird. Auf der einen Seite die Mutter, die dem Sohn Hoffnung macht und ihn zu unterstützen versucht, auf der anderen der Vater, der sich an die Tatsachen hält – du wiegst dich in Illusionen, sagt er zu Mrs. Ramsay, es ist offensichtlich, dass es regnen wird. Tatsächlich regnet es am nächsten Tag. Aber für Mrs. Ramsay gibt es etwas Wichtigeres als die Tatsachen, und das sind jene Phänomene, die wolkengleich den Himmel der Kinder durchziehen und die manche Erwachsene sich zu ignorieren bemühen, weil sie die Augen nicht mehr heben und sich nicht von der Erdenschwere lösen können, von jenem Ungreifbaren, das Virginia Woolf in *To the Lighthouse* und in ihren anderen Büchern dennoch zu greifen sucht; so ungreifbar wie die Übersetzung jenes *to* in andere Sprachen. *Al faro*, auf Spanisch. *Al faro*, auf Italienisch. Zu kurz. Im Italienischen lautet der Titel in der ersten Übersetzung *Gita al faro*. *Gita*, Ausflug. Der Sinn ist da, die Anzahl der Silben auch, und trotzdem stimmt etwas nicht. Der Rhythmus vielleicht. *Gita*, die Betonung liegt auf dem Anfang des Satzes, während wir im Englischen erst das Ende erreichen müssen, um zu dem Wesentlichen zu gelangen, wir müssen warten, bis wir am Leuchtturm angekommen sind.

»One can hardly tell which is the sea and which is the land«, said Prue.

Das Meer ist kaum vom Land zu unterscheiden. Was Land ist und was Meer, ist kaum zu unterscheiden. Man hat Mühe zu sagen, was Meer ist und was Land. Es ist schwer auszumachen, was Meer ist und was Land.

Es ist aller Zeiten Anfang. Es hat natürlich ein Davor gegeben, es hat den Tag gegeben, aber nun fängt alles an, fängt alles von Neuem an, in der Nacht. Die Schöpfungsgeschichte. Der Zeiten Anfang. Den zweiten Teil von *Zum Leuchtturm* könnte man als einen Text für sich lesen, man könnte sich ihm nähern wie einer Insel, von der aus zwar die Umrisse der Küste, des Kontinents zu sehen sind, doch was zählt, ist einzig die Erforschung der Insel. Eine Schöpfungsgeschichte. Das Licht von der Finsternis trennen. Die Wasser teilen; die oberen wären der Himmel, die unteren das Meer. Dann gäbe es die Erde. Die *Lighthouse*-Genesis unterscheidet sich ein wenig von der biblischen. Es ist die Nacht, die sich in den Tag einschleicht, und die Erde ist kaum vom Wasser zu unterscheiden. Es gibt keinen Himmel. Eher einen Neuanfang als einen Anfang.

»Do we leave that light burning?« said Lily, as they took their coats off indoors.

»No«, said Prue, »not if everyone's in.«

Lassen wir das Licht brennen? Lassen wir dieses Licht brennen?, sagte Lily, als sie ihre Mäntel auszogen im Haus. Lassen wir das Licht brennen?, sagte Lily, während sie im Haus ihre Mäntel ablegten. Nein, sagte Prue, nicht, wenn alle drinnen sind. Nein, sagte Prue, nicht, wenn alle zu Hause sind. Lassen wir das Licht brennen?, sagte Lily, während sie ihre Mäntel auszogen. Und *indoors*? Warum das Wort nicht beiseite lassen, wenn es doch im nächsten Satz enthalten sein wird?

Übersetzung ist eine ungenaue Wissenschaft, ein immer neu nicht zum Scheitern, aber zur Unvollkommenheit verdammter Versuch. Auf dem Weg von einer Sprache zur anderen stößt das Schiff auf Hindernisse, denen es trotzt oder die es umschifft, auf Wogen oder leicht bewegter See, Strömungen, die tragen, und Gegenströmungen. Es ist eine Überquerung mit einem Ausgangs- und einem Ankunftspunkt, aber das Dazwischen, die Reise und ihre Hindernisse, kennt nur eine Person, die alle Zwischenetappen durchlaufen hat.

»Andrew«, she called back, »just put out the light in the hall.«

Andrew, rief sie zurück, schalte das Licht in der Diele aus. Andrew, rief sie, mach das Licht im Eingang aus. Kannst du das Licht in der Diele ausschalten? In letzterem Fall wäre eine Frage hinzugekommen, aber könnte man nicht das *just* abbilden, indem man den Imperativ etwas (ein wenig zu sehr) abschwächt? Schaltest du das Licht in der Diele aus? Das Licht in der Diele? Jedenfalls geht das Licht aus, die Nacht kann hereinbrechen und die Geschichte beginnen, neu beginnen. Wenn auch nicht ganz.

One by one the lights were all extinguished, except that Mr. Carmichael, who liked to lie awake a little reading Vergil, kept his candle burning rather longer than the rest.

Eines nach dem anderen erloschen die Lichter, nur Mr. Carmichael, der gerne noch ein wenig wach blieb und Vergil las, ließ seine Kerze länger als die anderen brennen. Nacheinander gingen die Lichter aus, aber Mr. Carmichael, der gerne noch ein wenig wach blieb, um Vergil zu lesen, ließ seines länger brennen als die anderen. Oder vielmehr: ließ seines an?

Ein Wachender in der Nacht, von Vergil geführt, denn es braucht einen Führer auf der Schwelle zur Unterwelt, doch wenn Mr. Carmichaels Licht auch etwas länger brennt als die anderen, heißt das, dass auch dieses Licht erlöschen wird.

Zwischenspiel

Promenade – passt dieses unbeschwerte, langsame Wort wirklich zu dem Weg bis hin zu jenem Steg, den man erst erreicht, nachdem man Stufen über Stufen erklommen hat, zu jener über dem Erdboden liegenden Straße, über deren polierte Holzplanken man dann mit einem Gefühl der Sicherheit gehen kann, während unten die Straßen zum Meer hin fliehen ... Gansevoort Street. Peter Gansevoort, ein Oberst der amerikanischen Armee, der im Unabhängigkeitskrieg aktiv an der Eroberung Montreals und Québecs teilgenommen hat. Namen von Schlachten, Dienstränge – Aufstieg in der Hierarchie. Aber ist sein höchster Ehrentitel nicht vielleicht, Melvilles Großvater gewesen zu sein? Ist der Gansevoort dieser Straße, die als einzige der unter der High Line hindurchführenden Straßen einen Namen trägt, tatsächlich dieser Großvater?

Dort oben ist eine andere Welt. Ein paar Meter über dem Erdboden, und alles ist anders. Die Promenade ist mit Bäumen, Rasen und Blumen bepflanzt. Die Pflanzen sind die ersten Emigranten, sie kommen immer woanders her, vom Wind verstreute Samenkörner, die ein Luftzug oder ein Vogelschnabel herbeitrug und dann irgendwo aussäte, wo sie einen Eindruck von anderen Orten vermitteln, von denen sie Formen und Farben einführen und die mitschwingenden Namen anderer Länder. Und während unten jeder seinen alltäglichen Beschäftigungen nachgeht, wird oben auf der High Line gegangen, geredet, nachgedacht. Man erahnt das Bild einer Stadt, die anders wäre, die Zeit hätte, weniger Lärm zu machen, sich weniger Gerüchten hinzugeben – ein Idealbild.

Als Klammer im Furor, Insel abseits eines erbarmungslosen Kontinents, bietet sie Muße, eine Oase – schenkt sie Zeit.

Hat man heute eine Vorstellung von dem Trubel, der herrschte, wenn die Bauern ihre Stände aufstellten, die fliegenden Händler, die Lastwagen, die ihre Ware entleerten, Obst und Gemüse, Geflügel, Eier ... Es war Nacht, vier Uhr morgens, und in den umliegenden Gebäuden wurden Rinder geschlachtet, deren Fleisch man in den gekühlten Räumen aufbewahrte, die seit dem Anfang des 20. Jahrhunderts entstanden waren, und vor Ort in den eigens eingerichteten Lokalen verzehrte. Die Bedingungen dieser Schlachtung hat Upton Sinclair in seinem Roman *The Jungle* geschildert, der in Chicago spielt, aber die Schlachthöfe ähneln sich überall, wie auch deren Sklaven, die sich zu Tode schuften für einen unerreichbaren Reichtum, von dem ihnen mithilfe von Krediten vorgegaukelt wird, dass er zum Greifen nah ist. Das war 1905 – war denn der Mechanismus der Subprime-Krise 2007 so anders als die Maschine, von der die polnischen Einwanderer zermalmt wurden, die nach Chicago gekommen waren, weil sie dem Traum von einem Haus, einem bequemen Leben nachhingen? Der Roman, oder vielmehr sein Erfolg, bewirkte die Verbesserung der Arbeitsbedingungen in den Schlachthöfen und führte zu einer Verkürzung der Arbeitszeiten.

Ein paar Schlachthöfe sind heute im New Yorker Meatpacking District noch geblieben, doch die meisten von ihnen wurden ersetzt durch Restaurants und hippe Cafés, Mode-Boutiquen, Hochburgen des Nachtlebens.

Dem Fluss zugewandt, der sich dem Meer nähert, zeichnet sich gegenüber der gewagten Architektur des Whitney Museums die Pier 52 ab. Von der früheren Anlage ist nichts zu erahnen. Die Mole hat sich verbreitert, und kein Schiff legt mehr dort an. Wozu mag es gut sein zu wissen, dass früher eine 13. Avenue hier entlang verlief, von der nur noch ein winziges Stück übrig geblieben ist, das nur von dort oben, von der High Line aus, sichtbar ist, weil es im Zuge des Ausbaus der Halbinsel Gansevoort und deren sportlicher Einrichtungen privatisiert wurde? Das dem Wasser abgewonnene und dann wieder zurückgegebene, seinem ursprünglichen Zweck entfremdete Land. Die Zeit vergeht, und die Bestimmungen ändern sich. Überall macht sich die Kultur breit, wie einst das Land in die Meeresküsten und -deltas eingedrungen ist, aber ist nicht auch die Kultur, wie jene vorläufig dem Wasser abgerungenen Landstriche, Überschwemmungsgebiet? Der Überflutung, der Auflösung anheimgegeben? Auf diesem Quai übte Herman Melville jahrelang sein Amt als Zollinspektor aus, während er die Geschichte von Billy Budd schrieb, die auf einer wirklichen, einem seiner Cousins widerfahrenen Geschichte beruht. Im Internet läuft die Oper von Benjamin Britten dem Roman von Melville den Rang ab, vermutlich, weil es in jüngerer Zeit Aufführungen derselben gab. Später wird anlässlich einer Neuauflage der Roman wieder auftauchen, wie das 1888 begonnene und 1891 abgeschlossene und veröffentlichte, vielmehr nein, das 1924 abgeschlossene und veröffentlichte Manuskript, das bei einer Nachfahrin des Schriftstellers in einer Brotdose gefunden wurde. Wie in jenen Geschichten von verlorenen Manuskripten, die am Ende des achtzehnten oder am Anfang des neunzehnten Jahrhunderts dazu dienen sollten, die Echtheit der daran anschließenden Erzählung zu beglaubigen, die doch, wie auch die Beglaubigung selbst, der Fantasie des Autors entsprang. Was würde es bringen, zu wissen, wenn man abends die High Line entlangspaziert, dass Melville seine Verwaltungsarbeit unten wieder aufnehmen musste, nachdem der Erfolg von *Moby Dick* verflogen war, dass er aber nicht aufhörte zu schreiben und dass sich unten, an dieser Pier 52, dort, wo das helle Gebäude des Gesundheitsamts steht, oder vielmehr daran angebaut, eine riesige Müllverbrennungsanlage befand, die 1956 verwendet wurde, um die Schriften Wilhelm Reichs zu verbrennen? Sechs Tonnen Papier, sechs Tonnen Reflexionen und Gedanken. Reich wurde für seine Erfindung des Orgons – einer Energiequelle, die sowohl biologisch wie kosmisch sein sollte – und die Veröffentlichung derselben zu zwei Jahren Gefängnis verurteilt wegen illegaler Ausübung der Medizin. Benutzte die Zensur das nicht, um nicht nur die unliebsamen Bücher eines Autors, der die Sexualität ohne den Wandschirm der Moral untersucht, loszuwerden, sondern auch ein ehemaliges Mitglied der kommunistischen Partei, im Amerika der McCarthy-Ära? Wird man auf der High Line, wo jetzt die ersten Lichter angehen, in den Wohnungen, an deren oberen Stockwerken sie vorbeiführt, über die Bücher von Wilhelm Reich nachdenken, die hier zum zweiten Mal verbrannt wurden – das erste Mal geschah es 1935, in dem Nazi-Deutschland, aus dem er zunächst nach Österreich geflüchtet war, dann nach Skandinavien (Dänemark, Schweden, Norwegen) und nach Großbritannien, bevor er über den Atlantik fuhr bis in die Vereinigten Staaten? Auch hier werden andere Sprachen gesprochen, aber von Touristen oder Studenten, die aus Europa oder aus anderen amerikanischen Ländern kommen; illegale Eingewanderte aus Mexiko, den Philippinen oder Mittelamerika würde man hier umsonst suchen – vielleicht verstecken sie sich in den Küchen der hippen Lokale, während die von Pakistani gefahrenen Taxis in der Abenddämmerung in Richtung Flughafen gleiten …

I

Nacht. Alle Lichter sind erloschen, sogar der Mond ist verschwunden, Regen fällt. Doch mehr noch als der Regen ist es die Finsternis, die alles überschwemmt. Die Dunkelheit überfällt das Haus, legt sich nieder, dringt durch die Schlüssellöcher, die Ritzen, rückt vor, schluckt die Blumen, verwischt die Formen, die Konturen, schafft einen vollen, unscharfen Raum, etwas Undeutliches, Fundamentales, aus dem das Leben sich vielleicht zurückgezogen hat.

there was scarcely anything left of body or mind by which one could say ›This is he‹ or ›This is she‹.

Es blieb kaum etwas übrig von dem Leib oder Geist, anhand dessen man hätte sagen können: »er ist es« oder »sie ist es«. Von dem Körper oder Geist war nichts mehr übrig, was es ermöglicht hätte zu sagen »er ist es« oder »sie ist es«. Nichts blieb bestehen von einem Körper oder Geist, woraus sich hätte ableiten können: »er ist es« oder »sie ist es«. Weder Körper noch Geist, weder Mann noch Frau, die Trennungen sind aufgehoben in einer gleichförmigen Nacht. Bleiben noch Menschen übrig? Leben? Ist es vorher? Ist es nachher? Beginnt die Welt jede Nacht neu zu existieren?

Die Inseln vor allem. *To the Lighthouse* spielt auf der Insel Skye. Dorthin sind die Kindheitserinnerungen aus Cornwall verlegt. Gewiss ist Cornwall ein *finis terrae* und es gibt Leuchttürme vor der Küste, auf hoher See. Doch der Leuchtturm steht auf einem Inselchen, das seinerseits vor einer Insel liegt, die wiederum von einer Familie bewohnt wird, die auf einer »Ferien« genannten Zeitinsel Zuflucht gesucht hat; dieses ganze Inselarchipel innerhalb der Inseln verleiht dem Haus, dem Meer, der Nacht etwas Absolutes.

Ich umkreise etwas. Ich bin für oder vielmehr gegen etwas hier. Ich habe im letzten Moment ein Dossier zusammengestellt, wie man es so macht, ohne daran zu glauben, aber doch nicht ganz ohne Hoffnung, habe den vom Schicksal ausgeworfenen Rettungsring erfasst und wenig später die Antwort erhalten. Mein Vorschlag war angenommen worden, die Kohärenz, die ich meiner Idee versucht hatte zu verleihen – Virginia Woolf in Dresden zu übersetzen, einen Text über die Verwüstungen der Zeit in einer einst vom Krieg verwüsteten Stadt –, hatte überzeugt. Fehlte es ihnen an Kandidaten? War es mir tatsächlich gelungen, zwei Dinge, die nichts miteinander zu tun hatten, zu verknüpfen? In einer deutschen Umgebung aus dem Englischen ins Französische zu übersetzen? Eine Erfahrung, hatte ich geschrieben. Die hervorstechende Fremdheit einer Sprache. Gewissermaßen eine Insel zu bewohnen, um in die Insel jener zwanzig Seiten im Herzen des Romans einzutauchen, die *Time passes* betitelt ist. Man kann alles rechtfertigen, wenn man sich Mühe gibt. Der eigentliche Grund meiner Bewerbung war ein anderer, nur war er nicht von der Art, die in die Felder eines Bewerbungsformulars hineinpassen. Und sogar in Dresden tauche ich in andere Wörter ein, die mich zugleich wegbringen vom Kern dessen, was ich zu vermeiden versuche, und wieder hinführen.

Zehn Jahre nach Virginia Woolfs Roman kam ein Film heraus, der ebenfalls auf einer Insel spielte, auf der aber kein Leuchtturm zu sehen war. *The Edge of the World*. Der Rand der Welt, das Ende der Welt. Ein Film von Michael Powell, der auf der Insel Foula gedreht wurde, aber in der Geschichte heißt die Insel Hirta, obwohl die Karte, die am Anfang in Großaufnahme gezeigt wird, mit der Topographie von Foula übereinstimmt. Im Film liegt sie in den Hebriden, während die Dreharbeiten auf den Shetlandinseln stattfinden. Eine räumliche Verschiebung wie in Virginia Woolfs Roman. Dennoch stützt sich die Geschichte von *The Edge of the World*, einer Insel, dessen Bewohner am Ende zu der Überzeugung kommen, dass sie dort nicht mehr leben können, auf die wirkliche Geschichte von Hirta, einer der St.-Kilda-Inseln, die tatsächlich im August 1930 auf die Bitte ihrer Bewohner hin – derer es nur noch 36 gab – innerhalb von zwei Tagen evakuiert wurde. Michael Powell bekam nicht die Genehmigung, auf der verlassenen Insel zu filmen, und so fiel seine Wahl auf Foula, die noch bewohnt war, aber deren Natur, Häuser, Atmosphäre ihm offenbar geeignet schienen, und es war eine Insel, die ebenso schwer zu erreichen war wie Hirta.

Nothing stirred in the drawing-room or in the dining-room or on the staircase.

Nichts rührte sich, weder im Salon noch im Speisezimmer noch auf der Treppe. Nichts regte sich im Salon, im Speisezimmer oder auf der Treppe. Oder im Treppenaufgang. Im Wohnzimmer. In der Reglosigkeit ist merkwürdigerweise die Stille zu hören. Man hält den Atem an. Als wäre da eine Spannung in der Luft. Als wäre der Schauplatz eines Verbrechens beschrieben und es fehlten nur noch der Mörder und sein Opfer.

To the Lighthouse hat keinen Erzähler. Es ist die Autorin, die spricht und nacheinander ihre Personen betrachtet – ihre Figuren. Doch im zweiten Teil des dreiteiligen Romans – wie schwer all diese Wörter wiegen, »Teil«, »Roman«, »betrachten«, angesichts der leichtfüßigen Anmut, der ozeanischen

Flüssigkeit des Werks –, im zweiten, *Time passes*, Zeit vergeht betitelten Teil (aber im Manuskript tragen die Teile keine Namen) gibt es keine Figuren, oder fast keine. Sie tauchen am Anfang wie Schatten auf, kommen die Tür öffnen und das Licht ausmachen, Mr. Carmichael widersteht ein wenig länger als die anderen, indem er im Licht einer Kerze Vergil liest, aber auch er löscht schließlich das Licht. Liest er die *Aeneis* oder die *Georgica*, eher die *Georgica*, und vielleicht jene Passage: »Oder ob du als Gott des unermesslichen Meeres kommst und Seemänner deine göttliche Macht als einzige verehren, das weit entfernte Thule dir dient«, *tibi serviat ultima Thule*, Thule am Ende der Welt, *the edge of the world*; dieser Passage, der *ultima Thule* und deren englischer Übersetzung entnahm Michael Powell den Titel seines Films. Ja, Mr. Carmichael liest vermutlich einen Gesang der *Georgica* und darin die Beschwörung jenes Moments, in dem Tag und Nacht sich gleichen, oder die Beschreibung von Wind und Regen, der Meeresvögel, die sich beeilen, sich flügelschlagend in Sicherheit zu bringen.

– Am 5. Mai 1927 erscheint *To the Lighthouse*. Am 26. April 1986 passiert die Nuklearkatastrophe in Tschernobyl. Nichts scheint die beiden Daten miteinander zu verbinden – ein Buch und die Explosion eines Atomreaktors.

– 1927 gibt es keine Atomkraftwerke, und auch wenn das Radium schon seit einiger Zeit isoliert wurde und seine Radioaktivität entdeckt ist, dauert es noch bis in die fünfziger Jahre, bis die ersten Kraftwerke gebaut werden – zunächst in Amerika, dann in der Sowjetunion, dann in Frankreich.

– Wie viele unter denen, die in dem Atomkraftwerk in Tschernobyl arbeiteten, haben *To the Lighthouse* lesen können? Lässt sich mit Gewissheit sagen, niemand?

– Der Roman ist 1976 ins Russische übersetzt worden unter dem Titel На маяк, was die wörtliche Transkription darstellt, die Präposition weist auf die Bewegung hin, darauf folgt das Wort Leuchtturm – einen Artikel gibt es im Russischen nicht. Es scheint sogar so, als sei *To the Lighthouse* der erste Roman von Virginia Woolf, der ins Russische übersetzt wurde. Es folgt 1984 *Mrs. Dalloway* und dann *Flush* – 1986.

– Welche Gedanken oder Hintergedanken, welche Zufälle werden zu dieser Reihenfolge geführt haben?

– Danach wird man den Zerfall der Sowjetunion, den Zusammenbruch des Imperiums abwarten müssen, um auf Russisch Zugang zu den *Wellen*, zu *Orlando* und *Zwischen den Akten* zu bekommen.

– Tschernobyl und der Leuchtturm – neunundfünfzig Jahre Abstand.

– Der Test wurde in der Nacht vom 25. auf den 26. April 1986 gemacht, es ging dabei darum, das Notkühlsystem zu testen, dessen Fähigkeit, den Reaktor bei Stromausfall betriebsfähig zu halten.

– Um 1 Uhr 23 Lokalzeit beginnt der Test. Im Reaktor steigt die Temperatur, und es genügen vierzig Sekunden, damit er explodiert, genauer gesagt ist es eine Betonplatte, die birst. Ein Gewicht von 1200 Tonnen fällt auf den Reaktor, zerschlägt ihn, während ein Brand sich ausbreitet.

– Eine Reihe von Irrtümern, Nachlässigkeiten, Fehlentscheidungen kommt hinzu. Man handelt spät, versteht nicht sofort – will nicht wissen.

– Der Unfall – man nennt es zunächst Unfall oder Wolke – wird zuerst von Schweden gemeldet und am Abend von der Sowjetunion bestätigt.

– Aber das Ausmaß der Katastrophe lässt sich, wie bei allen Katastrophen, erst im Nachhinein ermessen.

Certain airs, detached from the body of the wind [...] crept round corners and ventured indoors.

Manche vom Leib des Windes abgetrennten Lüfte krochen um die Ecken, wagten sich ins Hausinnere. Vom Körper des Windes abgelöste Luftzüge schlichen in die Winkel und wagten sich ins Haus hinein. Ein Lufthauch löste sich hier und da vom Wind, umkurvte die Ecken, wagte sich ins Hausinnere vor. Nichts davon ist befriedigend und insbesondere: Wie lässt sich *crept round corners* wiedergeben? Sind diese *corners* Ecken in Zimmern oder außen, was das letzte Wort des Satzes zu suggerieren scheint, *indoors*? So folgt der Satz der Bewegung der Brise, des Windes, der draußen weht, während einer seiner Nebenflüsse – da doch der Wind einem Fluss ähnelt – in die Winkel hineinbläst und ins Hausinnere dringt. Das ist es, das sich ins Hausinnere vorwagt, eindringt. Das Geschehen ist nicht sukzessive, sondern gleichzeitig. *Ventured indoors* weitet, vervollständigt, erklärt *crept round corners*.

from the body of the wind (the house was ramshackle after all).

vom Körper des Windes (das Haus war ja verfallen). Vom Leib des Windes (denn das Haus war verfallen). Durch die verrosteten Scharniere, durch die von der Meeresfeuchtigkeit verformten Holztäfelungen dringen Luftzüge ein. Der Wind, die Lüfte, die Brise bringen Bewegung in dieses offenbar verlassene Haus – wenigstens ist es verfallen. Vielleicht gibt es noch Bewohner, denn manchmal glaubt man, ein Gebrumm zu hören, man meint, eine Hand zu sehen, die etwas ergreift, aber vielleicht ist es nur eine Illusion, eine Gewohnheit, die Unmöglichkeit, sich ein Haus ohne Bewohner vorzustellen. Jedenfalls scheinen die Luftzüge das einzige Leben im Innern darzustellen, und sie nehmen die Dinge in die Hand, wenn man so sagen kann, sie sinnen nach (*musingly*), befragen die Blumen und jene Im-Stich-Gelassenen, die den Inhalt des

Papierkorbs ausmachen, die zerrissenen Briefe, und die Blumen, und die Bücher … Alles wird ihnen dargeboten, und die Seiten öffnen sich, wenn sie sie streifen. Und sie stellen die Frage …

Were they allies? Were they enemies?

Waren sie Verbündete? Waren sie Feinde? Der Krieg zeichnet sich ab – ohne seinen Namen zu sagen.

Donnerstag, 5. Mai 1927. »Das Buch ist erschienen. Es wurden (glaube ich) 1690 Exemplare vor Veröffentlichung verkauft – doppelt so viel wie bei Dalloway. Doch schreibe ich im Schatten der Dunstwolke der Kritik im Times Lit Sup., ein genaues Abbild der Kritik von Jacob's Room und Mrs. Dalloway, höflich, nett, schüchtern & die Schönheit lobend, zieht sie die Figuren in Zweifel & lässt mich leicht deprimiert zurück. Time passes macht mir Angst. Der Gedanke, man könnte das Ganze schlaff, oberflächlich, fade, sentimental finden.

[…] Ich weiß, warum ich deprimiert bin: die schlechte Angewohnheit, mir die Kritik vorzustellen, die ich gerne hätte, bevor ich die lese, die ich bekomme.«

In den darauffolgenden Tagen geht es besser. Es gibt erste Reaktionen, wonach dieses Virginia Woolfs bestes Buch sei. Sie merkt allerdings an, dass noch niemand das Buch bis zu Ende gelesen habe, es sei zu früh, wobei sie zugibt, dass positive Kritik keinerlei Wirkung habe, negative aber geradezu stimuliere. Und dann, zehn Tage später – am Montag, dem 16. Mai – ist die Anerkennung da. Ein Konzert privater Lobgesänge, Vanessa, Vita, Lady Ottoline Morrell, Clive Bell …

Zwei Wochen später liegt sie mit starken Kopfschmerzen im Bett. Wiederaufnahme des Tagebuchs am Montag, dem 6. Juni, einem Pfingstmontag.

»Dabei glaube ich, dass ich fast eine etablierte Figur bin – als Schriftstellerin. Sie lachen nicht mehr über mich. Bald werden sie mich als eine Selbstverständlichkeit betrachten. Vielleicht werde ich eine berühmte Schriftstellerin sein. Jedenfalls ist *To the Lighthouse* viel näher am Erfolg, im gängigen Sinn des Wortes, als jedes andere meiner Bücher.«

Auf den Straßen bewegen sich die Körper aneinander vorbei, die Namen bleiben stumm, doch tief im Innern eines jeden von uns schlummert etwas Gemeinsames, das nur darauf wartet zu erwachen. Ein Unbekannter läuft an einem Unbekannten vorbei und ihm kommt ein Gedanke, von dem er nicht weiß, dass der ihm Entgegenkommende ihn vor ihm hatte, dass er vom einen zum anderen übersprang und seinen Weg fortsetzen wird zu jemand anderem und so fort, die Straße hinunter, dann links abbiegend bis zu einer Kreuzung, wird er sich vervielfältigen, sich in den verschiedensten Köpfen niederlassen und sich nach und nach nicht nur tief in ihrem Geist festsetzen, sondern auch Ausdruck finden, er wird Wort werden, er wird ausgetauscht werden, sich ausbreiten und als etwas Offenkundiges, Banales gelten.

Ich bin woanders, in einer anderen Stadt, einem anderen Land. Die Sprache meiner Gedanken ist nicht die hier gesprochene. Sind wir definitiv undurchlässig? Werde ich nie etwas von dem Innenleben erfahren, das sich hier abspielt? Werde ich als Silhouette, wie ein Schatten vorübergehen, von allen unerkannt?

Am 4. Dezember 1976 starb Benjamin Britten in einer kleinen Stadt in Suffolk – an der Ostküste Englands – mit Namen Aldeburgh. Aldeburgh bewahrt noch Spuren eines Dorfes, das unmittelbar an der Küste errichtet worden war, Slaughden, dessen wenige Häuser sich gefährlich dem Wasser näherten, oder vielmehr waren es die Wassermassen der Nordsee, die allmählich die Distanz verringerten, bis diese Häuser den Strand erreichten und schließlich, am Ende ihres Wettlaufs, bei einem Sturm, der stärker war als die anderen, von den Wellen verschlungen wurden. Slaughden gibt es nicht mehr, und Aldeburgh bewahrt die Erinnerung daran – die Reste eines zu Beginn des 19. Jahrhunderts errichteten Turmes, der die Küste befestigen und vor einer möglichen Invasion der napoleonischen Armee schützen sollte. Mehr als zweitausend Kilometer entfernt, jenseits der Meere, irgendwo in Estland, erschütterte dieser Tod einen Menschen ganz besonders. Einen Komponisten. Arvo Pärt. Im folgenden Jahr entstand ein Werk mit dem Titel *Cantus in memoriam Benjamin Britten*. Etwas mehr als siebeneinhalb Minuten Musik und Stille, die mit drei Glockenschlägen beginnen, mit der Totenglocke. Der Streicherpart schwillt an, während die Glocke weiter läutet, bald unter einem Teppich von Streichern ertrinkend, bald einsam sich abhebend, mit der Trauer breitet sich die Möglichkeit einer Beruhigung, eines Trostes aus, auch wenn die Wellen weiter anrollen, repetitiv, versetzt wie in einem Kanon, und – vielleicht – die in jedem Augenblick spürbare Eintönigkeit des Verlustes übersetzen. Er habe gerade Benjamin Brittens Musik entdeckt, schreibt Arvo Pärt, habe soeben erst seine Bedeutung an sich und für ihn persönlich ermessen, die Reinheit, er habe eine Verwandtschaft entdeckt und gehofft, diesem Menschen eines Tages zu begegnen, trotz der Entfernung und der politischen und behördlichen Hindernisse – die für Reisen in den Westen nötigen Visa –, und nun mache die Meldung seines Todes diese Hoffnung endgültig zunichte.

Je nach Konzert ist es eine einfache Glocke, die mit einem Hammer geschlagen wird, oder ein Glockenspiel, dessen Metallrohre sich herabneigen wie die Äste einer Trauerweide und dessen Gesamtform einem in einem Baum hängenden Xylophon ähnelt. *Cantus* – der Gesang erhebt sich und senkt sich wie das Bewusstsein eines Verlusts. Man denkt daran, denkt nicht mehr oder besänftigt daran, erinnert sich schmerzlich. Der Kummer ist keine unendliche Ebene, sondern eine Reihe von Hügeln und Tälern, es ist ein Auf-und-Ab, das allmähliche Bewusstwerden der Katastrophe. Die Abwesenheit richtet sich ein, gräbt sich ein, wie das Meer hartnäckig, unaufhörlich den Strand formt. Sie ist es, die uns am Ende besiegt.

Tintinnabulation – so definiert Arvo Pärt einen Teil seiner Musik, wobei er ein von Edgar Allan Poe in seinem Gedicht über die Glocken geschaffenes Wort wieder aufnimmt, das den anhaltenden Ton nach dem Anschlagen der Glocke bezeichnet. Die ersten Glocken sollen im dritten Jahrtausend vor unserer Zeit, vielleicht schon früher, in China aufgekommen sein. Auch in Ägypten und in Mesopotamien gab es Glocken. Überall wurden sie als Versammlungssignal genutzt. Waren es zuerst Nutzgegenstände oder Musikinstrumente? Sollte beides vielleicht gar nicht zu trennen sein? Es brauchte Zeit, bis die christliche Religion die Glocken übernahm, deren Verwendung sie zunächst mit Heidenkult in Verbindung gebracht hatte, doch im Laufe der Jahrhunderte gelangten diese in einen Turm, der fortan untrennbar mit Kirchenarchitektur verbunden ist. Die Glocken rufen zum Gebet, markieren aber auch die nichtkirchlichen Stunden, zeigen den Bauern an, wann es Zeit ist aufzustehen, eine Arbeitspause einzulegen, zu Bett zu gehen. Sie kündigen ein Gewitter an – und hoffen, ihm Einhalt zu gebieten –, einen Schiffbruch, das Ablegen eines Schiffes, die Ankunft einer wichtigen Person oder eines Zuges. Sie begleiten den Übergang vom Leben zum Tod (es gab ein Läuten, das den Todeskampf bedeutete), Trauerzeremonien, Hochzeiten, sie markieren den Anfang einer gerichtlichen oder parlamentarischen Sitzung oder einer Lehrveranstaltung. Jedes Mal haben sie eine andere Form, einen anderen Klang, einen anderen Gegenstand. Die Glocken verleihen den Jahreszeiten unseres Lebens einen Rhythmus, wie Edgar Allan Poe in seinem Gedicht sagt, von der Fröhlichkeit des Frühlings bis zum Schrecken des Todesgeläuts. Heute sind sie weniger oft zu hören, man begegnet ihnen eher in Erzählungen von versunkenen Städten (wo sie das unmittelbar bevorstehende Eintreffen einer Katastrophe ankündigen) als im Alltag der Städte oder in einem abendlichen Konzert.

But what after all is one night?

Aber was ist schon eine Nacht? Eine Nacht, nicht im Sinne von: Gegenteil des Tages, sondern eine zählbare Nacht. Eine einzige. Eine Nacht im weiten Raum der Zeit. Ein winziger Punkt. Da ist dieser besondere Rhythmus. *But what after all is one night?* Woolf hätte auch schreiben können *but what is one night after all* – tatsächlich folgt *after all* meistens auf das Verb. Hier ist es jedoch der Rhythmus, der den Satz skandiert und über den Platz der Wörter entscheidet. Der Rhythmus ist das Wesentliche beim Schreiben, sagt sie irgendwo. Es wird Nacht. Im Winter dehnt sie sich aus. Die Nacht folgt auf die Nacht. Und in dieser Welt aus nackten Bäumen, die auf die Pracht des Herbstes folgen, ist der Seufzer einer Menschheit zu hören, die die Welt noch nicht ganz aufgegeben hat.

The autumn trees, ravaged as they are, take on the flash of tattered flags kindling in the gloom of cool cathedral caves where gold letters on marble pages describe death in battle and how bones bleach and burn far away in Indian sands.

Die Herbstbäume in ihrer Versehrung, versehrt wie sie sind, im Zustand der Verwüstung. Die Herbstbäume in ihrer Verwüstung fangen den Glanz der zerrissenen Fahnen ein, die in der düsteren Kühle der Kathedralenschiffe auflodern, wo goldene Lettern auf Marmorseiten den Tod im Kampf, den Tod auf dem Schlachtfeld beschreiben. Wo in goldenen Lettern auf Marmorseiten der Tod im Kampf und die verblassenden Knochen beschrieben sind, die fernab im indischen Sand verbrennen. Die herbstlichen Bäume fangen ihrer Versehrung zum Trotz den Glanz der zerfetzten Fahnen ein, die im kühlen Dunkel der Kathedralenschiffe aufleuchten, wo sich in goldenen Lettern auf Marmorseiten der Schlachtentod einschreibt, und die Knochen, die verbleichen und verbrennen im fernen indischen Sand.

In der menschenleeren Winter- oder Herbstlandschaft – einen Sommer oder Frühling gibt es nicht – ist die einzige menschliche Präsenz die des Krieges. Die Menschen sind da, um zu sterben, und nicht, um zu leben. Was lebt, ist die Erde, und es ist vor allem das Meer. Die Menschen sind nicht wirklich verschwunden, das ist es nicht, oder noch nicht. Aber sie sind nicht mehr das, worum es im Wesentlichen geht, sie sind nicht das Subjekt, sondern das Objekt des Satzes. Sie stehen nicht mehr im Nominativ, sondern im Akkusativ. Die Bäume – Subjekt – fangen den Glanz der Fahnen ein – Akkusativobjekt und Spur einer menschlichen Präsenz. Der Krieg – *the nights now are full of wind and destruction* – ist gegenwärtig, ohne seinen Namen zu sagen. Die Nächte sind jetzt voller Wind und Zerstörung. Zwar brechen sich die Wellen am Ufer, aber ihre Bewegung, so heftig sie sein mag, zerstört nicht oder noch nicht. Es ist der Lauf der Dinge. Sie branden an und ziehen sich zurück. Doch wenn jemand in der Nacht von dem Lärm, dem Rumoren aufwacht und an den Strand geht, um dort entlangzuspazieren wie in Friedenszeiten – am Tage oder in der Abenddämmerung – und eine Antwort auf existentielle Fragen zu suchen, wird er keine finden. Weil es Nacht ist? Weil Krieg ist? Weil sie nicht zu finden ist?

Arvo Pärt ist nicht der Erste, der Glocken in ein Musikstück aufgenommen hat. Im fünften Satz der *Symphonie fantastique*, der *Songe d'une nuit de sabbat*, Traum einer Sabbatnacht, überschrieben ist, lässt Berlioz kurz vor der dritten Minute ihr charakteristisches Läuten ertönen. Der Satz beginnt sanft, aber etwas bahnt sich an, und die Pauken unterstreichen die paradoxerweise von der Leichtigkeit der Streicher geschaffene Unruhe – durch plötzliche Rhythmusänderungen. Dann kommt die Glocke, ein paar einzelne Schläge und ihr Dialog mit dem Horn. Eine Ankündigung des Schicksals. Sie ist zu hell für eine Totenglocke, kündigt jedoch merkwürdige Ereignisse an, bevor sie verstummt und die Sabbatnacht sich ausbreiten lässt.

To the lighthouse – Mrs. Ramsays Tod wird in Klammern mitgeteilt. Die Figuren haben nicht mehr die Kontrolle über den Roman, erst im dritten, *The Lighthouse* betitelten Teil werden sie sie wiedergewinnen. Es sind die Elemente, die handeln, vor allem das Meer und der Wind, es ist das Haus, das im Mittelpunkt steht, und der beste Beweis dafür sind die paar Zeilen, mit denen das dritte kurze Kapitel von *Time passes* endet, von der vergehenden Zeit, wenn man das ein Kapitel nennen kann, eher eine Vignette, ein Prosagedicht.

[Mr. Ramsay, stumbling along a passage stretched his arms out one dark morning, but Mrs. Ramsay having died rather suddenly the night before he stretched his arms out. They remained empty.]

Wie übersetzen? Der Satzbau ist verwirrend. Mr. Ramsay, der in einem Gang gestolpert war, streckte an einem düsteren Morgen die Arme aus, doch da Mrs. Ramsay in der vorhergehenden Nacht plötzlich gestorben war, streckte er die Arme aus. Ins Leere. Er streckte die Arme aus, aber er streckte die Arme aus. Sie blieben leer. Die ins Leere gingen. Die leer blieben. Mr. Ramsay streckte, im Gang stolpernd, an einem dunklen Morgen die Arme aus, aber da Mrs. Ramsay in der Nacht zuvor plötzlich gestorben war, streckte er die Arme aus. Die leer blieben. Warum kennt das französische Verb *mourir* kein Partizip? Warum muss man, wenn man ein Partizip braucht, das Verb *décéder* verwenden? *Mrs. Ramsay ayant* décédé *la nuit précédente. Étant décédée dans la nuit*. Das hört sich nach Todesanzeige an, während das Original viel natürlicher klingt. Zurück zu *étant morte* … Jedenfalls bleibt das eigentliche Problem – das »aber«. Er streckte die Arme aus, aber er streckte die Arme aus. Und dann der Punkt danach, der Satz hört auf und lässt diesen Widerspruch stehen. Ist es ein Tippfehler, der seit der Originalausgabe übernommen wurde? Eine sich ausdehnende Unachtsamkeit? Der Wille, einen Bruch darzustellen? Ein Zeichenfehler, also ein Punkt statt des zu erwartenden Kommas? *but, Mrs. Ramsay having died rather suddenly the night before, he stretched his arms out, they remained empty*. Man möchte sogar noch ein *and* hinzufügen, *and they remained empty*. Aber da ist kein *and*, und da ist ein Punkt. Das Rätsel bleibt bestehen in dieser Klammer, die zu bedeuten scheint, dass der Tod von Mrs. Ramsay, die doch die zentrale Figur im Herzen des Romans ist, ein zufälliges Ereignis wie viele andere ist, ein Zwischenfall auf dem Weg zum Leuchtturm (insofern der Titel im Grunde die physische und geistige Strecke anzeigt, die zum Leuchtturm führt). Doch durch die Merkwürdigkeit des Satzbaus führt die Klammer dazu, dass man innehält oder vielmehr stolpert, wie Mr. Ramsay über diesen Tod. Die Kommata nach *but* und *before* wurden nach der Erstausgabe hinzugefügt. Warum, da sie doch nichts weiter ändern und den Satzrhythmus zerstören? Die amerikanische Ausgabe von 1930 – die erste englische stammt aus dem Jahr 1927 – unterscheidet sich leicht und präsentiert diese Passage in einer unmittelbar verständlicheren Form. *Mr. Ramsay, stumbling along a passage, stretched his arms out one dark morning, but Mrs. Ramsay having died rather suddenly the night before, his arms, though stretched out, remained empty.* Hier stolpert man nicht mehr. In einem Gang stolpernd streckte Mr. Ramsay an einem düsteren Morgen die Arme aus, doch da Mrs. Ramsay recht plötzlich in der Nacht gestorben war, blieben seine ausgestreckten Arme leer. Der Satz bewegt sich ohne jede Störung voran und erreicht sein Ende ohne Hindernis.

Ist das wirklich, was Virginia Woolf gewollt hat? Sie, die doch unablässig auf diesen Teil des Buches zurückkam? 18. April 1926 – ein Sonntag. »Gestern habe ich den ersten Teil von To the Lighthouse fertiggestellt & heute den zweiten begonnen. Es gelingt mir nicht – diese Passage ist die schwierigste, abstrakteste –, ich muss ein leeres Haus wiedergeben, keine menschlichen Charaktere, das Vergehen der Zeit, alles blicklos und ohne Merkmale, nichts, woran man sich halten kann: Ich stürze los & sofort ergießen sich zwei Seiten. Ist das Unsinn, ist es brillant? Warum bin ich voller Wörter & scheinbar frei, genau das zu tun, was ich will? Wenn ich ein Stück wieder lese, habe ich den Eindruck von Lebhaftigkeit; ich werde noch einmal verdichten müssen, aber sonst wenig verändern.« Und dann am Dienstag, dem 25. Mai. »Ich bin fertig – im Groben, gebe ich zu – mit dem 2. Teil von To the Lighthouse – & ich werde vielleicht bis Ende Juli das Ende geschrieben haben.« *Sketchily*. Ins Unreine. Eine Skizze. In der allerersten, handschriftlichen Fassung gibt es die Klammer nicht, und es muss erst Mrs. McNab auftauchen, um zu putzen und alle menschliche Präsenz im Haus zu übernehmen, damit wir beiläufig von Mrs. Ramsays Tod erfahren.

»Es erfreuet zu gehn auf Gipfeln, wo keiner / Vor mir den Weg vom Hügel zum Quell [...] lenkte«, schreibt Vergil im 3. Gesang der *Georgica*, jenem Buch, das Mr. Carmichael vielleicht liest.

Hingehen, wo noch niemand hinging, auskundschaften, entdecken. Ich hätte gerne ziellos geschrieben und mich auf den Weg gemacht über nicht gekennzeichnete Pfade, um dann an deren Verwandlung in eine Landschaft zu arbeiten und noch einmal zu arbeiten. Doch habe ich es nie fertig gebracht, nie ausprobiert, habe mich anderem zugewandt, dem Übergang, der Transkription, dem Versuch, einen geschriebenen Text in einer anderen Sprache wiederzugeben, so getreu wie möglich. Und das ist es auch, was ich hier zu tun versuche, in Dresden.

Auf einem steinernen Obelisken in der Mitte einer breiten Allee im Zentrum sind mehrere schwarze Tafeln angebracht. Die untere gibt in weißen Großbuchstaben Auskunft über die Intention. Den unbekannten verschwundenen Sternen gewidmet, deren Explosion alle Atomkerne, aus denen wir bestehen, im interstellaren Raum verstreute. Über vierzehn Zeilen. Rechts- und linksbündig. Es gibt verschiedene Schriftgrößen – genauer gesagt, sind vier Zeilen kleiner geschrieben, damit sie im gleichen Raum Platz finden. Den unbekannten / verschwundenen / Explosionen / im interstellaren Raum. Vielleicht ist es bloß ein Eindruck. Die Buchstaben sind vielleicht genauso groß, und es ist der Platz zwischen den Zeilen, der kleiner ist. Auf der gegenüberliegenden Seite des Obelisken sind sechs ebenfalls schwarze Tafeln angebracht, auf denen in weißen Großbuchstaben etwas geschrieben steht. Im Gedenken an SN 1006, eine am 17. April 1006 im Sternbild des Zentaurs beobachtete Supernova. Im Gedenken an SN 1054, eine am 4. Juli 1054 im Sternbild des Stiers beobachtete Supernova. Die Supernovae sind nummeriert in der Reihenfolge ihrer Beobachtungsjahre, ihrer Entdeckung. Die Liste geht weiter. Im Gedenken an SN 1181, eine am 6. August 1181 im Sternbild der Cassiopeia beobachtete Supernova. Im Gedenken an SN 1572, eine am 11. November 1572 im Sternbild Schlangenträger beobachtete Supernova. Im Gedenken an SN 1987, eine am 23. Februar 1987 in der Großen Magellanschen Wolke beobachtete Supernova. Wikipedia zufolge bezeichnet das Wort Supernova die Phänomene, die sich aus der Explosion eines sterbenden Sterns ergeben. So ist das dazugehörige Datum nicht das der Entdeckung eines Sterns, sondern seines Erlöschens. Wie könnte es auf einem Friedhof anders sein? Das ist es, was die unterste Tafel am Obelisken bestätigt: den verschwundenen Sternen gewidmet. Den verschwundenen Sternen gewidmet. Zwei weitere Tafeln, auf der anderen Seite. C215. Und das Bild einer Explosion. C215 ist der Name eines Künstlers – die Street-Art-Künstler benennen sich oft mit Buchstaben, gefolgt von Zahlen. C215. SP 38. Was meinen die Buchstaben, was meinen die Zahlen? C wie City, C wie Celestial? Ist es ein Protest, eine Art, die Kunst der Mauern von der traditionellen Kunst zu unterscheiden, in der ein Künstler mit einem Vornamen und einem Namen signiert? Wer den Obelisken, das Denkmal für die verschwundenen Sterne entdeckt, stellt sich die Frage nicht, sondern lässt die Poesie dieser Momente des Verschwindens auf sich wirken; der Verlust, den zu beweinen man gekommen ist, nimmt kosmische Dimensionen an, und das hilft ein bisschen.

Ich bin gekommen, jemanden zu beweinen.

Wegrücken – alles deutet darauf hin, dass sowohl Zentrieren als auch Dezentrieren wichtig ist. Die Perspektive wechseln. Das ist es, was Virginia Woolf in *Time passes* tut. Der Blickwinkel ändert sich, rückt ab, geht von den Hausbewohnern auf den Raum über, der sie enthielt. Das Haus. Was tun die Menschen, die wir lieben, wenn wir sie nicht sehen? Wie gehen sie auf der Straße? An was denkt er? Und sie? An was denken sie? Nie werde ich in die intime Gedankenwelt meines Gegenübers eindringen, nie werde ich wissen, ob seine oder ihre Worte genau mit dem, was er oder sie denkt, übereinstimmen. Die *suspension of disbelief*, die Coleridge forderte, soll nicht nur für die Lektüre gelten. Auch für das Leben. Sein Misstrauen zurückhalten. Daran glauben, was uns gesagt wird. Was wird aus denen, die wir nicht mehr sehen?

So with the house empty and the doors locked and the mattresses rolled round,

Und mit dem leeren Haus und den verschlossenen Türen und den zusammengerollten Matratzen ... Zeichen, dass die Personen, die Figuren, das menschliche Leben aufgegeben wurden ...

Dort, in jenen fernen Gebieten in der Umgebung einer Stadt namens Prypjat und eines Atomkraftwerks namens Tschernobyl, dort, in einem Gebiet von ungefähr dreißig Quadratkilometern, befindet sich eine Sperrzone, auch verbotene Zone genannt, deren 135 000 Einwohner evakuiert wurden und die seit über dreißig Jahren ohne jegliche menschliche Präsenz weiterlebt. Wie das Leuchtturmhaus zehn Jahre lang ohne Bewohner lebte. Auf den Karten sind Flecken zu sehen, man nennt das Verseuchung in Leopardenflecken. Doch um die verbotene Zone einzugrenzen, kommt kein komplizierter Verlauf in Frage, also zeichnet man einen Kreis, einen Radius von dreißig Kilometern um das Kraftwerk herum, ein riesiges Gebiet – die Fläche von Luxemburg –, das niemand mehr bewohnen darf. Um sicherzugehen, zerstört man die verlassenen Dörfer. Bei den Tieren tauchen Missbildungen auf. Innerhalb weniger Wochen röten sich die Kiefern und sterben – der Wald wird bekannt unter dem Namen Roter Wald. Es ist einer der neuen Namen, die nach Tschernobyl entstanden sind. Die Städte sterben, die Städte entstehen oder entstehen neu – das ist es, was das Jahrhundert uns gelehrt hat. Wir haben geglaubt – wir, das menschliche Geschlecht –, die Erde zu bewohnen, zu besitzen, zu beherrschen, zu kontrollieren – all diese Wörter klingen veraltet. Wir sind nur noch Bewohner auf Zeit.

Am Eingang dieser Zone, eine Barriere, eine Zollgrenze, an der die Hineinkommenden gefiltert werden und überprüft wird, dass sie eine Genehmigung haben, einen Grund, da zu sein. Es handelt sich hauptsächlich um Wissenschaftler, aber seit einiger Zeit kommen Touristenbusse für eine Dauer, die, wie versichert wird, so kurz ist, dass die Radioaktivität keine schädliche Wirkung hat. Es werden auch Filme gedreht, Dokumentarfilme. Manchmal auch Spielfilme. Science-fiction. Fernsehfilme. Und kürzlich eine Fernsehserie. Während in Kiew eine der ersten von der unabhängig gewordenen Ukraine ins Leben gerufenen Institutionen das Tschernobyl-Museum war. Die meisten Bewohner von Prypjat, wo die Arbeiter des Kraftwerks lebten, waren in die 110 Kilometer entfernte Hauptstadt evakuiert worden.

Im Museum, wo alles aufgelistet und erklärt ist, sind Modelle des Reaktors zu sehen, die weißen Uniformen der Liquidatoren, Fotos evakuierter Kinder, die Ausweise derer, die im Kampf gegen das Feuer gestorben sind und die glaubten, bloß ein Feuer zu löschen, während sie doch gegen unsichtbare Partikel kämpften, die sich über ganz Europa ausbreiten sollten, während sie an einem neuartigen Krieg teilnahmen, in dem der Feind die trügerische Gestalt des Feuers angenommen hatte. Im letzten, den ferneren Auswirkungen des »Unfalls« gewidmeten Saal, ist die Bewegung der Wolke zu sehen. Und manche, sagt eine Führerin, glauben immer noch, die Wolke hätte ihr Land verschont.

Jemanden verlieren – die Stille, mit der ein Musikstück beginnt. Vor diesem Hintergrund zeichnen sich unsere Existenzen ab, das ist es, was ihr Relief ausmacht. Ich kann nicht sagen, dass ich ihr Gesicht sehe, obwohl es für Momente erkennbar wird – außerdem habe ich nie gewusst, was ein geistiges Bild ist. Aber ich höre ihre Stimme, merkwürdigerweise ohne Worte, eine Musik ohne Worte – oder die Erinnerung einmal gehörter Worte, der Schatten gesprochener Worte. Wie die Lebensspuren im Haus von *Time passes*.

What people had shed and left [...] those alone kept the human shape and in the emptiness indicated how once they were filled and animated.

Was die Leute abgelegt und zurückgelassen hatten [...], diese Dinge allein behielten, bewahrten menschliche Form und zeigten in der Leere an, dass sie einst angefüllt und belebt gewesen waren. Was abgelegt worden war, nein, hier darf kein Passiv stehen, *people*, die Leute, müssen präsent sein, denn genau um ihre Abwesenheit geht es. Was die Leute weggeräumt, zurückgelassen hatten, allein diese Dinge behielten eine menschliche Gestalt, oder Menschengestalt, und zeigten durch ihre Leere an, dass sie einmal angefüllt und belebt gewesen waren. Oder dass sie einst voll und belebt gewesen waren. *La concordance des temps*, die Tempuskongruenz. Keine Sprache hat das gleiche System, und oft ist die Wahl des Tempus entscheidend … Schuhe, eine Schirmmütze für die Jagd, Mäntel und Röcke in den Schränken. Nutzlos gewordene Kleider, deren schlaffe Form die Konturen derer bewahren, die sie einmal ausfüllten. Die Menschen sind nur noch eine Erinnerung, die die von ihnen verwendeten Gegenstände in sich tragen. Das menschliche Geschlecht. Auf seine Weise erzählt der Roman davon, lange vor dem Buch von Robert Antelme, das diesen Titel trägt, *L'espèce humaine*. Die Ungewissheit einzelner Schicksale nimmt Virginia Woolf zum Anlass, die des gesamten Geschlechts zu zeigen (im eigentlichen Sinn von »zeigen«, hinweisen). Das gemeinsame Schicksal der menschlichen Wesen, unseres. Aber wir sind nicht die einzigen. Unser Leben ist mit anderem verknüpft, verbunden. Es gibt den Leuchtturm. Das Meer. Und im Haus,

how once the looking-glass had held a face;

Es ist nicht das Gesicht, das sich im Spiegel spiegelt, sondern der Spiegel hat ein Gesicht. Wie einst der Spiegel ein Gesicht bewahrt hatte. Ein Gesicht, eine Stimme. Ja, ich höre ihre Stimme, aber die Worte, die sie sagt, erreichen mich nicht.

– Und doch leben Menschen hier, die einige Tage nach der Evakuierung zurückgekehrt sind. Alte Frauen vor allem – Babuschkas genannt. Sind es wirklich Großmütter? Männer gibt es wenige, das stimmt. Die Frauen bebauen ihren Garten, und man lässt sie gewähren.

– Wo sollen wir hingehen?, fragen sie. Wir haben immer hier gelebt. Die Risiken der Radioaktivität? Wir ertragen sie, wie wir Rheuma ertragen. Sie sind nicht sichtbarer, nicht realer, eher weniger. Und bis jetzt schmerzlos.

– Die Namen der verschwundenen Städte ändern sich, je nach Epoche wurden sie vom Wasser verschluckt, es sind nach dem Goldfieber übriggebliebene Geisterstädte. Aztekische Städte, die aus nicht genau bekannten Gründen zerstört wurden – Kriege, Hungersnöte, es gibt allerlei Erklärungen. Von Erdbeben verschüttete Städte.

– Manche werden wieder aufgebaut, während andere endgültig versinken; und unter den letzteren sind welche, die mit ihrer Geschichte, ihrer Legende die Epochen durchlaufen haben … Atlantis … Vineta …

Foula – am Rand der Welt, oder vielmehr Hirta. Eine Insel, an der ein Segelboot anlegt. Was für ein zerbrechliches Ding neben der Steilküste, die sich vor ihm erhebt, aber das Boot legt an, mit drei Passagieren an Bord, zwei Männer, eine Frau. Von dem Mann mit der schwarzen Schirmmütze wird vor allem die Rede sein. Die Insel ist menschenleer, Steinhäuser stehen darauf, deren Fenster versperrt sind und deren Dachgebälk freiliegt, an einer Mauer hängt ein Post-Office-Schild, dessen Buchstaben zum Teil verwischt sind. Die Insel ist menschenleer, das Haus verlassen und der Bildschirm weiß. Das ist es, was ich suche. Alles, worin sich Zeichen von Abwesenheit zeigen. In dieser Passage von *To the Lighthouse* gibt es lauter Wörter, die Leere ausdrücken, *emptiness, a world hollowed out*, eine ausgehöhlte, entleerte Welt, und *shadow, reflect*, die geisterhafte Präsenz der Schatten, der Spiegelungen, man könnte auch die Silhouetten, Konturen und Formen hinzufügen, und das Echo. Jedes Ding verbirgt ein anderes, jede Erscheinung verbirgt nicht ihre Wirklichkeit, sondern eine andere Wirklichkeit.

Ich bin vor einer Weile weggegangen. Dorthin. Hierher. Nach Dresden. Nicht auf eine einsame Insel, sondern in eine ehemals zerstörte Stadt. Vor langer Zeit – vor gar nicht so langer Zeit. Fünfundsiebzig Jahre sind viel, sind nicht viel, sind Wirklichkeit, sind irreal. Aber die Stadt ist da und trägt denselben Namen und bemüht sich, das Andenken an eine Nacht der Bombardierung aus der Luft wachzuhalten, indem sie es auf Gedenktafeln schreibt, auf restaurierte Denkmäler, indem sie es zelebriert, während sie sich gleichzeitig bemüht, durch den getreuen Wiederaufbau der Gebäude, die ihren Ruhm ausmachten, diese Erinnerung auszulöschen. Städte sind Körper, deren Wunden langsam heilen, und die umso besser neue Kraft schöpfen, als ein Fluss durch ihre Mitte fließt und zwei Ufer zeichnet, die zur Versöhnung zwingen – sind es doch die Brücken, die man zuerst wiederherzustellen versucht.

Ich war dort, ging durch die leeren Straßen, der Herbst war schon fortgeschritten, es war in jenem Monat, der dem Winter gleicht, November, am frühen Abend schien Mitternacht schon vorbei zu sein, und wie um diesen Eindruck noch zu bestärken, war sogar in den Straßen des Zentrums, in der wiederaufgebauten Altstadt, niemand zu sehen, sodass die hohen Silhouetten der nicht renovierten Kirchen fast bedrohlich schienen – als wäre die Stadt nicht von Menschen bevölkert, sondern von gewaltigen Wächtern aus Stein, die bereit sind, sie um jeden Preis zu verteidigen. Manchmal hallten meine Schritte wider, fast machten sie mir Angst. Was war in diesen Straßen geschehen? Es war, als hätte die Stadt wieder Besitz von sich ergriffen und die Einwohner beseitigt. Ich hatte ein kleines Zimmer nahe der Elbe. Wenn ich durch das recht hoch gelegene Fenster sah, erblickte ich ein Stück Fluss. Vor allem aber sah ich die Fülle des Ginkgos und sein goldenes Blattwerk, das seinen Beinamen »Vierzig-Taler-Baum« vollauf rechtfertigte. Es waren weit mehr als vierzig, jeder Goldfächer glänzte in der Morgensonne. Ich hatte die Möglichkeit, ein paar Wochen zu bleiben, und fragte mich schon, ob ich den Aufenthalt nicht über das mir bewilligte Stipendium hinaus verlängern sollte. Nichts rief mich zurück, das Zimmer war frei – in dieser Jahreszeit gab es nicht sehr viele Touristen – und bezahlbar, und mein Computer ermöglichte es mir, hier genauso gut wie anderswo zu arbeiten. Es ist der Vorteil eines bindungsfreien Lebens, dass man sich egal wo vorläufig niederlassen kann. Ich gehorchte dem Zufall, den Impulsen, und da es das Leben so eingerichtet hatte – oder hatte ich das besorgt? –, dass ich seine Wege allein durchstreife und nur manchmal jemanden treffe, der mich für kurze Zeit begleitet, nutzte ich die Vorteile. Vor dem Turm aus schwarzem Stein, dessen Masse so deutlich zwischen den übrigen Gebäuden hervortrat, dass er in der anbrechenden Nacht auf mich zuzukommen schien – es gibt offenbar verschiedene Tiefen von Schwarz –, war ich darauf gefasst, jemanden auftauchen zu sehen. Jemanden, den ich kannte oder nicht kannte. Ich dachte an – wie soll ich sagen, wie es benennen? Es war kein Gespenst, kein Schatten – diese Worte oder Dinge waren noch zu stofflich –, es war ein Parallelleben, das ich führte, als befänden sich die Momente der Vergangenheit dort auf einem anderen Weg, als bräuchte ich nur den Blick darauf zu lenken, um sie zu sehen und vor allem zu spüren. Aber auch das traf es noch nicht. In unserer Zeit würde ich Gelächter ernten, wenn ich das Wort ausspräche, kaum dass ich mich traute, es im Kopf zu sagen, und doch, im Schatten des schwarzen Turms der Kreuzkirche, die ebenfalls durch Kriege, Brände, Bombardierungen zerstört und jedes Mal wieder aufgebaut worden war, wobei das Gewölbe des religiösen Bauwerks immer neu ausgekleidet wurde, von der Gotik zum Barock, vom Barock zum Klassizismus und dann zum Jugendstil, im Schatten des Turms schien das Wort ganz natürlich, es drängte sich auf. Die Seele. Das war es, was mich begleitete, die Seele eines Lebens, das es nicht mehr gab und doch noch gab. Etwas hielt mich auf, etwas blieb, setzte sich in mir ab, vielmehr war es schon in mir, und ich entdeckte es, jemandes Leben, Augenblicke, die mir zwar nicht gehörten, die ich aber geteilt hatte, Szenen, Bilder, Visionen – und der Klang einer Stimme.

– Coventry, jeder weiß Bescheid, ohne unbedingt das Datum zu wissen. Es war der 14. November 1940, als die Luftwaffe angriff, eine Offensive, die zynischerweise »Mondscheinsonate« genannt wurde. Von der Kirche, der Stadt, sind nur Ruinen übrig. Bei der Bombardierung hat es sechshundert Tote gegeben.

– Am 15. November 1940 schreibt Virginia Woolf in ihr Tagebuch, *Coventry almost destroyed* – fast ganz zerstört.

– Von der Kathedrale ist nur der Kirchturm übrig, die Mauer, das Skelett einiger Glasfenster, durch das Tageslicht fällt – der Himmel.

– Zwei verkohlte Holzbalken lagen zufällig so übereinander, dass sie ein Kreuz bildeten, und man hat sie aneinander befestigt. Auch Nägel aus dem Dachgestühl wurden so zusammengefügt, dass sie ein Kreuz bildeten. Bald wurde ein neuer Altar errichtet, unter freiem Himmel, und hinten im Chorraum hat man zwei Wörter eingraviert, *Father Forgive* – eine Bitte um Vergebung.

– Die zwei Kreuze, das verkohlte, *Charred Cross*, und das aus Nägeln, *Cross of nails*, sind Symbole für Frieden und Versöhnung geworden.

– Mit Nägeln, die in Ruinen gefunden wurden, wurden Kreuze hergestellt. Und als es nicht mehr genügend Nägel gab, um den Bestellungen nachzukommen, ließ man aus einem deutschen Gefängnis welche kommen.

– Es gibt mittlerweile viele davon in deutschen Kirchen – zum Beispiel in der Kreuzkirche in Dresden.

– 1962 wird eine neue Kathedrale eingeweiht, in der Nähe der erhaltenen Ruinen der alten. Bei dieser Gelegenheit ertönt im Mai zum ersten Mal Benjamin Brittens *War Requiem*, mit drei Solisten, Dietrich Fischer-Dieskau, Galina Wischnewskaja und Peter Pears. Ein Deutscher, eine Russin, ein Engländer – sie stammen aus den früher sich bekriegenden Staaten.

– Ins Lateinische mischen sich Gedichte von Wilfred Owen, der im vorigen, dem Ersten Weltkrieg, gestorben war.

– Das *War Requiem* wurde auch in Dresden gespielt, 1965, anlässlich des 20. Jahrestags der Bombardierung, und dann noch einmal 2008, in der Frauenkirche, die durch britische Bombardierungen zerstört wurde, mit denen man, wie es heißt, die Zerstörung von Coventry rächen wollte und die von dem DDR-Regime bewusst als Ruine stehen gelassen und nach dem Mauerfall wieder aufgebaut wurde, sechzig Jahre nach ihrer Zerstörung.

– Und so schließt sich der tragische, aber hoffnungsvolle Kreis von der Zerstörung bis zur Aussöhnung.

An diesem Abend hatte ich, als ich an dem düsteren Turm der großen Kreuzkirche vorbeiging, ein anderes Requiem im Kopf. Nicht seine Melodie – von Melodie kann schwer die Rede sein –, aber die Umstände seiner Entstehung. Der Komponist hieß Heinrich Johannes Wallmann. Ich war gerade zufällig auf seine Existenz gestoßen bei meinen wahllosen Recherchen zu Dresden, denn diese Stadt, die ich zunächst nicht gemocht hatte, faszinierte mich nun. Ich hatte sie nicht gemocht, weil sie allzu in sich gekehrt war, zu feindlich Fremden gegenüber – man erklärte die starke Präsenz extremer und fremdenfeindlicher Bewegungen oft dadurch, dass die Stadt in dem sogenannten »Tal der Ahnungslosen« gelegen habe, in einem Gebiet, in dem in der Zeit des Eisernen Vorhangs die westdeutschen Sender nicht empfangen werden konnten. Es hieß, die Dresdner hätten folglich blind den Wahrheiten des Regimes geglaubt, weil sie nicht wie die restliche DDR in den Genuss des Gegengifts aus dem Westen kommen konnten. Tatsächlich liegt Dresden nah der tschechischen Grenze und nicht weit von Polen entfernt, die beide zum sogenannten Osten zählten, der nächste Westen war Bayern, von dem man durch Wälder und Berge getrennt war, die wohl sogar für die elektromagnetischen Wellen unüberwindbar waren. Aber auch einmal abgesehen davon, dass man damit die pädagogischen und demokratischen Tugenden des westdeutschen Fernsehens doch sehr überschätzte, schien diese Erklärung doch sehr kurz gegriffen.

Wallmann. Am 50. Jahrestag der Bombardierung Dresdens, am 12. Februar 1995, genau 21 Uhr 30 und bis 22 Uhr 12, schlugen in Dresden die Glocken. 129 Glocken in 47 Kirchen. Jeder Klang war einzeln untersucht und sorgfältig erfasst worden. Es gab keinerlei Probe, auch keine partielle. Alles sollte *live* stattfinden, in diesem Moment – und nur ein einziges Mal. Die Partitur enthielt keine Noten, angezeigt war nur der Ort und die Zeit, an dem die jeweilige Glocke läuten sollte. In den Kirchen warteten nahe der Glocken Assistenten, Kopfhörer auf den Ohren, auf das Signal, das Läuten der Glocke auszulösen, die nun ein Instrument eines nur einen Abend lang zwischen halb zehn und zwölf nach zehn existierenden Orchesters war. Ein bisschen wie in der 1922 in Baku von Arsenij Awraamow uraufgeführten *Sinfonie der Sirenen*, mit Fabriksirenen, Nebelhörnern, der Flotte des Kaspischen Meeres, Wasserflugzeugen, Kanonen, Lokomotiven und Chören. Alles live und öffentlich aufgeführt unter Awraamows Leitung, der ein unglaubliches, den gesamten Hafen mobilisierendes Orchester dirigierte. In dieser Sinfonie gab es um die sechste Minute herum auch Glocken, die Sturm läuteten und deren Geläut allmählich mit dem Geräusch eines nahenden Flugzeugs verschmolz. Wallmann hatte seine knappe Stunde nur für Glocken komponiert, die man noch hören konnte, weil das Konzert im Radio übertragen worden war – auf Deutschlandradio Kultur, MDR Kultur, BBC London und Radio Washington DC – und im Internet zugänglich ist. Die Bewohner Dresdens hatten sich an jenem Abend auf den Plätzen versammelt, an der Elbe oder auf den Hügeln über dem Fluss, um eine bessere Akustik zu genießen. Von seinem Platz aus hörte jeder nur auf eine bestimmte Weise, wie auch die Radioaufnahme, die später als CD verbreitet wurde, nur einen Standort bot. Man hätte überall zugleich sein müssen, oder nacheinander an diesem und jenem Ort, oder gleichzeitig in alle Himmelsrichtungen verstreut, denn der Einsatz der Glocken hing von ihrem Standort ab. Aber vielleicht hatte Wallmann auch gewollt, dass jeder Zuhörer Teil einer abstrakten und idealen Zuhörerschaft sei, die den gesamten Hallraum des Musikstücks abdeckte.

Ich hatte bei meinen Recherchen gelesen, die Dresdener Kirchen hätten es zunächst abgelehnt, dass man ihre Glocken nützt, um profane Klänge zu erzeugen, und diese also zu Musikinstrumenten herabwürdigt. Dabei gab es weitaus schlimmere Verwendungszwecke. In den Kriegen – insbesondere in den zwei Weltkriegen – hatte man die Glocken wie die Menschen zur Armee einberufen.

Nachdem ich an dem imposanten Turm der Kreuzkirche vorbei war, ging ich weiter durch eine menschenleere Straße –

ab und zu drehte ich mich um, weil ich das Gefühl hatte, dass mir jemand lautlos folgte – und hatte beinahe eine Vision von großen Menschenbewegungen, Dutzende oder Hunderte von Menschen in den bekriegten Ländern, die damit beauftragt waren, die Glocken abzunehmen – sie durften nicht von den Kirchtürmen heruntergeworfen werden und zerbrechen. Die gängige Klassifizierung teilte sie in mehrere Kategorien auf, Glocken, die einen künstlerischen Wert besaßen und unbedingt erhalten bleiben mussten, Glocken, die weniger wertvoll waren und auf die man bei Bedarf zurückgreifen konnte, und die einzuschmelzenden Glocken. In Deutschland hatte die Sache größere Dimensionen angenommen, es gibt Quellen, in denen von 44 % eingeschmolzener Glocken im Ersten Weltkrieg und von 77 % im Zweiten die Rede ist. Auch in den besetzten Ländern wurden die Glocken beschlagnahmt. In Frankreich weniger, hieß es, denn der Vichy-Regierung lag daran, gute Beziehungen zur Kirche zu behalten, sie zog es vor, Bronzestatuen von Persönlichkeiten des öffentlichen Lebens einzuschmelzen – statt von Jeanne d'Arc oder der Jungfrau Maria.

Über der nächtlichen Straße lagen Schwarzweißfotografien, die ich im Internet gesehen hatte, Fotografien von Glocken, die darauf warteten, abtransportiert und an einen »Glockenfriedhof« genannten Ort gebracht zu werden. Ich hatte die Reproduktion eines bei einem deutschen Kriegsgefangenen gefundenen Presseartikels vom Ende des Ersten Weltkriegs gesehen, neben einem Foto eines mit Glocken beladenen Zuges, der in Deutschland entladen werden sollte, damit die Kriegsanstrengungen weiter unternommen werden konnten. Wie 1870 schloss der Artikel: »Die Deutschen sind also geblieben, was sie schon vor achtundvierzig Jahren waren: Diebe und Schurken.« Ich stellte mir die Stille der um ihre Glocken gebrachten Dörfer vor, in denen die Stunden fortan orientierungslos verstrichen. Eine Art Nacht am Tage. Eine Zeit, die anders ablief. Aber ich ging, ich ging, kehrte in mein schlicht möbliertes Zimmer zurück, in dem es nur das Nötigste gab, ein Bett, einen Schrank, einen Tisch zum Arbeiten und ein Fenster in einiger Höhe, das auf das Gold eines Ginkgos hinausging.

Zwischenspiel

Die verlassenen Bahngleise sind fortan der Vegetation überlassen, Birken wurden gepflanzt, Grau-Birken, die in der Abenddämmerung von diskret in der Erde versteckten Spots angestrahlt werden und die städtische Landschaft silbern schimmern lassen. Welche Züge fuhren hier einmal, welche Räder rollten die paar Kilometer der High Line entlang? Das Gleisnetz war geschaffen worden, um die Schlachthöfe, Lager und Fabriken anzubinden und die am Hudson River angekommenen Waren zu verfrachten. In den Anfängen der Eisenbahnlinie waren die Schienen auf der Erde verlegt worden, und ein ganzes Viertel war um dieses neue Transportmittel herum entstanden. Aber die Leute waren keinen Zugverkehr gewohnt und gingen weiter oder fuhren mit ihrem Pferdegespann, als wäre nichts, ohne sich einer Gefahr bewusst zu sein. Sodass man schließlich, um Unfälle zu vermeiden, einen berittenen Bahnübergangswächter ohne Bahnübergang aufstellte, der vor anfahrenden Zügen warnen sollte. Tagsüber schwenkte der Wächter eine rote Fahne, nachts eine rote Laterne. Da dies noch immer nicht reichte, um Unfälle zu verhindern, kam man auf die Idee, die Linie zu erhöhen. Auf diese Weise würde aus den Speichern, deren obere Stockwerke auf die Gleise herausgingen, die Ware direkt auf die Züge geladen werden können. So fing das lebhafte und laute Leben der High Line an, das bis 1980 andauerte. Tag und Nacht kam ihr Lärm noch zu dem Verkehr auf den Avenues hinzu, und am Ende der Linie warteten riesige Aufzüge darauf, ihre Ladung in den unteren Teil der Stadt zu bringen, wo wiederum Lastwagen darauf warteten, ihre Fracht über die nächtlichen

Straßen in andere Viertel New Yorks oder andere Städte zu befördern.

Schon lange sind die Architekten darauf gekommen, die Städte in der Senkrechten zu vergrößern, um so die beschränkte Ausbreitung der Waagerechten zu kompensieren. Sie tun es noch heute. Auf der High Line fühlt man sich manchmal an die von Harvey Wiley Corbetts Projekten inspirierten Zeichnungen von Hugh Ferriss erinnert, der sich übereinander liegende Verkehrsbahnen vorstellte – Fußgänger auf breiten, an den Hausfassaden entlangführenden Galerien, eine um einiges über dem Boden liegende Erdgeschossebene, und darunter Automobile und öffentliche Verkehrsmittel. Sich vorstellen, während man auf den Verkehr hinabschaut, wie eine nach dem Modell der High Line erbaute, von Architekten heute empfohlene Stadt aussähe: bepflanzte Türme, Wohnungen auf Brücken – sich verjüngende Formen in Schwarzweiß, die sich zum Himmel erheben und eine Inspirationsquelle für Science-Fiction-Filme waren und sind.

Eine feine Blumendecke hat sich über die Gleise gelegt. Astern aller Arten und Farben, Scharfer Gelblauch, Wiesenklee, Bergminze – Gelb und Blasslila verbinden sich mit einem zarten, fast weiß wirkenden Grün, sie bilden ein geblümtes Mosaik, von dem die arbeitsame Stadt unten nichts ahnt. Gräser und wilde Pflanzen wechseln je nach Jahreszeit. Die Formen, Düfte und Farben ändern sich. *Panicum virgatum*, die Rutenhirse, ein Gras, das aus den Great Plains kommt und sich im Frühling mit einer roten Spitze, im Sommer mit rosafarbenen Blüten schmückt und im Winter einschläft. Es heißt auch Switchgrass. Gekommen aus den Great Plains, wo es als Unkraut galt. Aber die High Line nahm es auf und gab ihm Asyl, wobei dieses übel beleumundete Gras Tiere vor Kälte schützt und auch als Biotreibstoff verwendet werden kann.

Ist es nicht in dem Roman von Wells, *Die ersten Menschen auf dem Mond*, wo sich unten eine Gesellschaft schrecklich ausgebeuteter Sklaven bildet und eine andere Gesellschaft oben, die atmet und sich an der freien Luft bewegen kann?

Hier merkt man, dass man wieder auflebt, es gibt nichts, als was man sieht, die Sinne sind wach, alles hat einen Wert, eine Bedeutung, alles hat Relief, das Leben ist in Farbe, auf der High Line verstehen es die Menschen, sich nicht anzurempeln, jeder geht in seinem Rhythmus, ohne den anderen aus seinem zu bringen, und je mehr Lichter angehen, umso mehr Hoffnung kommt auf.

II

– Man könnte sagen, dass die große Angelegenheit des 20. Jahrhunderts das Unbewusste war, sein Zum-Vorschein-Kommen – seine Ausgrabung, seine Erkundung. Dass viele Bewohner des 20. Jahrhunderts Abenteurer des Unbewussten waren.

– Sagen wir also, dass die große Angelegenheit des 21. Jahrhunderts das Bewusstsein sein wird; nicht seine Entdeckung, aber seine Erkundung, seine Definition, seine Grenzen.

– Haben Tiere ein Bewusstsein? Und Bäume? Und Roboter? Die künstliche Intelligenz – bis zu welchem Grad?

– Gerade wurde eine Anthropologie der Algorithmen begründet – eine Verbindung antagonistischer Begriffe –, die deren Verhalten untersuchen soll, um ihren Spielraum an Autonomie, ihre Entscheidungsfähigkeit zu messen. Mit anderen Worten, um herauszufinden, ob sie eine Art Bewusstsein besitzen.

those stray airs, advance guards of great armies, blustered in, brushed bare boards, nibbled and fanned, met nothing in bedroom or drawing-room that wholly resisted them but only hangings that flapped, wood that creaked, the bare legs of tables, saucepans and china already furred, tarnished, cracked.

diese streunenden Lüfte – nein, kein Demonstrativpronomen, oft muss angepasst, ein unbestimmter Artikel durch einen bestimmten ersetzt werden oder umgekehrt, es müssen geheimnisvolle Feineinstellungen vorgenommen werden – die streunenden Lüfte, Aufklärer der großen Heere oder Vorhut der großen Heere, stürmten herein oder drangen stürmisch ein, streiften die nackten Holzplanken, die nackten Parkettböden, den nackten Boden – aber dann sieht man kein Holz mehr vor sich –, sie knabberten, fachten an, trafen im Schlafzimmer oder Salon auf nichts, was ihnen vollauf standgehalten hätte, sondern nur auf knallende Vorhänge und Wandbespannungen, auf knarrendes Holz, nackte Tischbeine, Töpfe und verkalktes, verblasstes, rissiges Geschirr.

Was für ein Durcheinander. Einerseits im Haus, diese hin- und herziehenden Luftströme, die da, wo sie an feste Gegenstände hätten stoßen müssen – die menschliche Präsenz besteht aus Widerständen –, nur auf ihre eigene weiche, luftige, geschmeidige, bewegliche Substanz treffen. Virginia Woolfs schwer wiederzugebender Stil besteht aus Aneinanderreihungen, aufeinander folgenden Abhebe- und sanften Landemanövern, wenn der Satz nicht gar in der Schwebe bleibt.

Die streunenden Lüfte, Vorhut der großen Heere, drangen stürmisch ein, streiften den nackten Boden, knabberten, frischten auf, stießen im Schlafzimmer und im Salon auf keinerlei Widerstand, nur auf das Knallen der Vorhänge, das Knacken des Holzes, auf nackte Tischbeine, den Kalk, die Verblichenheit und die Risse des Porzellans.

Ist es überzeugend, die Verben durch Substantive zu ersetzen? Wird der Satz nicht etwas oder sogar viel schwerfälliger dadurch? Und dann *fanned*, das so leichte Bild des Fächers, hier mit dem zu langen Verb »auffrischen« übersetzt. Im Deutschen könnte es »fächelten« heißen, aber ein solches Verb gibt es im Französischen nicht. Die Wörterbücher sagen »anfachen«, dabei geht es genau um das Gegenteil, hier ist kein Feuer, sondern Luft, und was ist unstofflicher, schwerer zu fassen als Luftzüge? Sollte es im Übrigen nicht besser Luftzüge heißen statt streunende Lüfte? Die Bewohner sind fort und die Luft hat das Haus in Besitz genommen, wie die Spiegel vorhin vorgaben, zu wissen, was sie spiegelten.

Es gab einen Spiegel in dem kleinen, zu meinem Mietzimmer gehörigen Bad mit Dusche, Waschbecken und darüber eben jenem Spiegel. Sich ganz darin zu sehen, war unmöglich, er spiegelte nur das Gesicht. Als gäbe es den restlichen Körper nicht. Trotz allem weiter übersetzen oder versuchen, für jeden Satz eine einigermaßen befriedigende Fassung zu finden? *Advance guards of great armies*, das ist wieder ein Echo des Krieges, des Großen Krieges. In dem gesamten Prosagedicht, das den Titel *Time passes* trägt, tauchen nur immer wieder flüchtige Echos des Krieges auf, wie von anderem menschlichen Tun, anderer menschlicher Präsenz. Die Tonarten sind umgekehrt. Dur für die Gegenstände, für das, was man »Natur« nennt, Moll für die Menschen. Ein neuer Weg für die Literatur. Eine neue Art, die Welt zu verstehen.

Now, day after day, light turned, like a flower reflected in water, its clear image on the wall opposite.

Nun drehte das Licht Tag für Tag wie eine im Wasser sich spiegelnde Blume sein helles Bild zur gegenüberliegenden Mauer. Was kann man in dieser wörtlichen Übersetzung verstehen? Und zunächst einmal: Ist *turned* hier intransitiv verwendet oder von seinem Objekt, *its clear image*, getrennt durch die Metapher für die Spiegelung der Blume im Wasser? Was dann Folgendes ergäbe: Und wie eine Blume sich im Wasser spiegelt, drehte das Licht Tag für Tag sein helles Bild zur Mauer gegenüber. Also zur Mauer dem Spiegel gegenüber. Aber was bedeutet »drehte sein Bild«? Wahrscheinlich, dass die vom Licht auf die Mauer projizierten Formen sich im Laufe der Tage verschieben, sie sind beweglich wie Wasser und folgen dem Platz der Sonne am Himmel. In welcher Jahreszeit befinden wir uns? Wir wissen es nicht. Wir folgen einfach der Bewegung des Lichts auf der Mauer gegenüber. Und Tag für Tag bewegte sich das Licht, wie die Spiegelung einer Blume im Wasser, und warf ein Bild der Helligkeit auf die gegenüberliegende Mauer. »Warf« ist hinzugefügt. Aber kann man es nicht so sehen, dass dieses Wort, obwohl es den Satz verlängert, ihn zu vereinfachen hilft? Und dass dieses »werfen« gewissermaßen in dem Bild vom Bild enthalten ist? Zudem war in dem Typoskript das *clear image* ein *sharp image*, und so ist es auch in der ersten amerikanischen Ausgabe geblieben. Aber in der englischen Ausgabe heißt es *clear*, und das ist die Originalausgabe. *Sharp*, scharf, *clear*, hell, vielleicht sollte es besser »deutlich« heißen, was dazwischen läge, es geht vor allem darum, das Licht zu beschreiben, es geht um die scharfen Konturen des projizierten Bildes. »Deutlich« könnte eine Lösung sein. *Time passes, To the Lighthouse*, in diesem Buch ist ebenso viel von Licht die Rede wie von Zeit. Und was für ein schönes Wort, *lighthouse*, das französische Wort *phare* ist auch schön, aber man hört das Licht nicht darin, wenngleich man sich den Lichtstrahl vorstellt. Das deutsche Wort »Leuchtturm«, der leuchtende Turm, ist dem englischen Wort näher, auch wenn das »Leucht« gedämpft scheint im Vergleich zu »Licht« oder zu dem strahlenden Klang des englischen Wortes *light*, und ein Bild heraufbeschwört, das weniger *sharp* ist und *clear*.

Die Bären sind zurückgekommen oder besser, gekommen, denn sie haben in diesem Teil der Ukraine nie gelebt, und auch in keinem anderen, und Przewalski-Pferde wurden in die verbotene Zone eingeführt. In einem Dokumentarfilm mit dem Titel *Tchernobyl, une histoire naturelle*, Tschernobyl, eine Naturgeschichte, wird ausgeführt, dass die ältesten oder kranken Pferde für dieses Experiment ausgewählt wurden, um nicht die Zukunft dieser bedrohten Art zu gefährden. Doch entgegen allen Erwartungen sind die Przewalski-Pferde aufgeblüht und haben sich vermehrt, sodass nun aus den circa zwanzig Pferden von 1998 zwanzig Jahre später um die fünfzig geworden sind. Es ist ein Rätsel, sagen die Forscher. Bei den Tieren der verbotenen Zone wird eine extrem hohe Radioaktivität gemessen, doch sie leben normal und scheinen bei bester Gesundheit.

Auch die Flora gedeiht. Im Roten Wald wurden die verdorrten Kiefern von Birken abgelöst. Wo es weitflächige Weizenfelder gegeben hatte – lernte man nicht einst, die Ukraine sei der Kornspeicher der Sowjetunion –, wachsen fortan Bäume und Gräser, auch gibt es (wieder) Bäche. Eine Art Wiedergeburt. In Erinnerung an ein früheres Leben. Was menschliche Arbeit zerstört hat, stellt ihr Verschwinden wieder her. Ähnlich und zugleich anders. Das ist auch etwas, was die Forscher zu verstehen versuchen. Inmitten der verbotenen Zone haben sie Labors errichtet. Jeden Tag überqueren sie die Grenze und kehren am Abend an die äußeren Ränder der Zone zurück. Manche leben auch ganz dort. Ein Labor hat sich im Gebäude eines ehemaligen Kindergartens niedergelassen. Der Leiter hat dort einen Gemüsegarten angelegt. Er experimentiert, ermittelt Fakten. Die Kirschen sind radioaktiv, aber die Radioaktivität konzentriert sich vor allem auf den Kern, also kann das Fruchtfleisch gegessen werden. Kartoffeln und Gurken sind kein Problem. Aber Trauben, schwarze Johannisbeeren oder Sauerampfer – da sind die Werte gefährlich. Sie messen und messen. Das Sievert ist ihre bevorzugte Maßeinheit. Sie trägt den Namen eines schwedischen Physikers und misst die Auswirkung der Strahlung auf das menschliche Wesen, auf seine Gesundheit. Die gewöhnliche Dosis liegt bei 4 Millisievert. Bei bis zu 20 mSv wird sie als sehr schwach beschrieben.

Als schwach zwischen 20 und 200 mSv. Mittel zwischen 200 und 2000 mSv – also bis 2 Sievert. Als stark zwischen 2 und 10. Als sehr stark über 10. Von 5 an aufwärts ist die Dosis im Prinzip tödlich. Bei den Liquidatoren von Tschernobyl lag der Durchschnitt bei 100 mSv, eine Dosis, die als schwach gilt, aber dennoch verheerende Folgen hatte. Bei den Feuerwehrleuten lag sie bei 250 mSv. Überlebende von Hiroshima waren einer Dosis von bis zu 500 mSv ausgesetzt. Doch die Zahlen variieren je nach Website. Alle sind sich indessen einig, was die tödliche Dosis von 5 angeht. Die Forscher der verbotenen Zone messen also die Radioaktivität von allem, was sie finden – Tiere, Bäume, Insekten, Pflanzen, Böden, Tiefenschichten, Blumen, bis zu der verrosteten, von den Menschen zurückgelassenen Mähmaschine. Sie durchstreifen die Wälder mit ihrem roten, orangefarbenen oder gelben Dosimeter in der Hand. Er sieht aus wie eine Fernbedienung, aber es sind seltsame Programme, die damit eingeschaltet werden. Warum haben derartige Radioaktivitätswerte, auch wenn sie sehr viel niedriger sind als in den ersten Wochen nach dem Unfall, nicht das gesamte Leben in der Zone zerstört oder beschädigt? Das ist eine der Fragen, auf die die Forscher eine Antwort suchen.

So loveliness reigned and stillness, and together made the shape of loveliness itself, a form from which life had parted;

Das Englische liebt den Strichpunkt und Virginia Woolf liebt ihn noch mehr. Er gibt den Takt ihrer Romane an, er ist wie eine kleine Pause, nach der man besser wieder in Gang kommt. *Touch and go*. Es fängt schon mit dem ersten Wort des Satzes an, mit dem zweiten. *Loveliness*. Was ist damit gemeint, und wie es wiedergeben? Ist es schlicht die Schönheit? Der Charme, der Zauber? Und der Zauber herrschte, und die Stille, und zusammen machten sie die Gestalt des Zaubers aus (»machen« ist nicht das passende Verb), eine Gestalt, aus der das Leben sich zurückgezogen hat. Und es herrschten der Zauber, die Stille, zusammen verliehen sie der Schönheit eine Gestalt, eine Gestalt, aus der sich das Leben zurückgezogen hatte. Klanglich ist das nicht übel, auch wenn manche Elemente sich in der Übersetzung nicht wiederfinden. Die Wiederholung von *loveliness* zum Beispiel, und das *itself*, das verschwindet – aber so Vieles verschwindet in dieser Geschichte …

solitary like a pool at evening, far distant, seen from a train window, vanishing so quickly that the pool, pale in the evening, is scarcely robbed of its solitude, though once seen.

Schönheit, Poesie. Jeder Versuch einer Transkription ist zum Scheitern verurteilt. Versuchen wir es – mit einem Seufzer, aber ohne uns entmutigen zu lassen. Einsam wie ein Teich am Abend, in der Ferne, von einem Zugfenster aus erblickt und derart schnell wieder verschwunden, dass dieser Teich im bleichen Abendlicht zwar gesehen, aber kaum seiner Einsamkeit entrissen wird. »Obwohl er gesehen wurde«, müsste es korrekterweise heißen, aber heißt übersetzen denn korrekt sein? *Though once seen.* Ein leichter Strich, explizit und sachlich, schlicht. Die schlichteste Lösung ist anzustreben. Aber muss es tatsächlich »dieser Teich« für *the pool* sein, geht das nicht anders? Einsam wie ein Teich am Abend, in der Ferne, von einem Zugfenster aus erblickt und so schnell wieder verschwunden, dass er im blassen Abendlicht kaum seiner Einsamkeit entrissen, aber doch gesehen wird. Aber doch einmal gesehen wird – das wäre schon besser. Einsam wie ein Teich am Abend, in der Ferne, von einem Zugfenster aus erblickt und so schnell im blassen Abendlicht wieder verschwindend, dass er, wenngleich einmal gesehen, kaum seiner Einsamkeit entrissen wird. Die Reihenfolge der Wörter ist umgeworfen, doch könnte man fast sagen, dass Übersetzen eine Sache der Wortstellung ist. Es geht darum, die natürlichste Abfolge zu finden, oder vielmehr die rhythmischste. Dass der Satz so nicht befriedigend ist, wäre untertrieben, ich muss noch einmal darauf zurückkommen.

Und nun kommen ein Stück weiter wieder die Lüfte, jene Luftzüge oder -ströme, die von Raum und Zeit, von dem Haus, von dem Roman Besitz ergriffen haben. Sie sind es, und der Wind, und das Raunen des Meeres, die die Frage stellen – aber wem? Den zurückgebliebenen Möbeln, den Stühlen, die unter den sie bedeckenden Laken zu erahnen sind, den Karaffen, über die ein Stück Stoff geworfen wurde – da alles zugedeckt ist, ist alles geschützt (zumindest glaubt man das).

Will you fade? Will you perish?

Werdet ihr verblassen? Werdet ihr zugrundegehen? Werdet ihr verschwinden? Werdet ihr untergehen? Verschwinden ist zu lang, verblassen und untergehen würde im Französischen eine Art Binnenreim schaffen (*pâlir/périr*), eine Parallele, die im englischen Text nicht wirklich zu finden ist, die aber vielleicht anderswo geopferte Reime gewissermaßen kompensieren könnte?

As if the question they asked scarcely needed that they should answer: we remain.

Als ob die von ihnen gestellte Frage kaum erforderte, dass sie antworten: Wir bleiben. Oder: Wir verweilen. *Needed* – erforderte. Was natürlich fragwürdig ist, *to need* ist geläufiger als erfordern. Aber wie soll es anders gehen? Als würde die von ihnen gestellte Frage kaum die Antwort erfordern: Wir bleiben. Nein, als würde sie kaum erfordern, dass sie antworten: Wir bleiben.

Oft wird ein Wort, das am Anfang eines Satzes steht, am Ende noch einmal wiederholt. Wie *loveliness* vorhin. Oder jetzt Stille.

Nothing it seemed could break that image, corrupt that innocence,

Nichts schien dieses Bild zerstören, diese Unschuld verderben zu können,

or disturb the swaying mantle of silence,

oder den schwingenden Mantel der Stille stören zu können,

which, week after week, in the empty room, wove into itself the falling cries of birds, ships hooting, the drone and hum of the fields, a dog's bark, a man's shout, and folded them round the house in silence.

Die Luft hat eine Präsenz, eine Gestalt, eine Tatkraft. Die Stille auch. Der schwingende Mantel der Stille, der in dem leeren Zimmer Woche für Woche in die fallenden Rufe der Vögel hineinwogte, in das Tuten der Schiffe, das Brummen und Rumoren der Felder, das Gebell eines Hundes, den Schrei eines Mannes, und sie still ums Haus legte. Oder: und hüllte still das Haus darin ein?

Nothing it seemed could break that image, corrupt that innocence, or disturb the swaying mantle of silence which week after week, in the empty room, wove into itself the falling cries of birds, ships hooting, the drone and hum of the fields, a dog's bark, a man's shout, and folded them round the house in silence.

Ein Moment reiner Poesie. Wie so viele andere, in *Time passes*. Im Übrigen bleibt der Satz vom Typoskript bis zur fertigen Ausgabe, sei es die englische oder die amerikanische, unverändert, er überwindet alle Hindernisse – und alle Korrekturgänge. Und sogar in der allerersten, der handschriftlichen Fassung ist der Satz schon zu finden, nicht vollständig, aber Teile davon werden übernommen, *the swaying mantle of silence* zum Beispiel und die verdorbene Unschuld und Woche für

Woche, was ursprünglich *day after day* hieß, oder das Verb *fold*, und *the fields*. Aus den *rooks*, den Saatkrähen, sind einfache Vögel geworden, jede Anspielung auf das Rumoren des Meeres ist verschwunden. Die handschriftliche Fassung, auch Version Berg genannt, ist das Substrat, aus dem die mit der Maschine geschriebene, stark abweichende Fassung hervorging. Die Veränderungen sind substantiell, es wird gestrichen und umdisponiert, Figuren verschwinden, mit Ausnahme von Mrs. McNab, die bleibt, um die Auswirkungen der Verlassenheit festzustellen, wie man früher manchmal auf bestimmte Bilder die Silhouette eines Menschen zeichnete, um sie in ein menschliches Maß zu setzen angesichts gewaltiger Gebäude, Bäume, Berge, riesiger Tiere. In der maschinengeschriebenen Fassung ist das Meer weniger omnipräsent als im Manuskript. Aus den Beschreibungen wird allmählich ein indirekteres Heraufbeschwören, die Gespenster verschwimmen. Der Text hebt ab.

Dresden. Nächtliche Landschaft. Ich betrachtete – ein paar aufgerissene Straßen im Zentrum, hinter Zäunen ist die Tiefe der Aushebungen zu erahnen, eine gewaltige Aushöhlung, die das Fundament eines neuen Gebäudes bergen würde. Immer noch war niemand zu sehen, bis auf die Gespenster meines Lebens, die sich hier verabredet zu haben schienen. Dabei hatte keines von ihnen hier gelebt oder war auch nur hier vorbeigekommen. Aber die Gespenster kommen vielleicht lieber an Orte, die ihnen unbekannt sind, sie reisen weiter oder heften sich an die Schritte von Menschen, denen sie folgen, wohin auch immer diese führen. Vielleicht sahen sie in meiner Begleitung nichts von Dresden, vielleicht sahen sie nicht. Doch ich war mir sicher, dass sie hörten, sowohl meine Schritte als auch meine – innere – Stimme, und wussten, dass ich mich an einen kürzlich gelesenen Artikel erinnerte über die Rückgabe der Glocken nach dem Krieg, der Glocken, die nicht eingeschmolzen worden waren, der Davongekommenen, die auf dem Friedhof darauf warteten, zu ihrem Herkunftskirchturm zurückzukehren, oder, was diejenigen anging, deren Herkunft unbekannt war oder deren Geburtsland – da der Kalte Krieg begonnen hatte – auf der anderen Seite lag, von einem Nachbarkirchturm aufgenommen zu werden, dem Kirchturm eines Dorfes oder einer Stadt, die wie ein kinderloses Paar darauf warteten, eine Glocke adoptieren zu können. Für letztere hatte man einen hübschen Namen gefunden, man nannte sie Patenglocken. Der Pate nimmt die Glocken unter seinen Schutz. Zu diesem Zweck wurde sogar eine mit der Rückgabe der Glocken beauftragte Organisation geschaffen, wie es Organisationen für die Rückgabe von Kunstwerken gab. Bei der Zählung unterschied man die Glocken evangelischer und die katholischer Kirchen. Es ist unklar, ob diese Teilung bei der Rückgabe berücksichtigt wurde, aber es ist anzunehmen. Es blieben noch tausenddreihundert Glocken aus den Ländern des sowjetischen Lagers, das nun als das feindliche betrachtet wurde. Großbritannien hatte die Rückkehr der Glocken in ihre Herkunftsländer verweigert. Daher die Friedhöfe, und dann, als die Lagerung zu teuer wurde, die Entscheidung, sie je nach Bedarf der Gemeinden zu verteilen. Die Rückgabekampagne endete 1953. Die Glocken wurden als Leihgabe angesehen, solange niemand sie zurückforderte. Beschädigte oder geborstene Glocken bekam Ostdeutschland, um sie einzuschmelzen und sich so für die von Westdeutschland behaltenen Glocken zu entschädigen. Über die leeren Straßen legten sich die Schwarzweißfotos, die ich im Internet betrachtet hatte, Fotos von am Straßenrand aufgereihten, trotz ihrer Masse vereinsamt wirkenden Glocken, die verunsichert darauf warten, nach einem bestimmten Schema, einer – nach wie vielen Stunden der Diskussion? – vereinbarten Strategie weitertransportiert zu werden. Erst einmal zur nächsten Stadt, Hamburg, dann nach Bayern, denn aus diesem Land hatten alle Glocken identifiziert werden können, dann ins Rheinland. Für alle geliehenen, von einem Paten übernommenen Glocken, die – wie die Flüchtlinge aus den verlorenen deutschen Gebieten Schlesiens, Ostpreußens oder der Sudeten – auf westdeutschem Boden empfangen worden waren, gab es eine Schutzfrist von dreißig Jahren, die in den achtziger Jahren abgelaufen war. Was war aus diesen Glocken geworden? Konnten sie in ihrer Adoptivkirche bleiben oder mussten sie erneut emigrieren? Kamen die Glocken des in Dresden gespielten Requiems woanders her als aus Dresden und, wenn ja, aus welchen Städten?

Ich spürte die Präsenz des Flusses, in der Nacht scheint das Wasser eine bewegliche Solidität zu besitzen, vor allem in der Nähe der düsteren Straßen, ich dachte an jenen Roman von Dickens, den ich einige Zeit vor meiner Reise nach Dresden gelesen hatte und der anhebt mit der Beschreibung eines nachts auf der Themse treibenden Bootes auf der Suche nach Ertrunkenen, bei denen sich eventuelle Reichtümer finden ließen. Alle nächtlichen Gewässer haben etwas Styxhaftes und tragen sichtbar oder unsichtbar die Totenbarke in sich. Statt die Straße bis zu der die Elbe überblickenden Terrasse weiterzugehen und dann die paar Stufen bis zur Tür des herrschaftlichen Gebäudes zu nehmen, von dem mein darin befindliches schlichtes Zimmer abstach, bog ich nach rechts ab, um zum Flussufer zu gelangen. Ich musste eine Verkehrsachse überqueren. Von Zeit zu Zeit streiften mich Scheinwerferlichter und Motorengeräusche, aber ich war auf der Seite des Wassers und kehrte den Kuppeln den Rücken zu, die – bis in die Gemälde Canalettos hinein, der elf Jahre in Dresden verbracht hatte – die Konturen der Stadt zeichneten. Ich mochte das Gras, das man am anderen Ufer, wo alte Paläste ihre Architektur zur Schau stellten, hatte stehen lassen, um zwischen Fluss und Stadt einen Zwischenbereich herzustellen und so die Bedrohung des ansteigenden Wassers zu mildern, und ich nahm nachts – obwohl der Mond nirgendwo zu sehen war – die Präsenz dieses zugleich leeren und bewohnten, flüchtige Formen begünstigenden Raumes wahr. Warum dachte ich in diesem Moment an die Legende des Aristaeus, wie sie Vergil im vierten Gesang der *Georgica* erzählt? Vielleicht, weil er den unterirdischen Raum beschreibt, der zugleich Rückzugsort der Götter und Ausgangspunkt der großen Flüsse ist, die zur Erdoberfläche dringen, um dort dahinzufließen. Unter den Namen der Flüsse war nicht die Elbe, aber der Tiber, der Phasis und der Po. Die Vergilsche Geographie erstreckte sich nicht bis nach Germanien, aber im schwachen Licht des gegenüberliegenden Ufers hätte die Elbe ebenso gut jenem unterirdischen Königreich entspringen und heimlich dessen Rätsel mit sich tragen können. Das seltene, aber gleichmäßige Rauschen der Autos glich dem Rumoren des Meeres, und dem eher gespenstischen als wirklichen Ufer gegenüber zum Trotz stellte ich mir vor, an der Küste eines Ozeans zu sein. Die Legende von Aristaeus, wie Vergil sie erzählte. Der Verlust der Bienen, die auf geheimnisvolle Weise plötzlich sterben. Aristaeus weint an der Flussquelle, wo seine Mutter lebt – eine Nymphe. Diese öffnet ihm die Tore ihres unterirdischen Wasserreichs. Sie schlägt vor, dem Ozean ein Trankopfer zu bringen. Dann soll sich Aristaeus des Proteus bemächtigen, der die Häfen und die Meere durchstreift. Denn Proteus kennt die Geheimnisse der Zeit und wird ihm den Grund für das Bienensterben erklären können. Nicht das geringste Paradox dabei ist, dass der Schlüssel zum Geheimnis der Bienen im Reich der Wasser und nicht der Lüfte zu finden ist. Aristaeus gelingt es, Proteus gefangenzunehmen. Dieser erfüllt seinen Willen, erst widerstrebend, dann bereitwilliger. Er erzählt die Geschichte von Orpheus, der in die Unterwelt herabstieg, um Eurydike heraufzuholen. Eurydike führte den Tanz der Nymphen an, und ihr Tod wurde verursacht von einem sie verfolgenden Bienenschwarm. Die Nymphen rächten sich, indem sie alle Bienen sterben ließen. Durch Opfergaben und Gebete, sagt Proteus, werden sich die Nymphen der Täler dazu bewegen lassen, dir zu vergeben. Aristaeus tut, wie ihn Proteus geheißen hat. Unter den Opfergaben ist Mohn, der Vergessen sät. Aus dem verwesenen Fleisch der geopferten Rinder – sagt Vergils Text – steigen Bienen auf und fliegen bis in die Baumspitzen. Ich stellte mir den Ort, an dem Aristaeus weinte, wie die Elbe vor mit ihren Gespensterpalästen am anderen Ufer. Und ich dachte an das Buch von Rachel Carson, *Silent Spring*, ein stiller Frühling, Anfang der sechziger Jahre, das Buch hebt an mit der frappierenden Beschreibung einer ländlichen Gegend ohne jeden Vogelgesang, eines stummen Himmels, einer stummen Welt. Ich dachte an die Bienen heute, an ihr Verschwinden, das, wie das der Vögel, in Rachel Carsons Buch weniger poetische Gründe hatte als die Rache der Nymphen, es sei denn, die Nymphen rächen sich auch für das Versprühen von Pestiziden.

Then again peace descended; and the shadow wavered; light bent to its own image in adoration on the bedroom wall; when Mrs. McNab, tearing the veil of silence with hands that had stood in the wash-tub, grinding it with boots that had crunched the shingle, came as directed to open all windows and dust the bedrooms.

Jemand stört die kaum wiederhergestellte Stille. Mrs. McNab kommt das Haus putzen, *as directed*, wie angewiesen. Die Familie Ramsay versammelt sich in diesem unpersönlichen Partizip, *directed*, während alles, was Mrs. McNab tut, von außen beschrieben ist, als würde das Haus und alles, woraus es sich zusammensetzt, sie beobachten.

Dann senkte sich wieder der Frieden herab – denn in der vorhergehenden Passage hatten die Holzplanken geknarrt, ein Felsen hatte sich vom Berg gelöst und die jahrhundertelange Ruhe des Tals gebrochen.

Dann senkte sich der Frieden wieder herab; und der Schatten schwankte; das Licht neigte sich seinem eigenen anbetenden Bild an der Zimmerwand zu. An der Zimmerwand. Ist es das Bild, das das Licht anbetet, oder betet das Licht das Bild an? ... als Mrs. McNab, den Schleier der Stille zerreißend mit Händen, die zuvor im Waschkübel gewesen waren, mit Händen, die sie in den Waschkübel getaucht hatte, mit Händen, die Wäsche gewaschen hatten – da fehlt der Kübel, dessen Materie und Form man doch im Englischen sofort vor sich sieht – den Schleier der Stille zermalmend mit Stiefeln, die sich knirschend über die Kiesel bewegt hatten, welche Umwege, welche Vorsichtsmaßnahmen, um es in einer anderen Sprache zu sagen, nein, das geht so nicht ... *came as directed*, kam wie angewiesen, um alle Fenster zu öffnen und die Zimmer zu säubern. Alles muss noch einmal neu formuliert werden, um zu der dichterischen Schlichtheit des Englischen zu finden. Und dann senkte sich der Frieden wieder; und der Schatten schwankte; das Licht neigte sich seinem eigenen Anbetungsbild an der Zimmerwand zu; als Mrs. McNab den Schleier der Stille mit Händen zerriss, die in den Waschkübel getaucht gewesen waren, ihn mit Stiefeln zermalmte, die auf dem Kiesel geknirscht hatten, als sie, wie von ihr verlangt, alle Fenster öffnete und die Zimmer säuberte. Das ist schon besser, aber vielleicht sollte man »mit Stiefeln, die knirschend über den Kies getrampelt waren« sagen und die Zeichensetzung nachbessern, dieses Semikolon nach der Zimmerwand kann nicht stehenbleiben, denn der Nebensatz, in dem Mrs. McNab auftaucht, ist dem Satz untergeordnet, in dem das Licht erscheint. So endet das Kapitel 4, wenn man diese kurzen nummerierten Momente Kapitel nennen kann, das Kapitel 5 ist ganz Mrs. McNabs Hausputz gewidmet, ihren Gesten und Bewegungen, die von einem unbestimmten Beobachtungsposten aus beschrieben werden. Als sei die Aufmerksamkeit der Gegenstände im Haus – kaum wagt man, »ihr Blick« zu sagen – auf sie gerichtet.

Manchmal, schreibt Thoreau in *Walden*, hörte ich sonntags Glocken. Dann beschreibt er den Klang, der ihn aus der Ferne erreicht, vier Glockenklänge aus vier verschiedenen Orten, Lincoln, Acton, Bedford, Concord, deren Läuten auf dem Weg durch die Wälder einen einzigartigen Klang, eine natürliche Melodie, die Schwingungen einer universellen Harfe annahm, als leistete jedes Blatt, jede einzelne Nadel eines jeden Baums ihren Beitrag dazu. Natürliche Melodie … Und doch gab es eine Welt, die diese Melodie ignorierte, es gab einen Anfang, den niemand festlegen konnte. Ihren literarischen Ursprung glaubt man besser zu kennen. Es ist ein mittelalterlicher Roman aus dem 13. Jahrhundert – *Le Haut Livre du Graal*, besser bekannt unter dem Namen *Perlesvaus*. Anders gesagt, Perceval. Dieser Roman erzählt die Ereignisse, die sich vor und nach Chrétien de Troyes' *Perceval* zugetragen haben. Und konzentriert sich nicht nur auf Perceval, sondern auch auf die Abenteuer des Königs Arthur und der Ritter Lancelot und Gauvain. Gegen Ende des Romans – die Erzählung teilt sich in mehrere verzweigte Äste –, in Buch IX (der Roman hat elf), wenn Arthur, Lancelot und Gauvain zusammentreffen, flüchten sich diese mitten im Wald in das Haus eines Fräuleins, das jede Nacht dämonischen Rittern ausgeliefert und lediglich von einem mit dem Schwert um sie herum gezeichneten Kreis geschützt ist. Als die Dämonen mit ihren brennenden Lanzen auftauchen, stürzt sich Lancelot auf sie, gefolgt von Arthur und Gauvain. Eine erste Horde wird besiegt, aber es taucht eine zweite auf. »Als der Kampf auf seinem grimmigen Höhepunkt angelangt war, hörten sie das Läuten einer Glocke im Wald, und die teuflischen Ritter brachen augenblicklich den Kampf ab und verzogen sich in aller Eile.« Das Fräulein sagt, sie höre das Läuten jede Nacht und werde von ihm gerettet. »Joséphé lehrt uns, dass es zu dieser Zeit weder im Großen noch im Kleinen Britannien Glocken gab und dass man ins Horn blies, um die Leute zusammenzurufen; an manchen Orten gab es nur Eisentrommeln, an anderen Holzratschen. König Arthur war sehr erstaunt über diesen so schönen und harmonischen Klang, und es schien ihm, er müsse wohl göttlichen Ursprungs sein und es wäre eine hervorragende Sache, wenn man sehen könnte, was ihn hervorrief.« Im 10. Buch kommen drei Eremiten zu König Arthur in das von Perceval eroberte Schloss. Einer von ihnen trägt eine Glocke um den Hals, und der Eremit, ein zum »Neuen Gesetz« übergetretener König, der auch sein Volk bekehrt hat, erzählt, dass er in einer Einsiedelei an der Küste des Meeres eines Morgens ein Boot gesehen hatte, das gerade gelandet war. Darauf befanden sich drei Priester, die berichteten, Salomon habe drei Glocken schmieden lassen »zur Ehre des Retters der Welt, seiner sanftmütigen Mutter und der Heiligen«, die Priester hatten eine davon mitgenommen (wie der Gral ins Heilige Land getragen wurde) »auf diese Insel, weil es dort noch keine gab«.

Die Glocke soll als Modell dienen »für alle Glocken, die man nach ihrem Bild herstellen würde in diesem Inselkönigreich, wo es bisher keine gegeben hat.« König Arthur erkennt den Klang der Glocke wieder, der ihn und seine Ritter in ihrem im 9. Buch erzählten Abenteuer gerettet hatte. So gelangten die Glocken nach Großbritannien und in die Literatur.

Der Klang der Glocken eines abendlichen Requiems war schon lange verklungen in jener Nacht, in der ich für unbestimmte Zeit an der Elbe stand und, verloren in Raum und Zeit, aufs andere Ufer schaute. Die Gedanken wirbelten herum, Namen, Orte, Erinnerungen, von denen einige mir gehörten, andere nicht, es war, als käme die Stadt mich besuchen, ihre Schatten vor allem – ich meine, die Figuren der Vergangenheit, all jene aus den Kreisen der Romantiker, die sich dort versammelt hatten, und dann diejenigen, die hierher geflüchtet waren, die von hier geflüchtet waren, die flüchtigen Bewohner – als kämen die Jahrhunderte abends am Ufer der Elbe zusammen. Mir schien, als sei ich im Begriff, etwas zu verstehen, aber was? Man beugte sich hier über das Geheimnis der Stadt, ihren verflossenen Ruhm, dem Niedergang, dem sie nach dem Fall der Mauer und dem Verschwinden des Landes, dem sie angehört hatte, anheimgefallen war: der Deutschen Demokratischen Republik. Und die hier entstandene und wachsende Gruppierung, die sich jede Woche traf, um gegen Ausländer zu demonstrieren, traf auf eine Partei, die sie ablöste und immer mehr an Einfluss gewann. An jenem Abend am Ufer erinnerte ich mich an ein Konzert, dessen Ankündigung ich in Paris 1990 oder 1991 gesehen hatte, ich hatte den Namen des Orchesters behalten, Staatskapelle Dresden, ein historisches Orchester der Stadt Dresden, 1548 gegründet, wie ich kürzlich irgendwo in der Stadt gelesen hatte, und ich erinnere mich, dass ich gedacht hatte, es ist das Orchester eines Landes, das es nicht mehr gibt … Alles bleibt in der einen oder anderen Form bestehen, und das verschwundene Land lebte als Gespenst weiter in dem wieder erstandenen Land. Wie alle Verschwundenen etwas von sich in mir hinterlegt hatten, das mir fortan nicht gehörte, aber ein Teil von mir war, während sie irgendwo zwischen Wasser und Erde schwebten, vage Gestalten aus Hoffnung und Gram.

– Aber man sollte dem Schein nicht trauen und nicht an eine Wiederkehr der Wildnis glauben.

– In den Tagen nach der Katastrophe von Tschernobyl lagen Tierleichen auf dem Boden verstreut. Und die Blumen, die Pflanzen, die Insekten – sogar das Gras – sahen anders aus. Und es war niemand mehr da – hundertfünfunddreißigtausend evakuierte Bewohner.

– Cäsium ist Kalzium sehr ähnlich, und Strontium ähnelt Kalium. Beide haben sich in Tieren und Pflanzen abgelagert, anstelle des nicht mehr auffindbaren Kalziums und Kaliums. Die Knochen der dort lebenden Tiere sind also voller Cäsium und nicht voller Kalzium.

– So gedeiht das Leben und vermehrt sich auf Grundlagen, die nicht sein dürften. Dem Anschein nach ist alles normal, die Wirklichkeit ist eine andere. Die scheinbar gesunden Tiere, die man in Dokumentarfilmen sehen kann, sind Aliens. Es ist eine Parallelwelt entstanden, eine zeitliche Kluft.

Zwischenspiel

Die High Line an einem Herbstabend, wenn die Lichter der Stadt angehen. Die Transparenz des Glases und das Gewirr aus Stahlträgern bilden eine unwirkliche Kulisse, die sich zwischen Baustelle und Science-Fiction-Film nicht entscheiden kann. Ist es die Zukunft, die auf dieser langen Promenade durchlaufen wird? Werden die Wohnungen, die auf den Weg aus Edelholzplanken hinausgehen, von den Menschen der Zukunft bewohnt? Hat die Zukunft diese warmen Farben, gelb und braun, besteht die Zukunft nur aus Luxusdesign-Objekten? Abends hat man auf der Promenade das Gefühl, von Wohnung zu Wohnung zu spazieren, von den einen Nachbarn zu den anderen, durch große helle Räume hindurch – alle leer. In Tunnel herabsteigen, in den Schatten, in dem die Geschichte der Linie entstanden ist; umgehen, abbiegen, sich den Bahngleisen nähern, sie verschwinden und Wildpflanzen aufnehmen sehen, die nichts dazu bestimmte, dort Schutz zu finden ... die High Line bedeutet uns, dass nichts von Dauer ist, auch nicht, was ewig schien – für die Dauer eines Menschenlebens sieht man vielleicht Dinge bestehen, Strukturen sich verankern, aber es braucht nur eine oder zwei Generationen und alles vergeht; was selbstverständlich schien, wird zweifelhaft, was man nie geglaubt hätte, eintreten zu sehen, geschieht, und die Vergangenheit kehrt wieder, verwandelt in Zukunft.

Der Fluss in der Ferne, eine große, fließende, meerähnliche Fläche, der Wind bläst über die High Line, und die Wasseroberfläche kräuselt sich, Wellen bilden sich; Erinnerung an die großen Passagierschiffe, die er einst aufnahm, an die Pier 54, an der die Überlebenden der *Titanic* auf der *Carpathia* anlegten … Dieses in England für die Cunard Line gebaute Passagierschiff wurde 1902 vom Stapel gelassen, es fuhr von einem Fluss zum anderen, bevor es ein Jahr später die Distanz zwischen Liverpool und Boston zurücklegte, dann zwischen New York und den südlichen Gewässern. Atlantik im Sommer, Mittelmeer im Winter, so sah der Kalender aus. Doch in einer Nacht hört der Funker der *Carpathia*, nachdem er von der Brücke zurückkam, einen in seiner Abwesenheit eingetroffenen Notruf. Die Titanic hatte gerade einen Eisberg gerammt und rief um Hilfe. Sie ist ungefähr hundert Kilometer entfernt, die *Carpathia* ändert ihren Kurs, um ihr zu Hilfe zu kommen, es dauert dreieinhalb Stunden. In dieser Zeit werden die Salons des Dampfers in ein Krankenhaus, in eine improvisierte Notaufnahme verwandelt. Das Treibeis verlangsamt ihr Fortkommen, und das Schiff trifft anderthalb Stunden nach dem Untergang ein. 1500 Menschen sind im Meer verschwunden, aber es bleiben 700 Überlebende, die in viereinhalb Stunden von einem Schiff auf das andere transportiert werden. Nach einigem Zögern fährt die *Carpathia* nach New York zurück und wird den Hafen, die Pier 54, am Abend des 18. April 1912 erreichen. Vier Tage nach dem Schiffbruch. Der Kapitän wurde von König George V. geadelt, die Besatzung mit Medaillen behängt und die *Carpathia* setzte ihre Laufbahn als Kreuzfahrtschiff fort bis zum Ersten Weltkrieg, in dem sie amerikanische und kanadische Truppen nach Großbritannien zu transportieren hatte. Sie beendete ihre ruhmreiche Laufbahn 1918, torpediert von einem deutschen U-Boot vor der südwestlichen Spitze Englands. Fünf Tote und 213 Überlebende – die Geschichte der *Carpathia* ist eine Geschichte des Überlebens. Die nicht mit dem Schiffbruch endet, denn nach mehreren Fehllokalisierungen wurde das Wrack im Jahr 2000 in 150 Metern Tiefe gefunden.

Die Pier 54 empfängt keine Schiffe mehr, nur ein Stahlbogen zeugt noch von seiner Vergangenheit. Aber wer weiß, ob nachts, wenn die Fenster der Wohnungen erloschen sind, nicht einer der Überlebenden auftaucht auf der High Line, auf diesen Planken, die an die Decksplanken des Transatlantikdampfers erinnern, auf denen er den Ozean von Europa nach Amerika überquerte, wer weiß, ob einer der im Meer Verschwundenen nicht doch endlich an seinen Ankunftshafen gelangt, in dieses ersehnte New York, und hier fortan jede Nacht umherwandert und den Hafen betrachtet, der zu seinen Lebzeiten unerreichbar war und dessen geheimnisvoller Bogen sich ins Unendliche zu öffnen scheint ...

Dreißig Jahre lang wurde das stillgelegte Gelände der Natur zurückgegeben, und wie in der verbotenen Zone von Tschernobyl hat die Vegetation gewuchert und sich vermehrt, es sind nicht nur heimatliche Arten, sondern auch andere von weit her hinzugekommen, von Zügen einst hertransportiert oder abgefallen von den Schuhsohlen der Spaziergänger, die sich hierher wagten, oder von Vögeln oder dem Wind herbeigetragen ... Im Jahr 2000, weitab der Festlichkeiten, mit denen die Zukunft und das neue technologische Zeitalter eingeläutet wurde, bat der Verein der Freunde der High Line Joel Sternfeld, das verlassene Gelände zu fotografieren. Dieser entdeckte eine Fläche, die es mit den weiten Räumen des amerikanischen Westens aufnehmen konnte – mit jenen Gegenden, für die das Englische das Wort *wilderness* kennt, Wildnis, das keine wirkliche Entsprechung im Französischen hat. Dabei könnten manche Orte Anspruch auf diesen Titel erheben, nicht so sehr wegen ihrer Ausmaße in Kilometern, als des Eindrucks wegen, den sie hervorrufen, wegen des Blickes, den sie bieten, der Freiheit unbebauter Räume. Ich fotografierte nur an Tagen mit grauem Himmel, erzählt der Fotograf, ich dachte an William Henry Jackson, dem man den Auftrag anvertraut hatte, die Rocky Mountains und Yellowstone denjenigen zu erschließen, die nicht reisen konnten; jenen im Rest der Vereinigten Staaten unbekannten Westen vorzuzeigen. Die Fotografien, die er mitbrachte, trugen wesentlich dazu bei, dass Yellowstone zum Nationalpark gemacht wurde. »Wir haben uns bereichert durch Ausbeutung unserer natürlichen Reichtümer. Aber die Zeit ist gekommen, darüber nachzudenken, was geschieht, wenn es keine Wälder mehr gibt, wenn Kohle-, Eisen- und Erdölvorräte erschöpft sind, wenn die Böden ausgelaugt und in die Flüsse geschwemmt sind, die Gewässer verschmutzen, die Felder veröden und die Schifffahrt hemmen«, schrieb Theodore Roosevelt, bevor er 1901 Präsident wurde, er, der sich während seiner Präsidentschaft dafür einsetzte, große natürliche Räume unangetastet zu lassen und archäologische Ausgrabungen zu schützen. Auf Joel Sternfelds Bildern ist an den Tagen mit grauem Himmel das Gras gelb und der Boden aufgeweicht, ein verkrusteter Schnee hat sich zwischen den Schienen und darüber hinaus angesammelt, die seltenen Gräser versuchen den Stein zu besiegen oder ein Obstbaum ringt ums Überleben. Es ist gelb, es ist weiß, es ist grau, die Gebäude in der Ferne, große verlassene Würfel, zeichnen die einzigen senkrechten Linien in die Landschaft. Während heute das Grün der wiedergekehrten Gärten und die Farben der Blumen eine andere Geschichte erzählen, das dem Garten innewohnende Paradox, natürlich zu erscheinen. Eine wiedererschaffene Natur, die den Anschein von etwas Wildem hat. Nachts nimmt die von LED-Lampen beleuchtete Pflanzenwelt ein übernatürliches Aussehen an, den Ort teilen sich Wasser- und Wiesenpflanzen, die aus allen Teilen der Vereinigten Staaten, manche aus Europa, aus Asien gekommen sind ... Vorhänge aus Winterschachtelhalmen, lange, beständig grüne Stiele – dem Bambus nicht unähnlich –, die in Japan gekocht und getrocknet als Schleifpapier verwendet werden, um die Zunge der Klarinetten zu glätten … Waldpflanzen gibt es hier, Bergminze, die High Line ist ein Miniaturuniversum, das man durchlaufen muss, gewiss, aber man muss auch innehalten, sich hinunterbeugen, betrachten. Die Reste der Holzpfähle, auf die sich die Molen stützten, bilden eine andere Art Wald in der Ferne. Sie sehen aus wie Wal- oder Delphinrücken, wie dunkle Meeresgeschöpfe, die sich bald sammeln, bald zerstreuen, eine Wasserfauna, die auf die Vegetation dort oben antwortet und von der Strömung, den Wellen, die von passierenden Booten ausgehen, bewegt zu werden scheint.

III

Etwas wie eine Präsenz, eine Seele regte sich um mich her, eine leichte Brise, ein leichter Wellengang schwellte die Elbe, jemand kam mich besuchen, wollte sich an mich richten, eine Stimme, eine Form – entstanden aus den toten Gestirnen, den verschwundenen Sternen? Ich sah das Denkmal wieder vor mir, der schwarze Obelisk schwamm auf dem Wasser, trieb ab, trieb in Richtung Quelle flussaufwärts, während am Himmel die Wolken jedes Lesen in den Sternen verhinderten. Nur eine Mondsichel tauchte für einen kurzen Augenblick auf, um dann sogleich wieder in der Wolkenmasse zu verschwinden. *Gone over*. Die Worte aus dem Film von Michael Powell fielen mir ein, der schlichte Stein am Rand der Klippe und der eingravierte Name, *Peter Manson, gone over*. Im Meer stirbt man nicht, man ist verschwunden. Doch Peter Manson war nicht im Meer gestorben, er hatte versucht, die Klippe mithilfe eines Stricks hochzuklettern, von dem er wusste, dass er genau an dem Ort reißen würde, an der sein Sohn gewetteifert hatte mit einem Mann, Andrew, der auf einem Segelboot nach Foula, d.h. Hirta, zurückkam. Ich hatte die dramatischen Bilder des Sturzes im Kopf, ich sah ihn fast vor mir in die doch so ruhige Elbe stürzen, der Ozean, der die Insel säumte, war nicht sehr bewegt an jenem Tag, aber der Sturz war tödlich. Der Stein, den Andrew zehn Jahre später entdeckte … Ein Name – diese in Stein, ins Gedächtnis, ins Herz gravierten Namen … manchmal war das alles, was von jemandem übrigblieb, und wie viel Mühen brauchte es oft, um anonyme Leichen zu identifizieren und ihnen den Namen zu geben, den der von ihnen erlittene Tod ihnen versagt hatte, einen Namen anstelle eines Grabmals, einen Namen, der ihnen als Grabmal dienen sollte ... *Gone over*. Weg. Verschwunden. Über Bord. Von einem Ufer zum anderen. Vom Ufer der Lebenden zum Ufer der Toten. Das Flusswasser verwischte die Züge, wer konnte wissen, was in einem anderen vorging, sei es ansatzweise – mein ganzes Leben lang war ich mit dieser Sehnsucht, dieser Unmöglichkeit konfrontiert gewesen, mit dem anderen zu verschmelzen ... Wie gut ich in dieser Nacht durchschaute, welche Illusion ein Leben darstellte, das unter dem Vorwand, den Anderen verstehen zu wollen, der Flucht vor sich selbst gewidmet wäre. Der Andere – was für ein seltsames Wort. Ohne dass ich die Glocken des Requiems gehört oder einen Namen gesehen hätte, schlief ich schlecht in jener Nacht. Denn da ich glaubte, müde zu sein, hatte ich mich, zurück in meinem Zimmer, hingelegt, bei offenem Fenster, trotz der Kühle, um das Rumoren der Stadt zu hören und weniger die Einsamkeit zu spüren, die plötzlich auf mich herabgesunken war und mich hatte umkehren, den schweren Schlüssel in meiner Tasche – eine Art Schlüssel, von der man sich nicht vorstellen konnte, dass es sie noch gab – und im Dunkeln das Schlüsselloch finden lassen, um ihn hineinzustecken, bis in den zweiten Stock hochzusteigen, lauter mechanische Bewegungen, die jedoch in der Nacht einen Sinn oder vielmehr ein Ziel zu haben schienen. War meine Absicht gewesen, den Namen zu vergessen, der mich auf dem Rückweg verfolgt hatte und vom Flussufer vertrieben hatte, weil seine Buchstaben so viel Schmerz bargen? Indem ich die Geräusche aus der Stadt bis zu mir dringen ließ, als ich die Augen schloss, hoffte ich, das Risiko zu träumen – davon zu träumen – gering zu halten.

The spring without a leaf to toss, bare and bright like a virgin fierce in her chastity, scornful in her purity, was laid out on fields wide-eyed and watchful and entirely careless of what was done or thought by the beholders.

Was für ein eigenartiges Bild, der Frühling als ungezähmte Jungfrau.

Der Frühling lag ohne ein abzuwerfendes Blatt nackt und hell wie eine in ihrer Keuschheit ungezähmte, in ihrer Reinheit verachtungsvolle Jungfrau mit weit aufgerissenen Augen über die Felder ausgestreckt, wachsam und gänzlich unbekümmert darum, was die Betrachter tun oder denken mochten. Wieder ein Fehlschlag. Wieder ein Satz, der sich sträubt. Dieses Passiv, das die Menschen ausschließt, vielmehr, ihnen eine Nebenrolle zuweist. Es ist der Frühling, der handelt, er ist es, der zählt. Noch einmal von vorne, ganz von vorne. Aber wie? Wie können diese *beholders* eingeführt werden, ohne dass es schwerfällig wird? Der Frühling lag ohne abzureißende Blätter, leuchtend und nackt wie eine ob ihrer Keuschheit wilde, ob ihrer Reinheit höhnische Jungfrau blauäugig über die Felder ausgestreckt (wenn wir annehmen, *wide-eyed* sei hier im übertragenen Sinne gemeint und nicht im eigentlichen, mit weit aufgerissenen Augen), blauäugig über die Felder ausgestreckt, wachsam und ohne sich einen Deut darum zu scheren, was die Betrachter taten oder dachten. Das ist besser, aber noch nicht gut. *Without a leaf to toss*. Es gibt noch keine Blätter. Es ist der Übergang zwischen Winter und Frühling, die Bäume sind nackt, Woolf will nicht sagen, dass die Blätter noch nicht wachsen, sondern, dass es keine abzureißenden Blätter mehr gibt. Der Frühling lag, bar aller abwerfbaren Blätter, nackt und hell wie eine in ihrer Keuschheit ungezähmte, in ihrer Reinheit verachtungsvolle Jungfrau blauäugig über die Felder ausgestreckt, wachsam und ohne sich im Geringsten darum zu scheren, was diejenigen taten oder dachten, die ihm zusahen. Denn das Hereinplatzen von Betrachtern wäre seltsam.

Und doch muss der Satz mit ihnen enden, denn im darauffolgenden taucht jemand auf – in eckigen Klammern.

Meine Tage verliefen folgendermaßen. Morgens ging ich außerhalb frühstücken – die Pension, in der ich wohnte, bot keines an. Ich ging durch die noch leeren Straßen, wich einer Baustelle aus, gelangte an einen Platz, an dem sich ein wenig später Gruppen von Touristen sammeln würden, um einem Reiseführer zu lauschen, der ihnen die Geschichte dieser zum Symbol der Versöhnung gewordenen Kirche erzählen würde, der Frauenkirche, wiederaufgebaut mit Spenden unter anderem aus Großbritannien, die Coventry oder vielmehr das Rachedenken auslöschen sollten. Die schwarzen Steine des Gebäudes waren die ursprünglichen, die in der DDR-Zeit als Ruinenhaufen-Gedenkstätte liegengelassen worden waren und die manche gerne weiter so bewahrt hätten, statt eine neue Kirche aufzubauen. Die weißen Steine waren aus heutiger Zeit. Die zusammengebrochene Fassade und der Steinhaufen, der wie ein erstarrter Wasserfall davor lag, waren in der Tat ein beeindruckendes und konkretes Bild der Kriegszerstörungen gewesen. Aber die Ruinen zu erhalten, war paradoxerweise so teuer, dass man sich für den Wiederaufbau entschied. Ich ging weiter bis zu einem größeren, von neueren Gebäuden gesäumten Platz, der sich an Wintertagen zum Weihnachtsmarkt hin öffnete, und erreichte den Kulturpalast, einen prachtvollen, auf Pfeilern stehenden Quader aus Glas, zugleich solide und zerbrechlich, ganz Transparenz und Licht, der eine Bibliothek beherbergte und einen Konzertsaal, und im Erdgeschoss gab es ein gänzlich verglastes, mit dem Foyer verbundenes Café, in dem sich Verwaltungsangestellte, Musiker, Bibliothekare trafen, oder Passanten, die dort je nach Uhrzeit berufliche oder private Verabredungen hatten.

Ich nahm ein warmes Getränk und ein Brötchen oder Müsli zu mir, vor allem aber Schätze an Leben und Licht, die mir halfen, den Tag anzugehen, und mir Lust zu arbeiten machten. Ich nahm meinen Laptop mit und maß den Rhythmus der Woolf'schen Sätze an der Bewegung der Stadt.

[Prue Ramsay, leaning on her father's arm, was given in marriage that May. What, people said, could have been more fitting. And, they added, how beautiful she looked!]

[Prue Ramsay, auf den Arm ihres Vaters gestützt, wurde in diesem Mai verheiratet. Und, fügten sie hinzu, wie schön sie aussah!]

Wie viele Möglichkeiten, sogar für einen so einfachen Satz. Zum Beispiel: Prue Ramsay, am Arm ihres Vaters, aber dann geht *leaning* verloren, gestützt, untergehakt, Prue Ramsay wurde verheiratet, immer dieses gewissermaßen aktive Passiv, wenn es sich um menschliche Figuren handelt, in diesem Monat Mai, im Mai. Und, fügte man hinzu – zu wem sprechen sie, ist es Mrs. McNab, der die Neuigkeit mitgeteilt wird, oder sind es die Kommentare, die am Tag der Hochzeit fallen? – wie schön sie war! *Look*, man betrachtet sie, eine rein äußerliche Szene, in der es keinerlei Gewissheit gibt, bloß Echos und Eindrücke – es ist nicht so, dass sie schön ist, aber man sieht sie und findet sie schön. Also könnte es heißen: Prue Ramsay, von ihrem Vater geführt (um den Rhythmus zu wahren und das Bild, auch wenn es nicht ganz dem Sinn entspricht), wurde im Mai verheiratet, wurde in diesem Mai verheiratet. Was, sagten die Leute, hätte man sich Besseres erträumen können! Und, fügte man hinzu, wie schön sie aussah! Prue Ramsay, am Arm ihres Vaters, wurde im Mai verheiratet. Was, hieß es, könnte man sich Besseres vorstellen? Und wie schön sie war!, fügten sie hinzu.

Tod, Krankheit, Hochzeit, Kinder, alles geschieht in Klammern. Tun wir nicht so, als wäre es so, indem wir die schwierigsten Ereignisse an die Ränder unseres Bewusstseins drängen? Und mechanisch, gewohnheitsmäßig, weiter unseren Tätigkeiten nachgehen. Diese Übersetzung, dachte ich, während ich durch die Glasscheibe des Cafés die Straßenbahnen betrachtete, die anhielten, ihre Fracht an Passagieren abluden, sich kreuzten und weiterfuhren, still in Richtung Elbe oder Bahnhof glitten, die Stadt so geheimnisvoll durchquerten wie das vom Meer her nahende Segelschiff, das in Michael Powells Film durch das Felsengewölbe an der Inselküste gesehen wird. Diese Übersetzung ließ mich – für Augenblicke – den Verlust vergessen, den ich durch die Entfernung und die Arbeit hätte verdrängen wollen. Auch wenn die Arbeit – da *Lighthouse* vom Leben, von seinen verschiedenen Phasen, auch von Trauer durchzogen wird, von Geburten, Begegnungen, der Schwierigkeit zu leben ... und auch von Orten, von Licht und Meer – auch wenn die Arbeit ins Herz dieses Verlusts zurückführte, und oft in einem Moment, in dem ich am wenigsten darauf gefasst war, über ein einziges Wort, ein Bild.

Nach dem Frühstück öffnete ich das Buch und meinen Computer und richtete mich am Meeresufer ein, nahe der Glasscheibe, am Ufer der Stadt, zwischen Bildschirm und Seite wechselnd und von der Seite zum Bildschirm, von einer Zeit in die andere, einer Sprache in die andere. Oder ich ging durch dieselben, nun bevölkerteren Straßen auf mein Zimmer und in dessen Stille zurück, aber das kam immer seltener vor. Je länger mein Aufenthalt andauerte, umso häufiger verbrachte ich die Vormittage im Café, unterbrach dann den Arbeitstag durch einen Spaziergang am Fluss entlang, um dann am Nachmittag die Übersetzung in der – manchmal auf mir lastenden – Einsamkeit meines Zimmer wieder aufzunehmen;

abends ging ich noch einmal raus, überquerte manchmal eine der breiten Brücken, um mich auf dem anderen Ufer in den Lärm der Cafés und angesagten Lokale zu mischen, die eine andere Seite der Stadt zeigten.

– In Píšt', einer kleinen Stadt der Tschechischen Republik nah der polnischen Grenze, einer Gegend, die früher zu Oberschlesien und also zu Deutschland gehörte, macht sich ein Mann auf die Suche nach der historischen, aus dem Jahr 1743 stammenden Glocke der Sankt-Lorenz-Kirche, dessen Spur er in einem Dorf im Schwarzwald am Neckar wiederfindet – dem Fluss, den Hölderlin von seinem Turm aus dahinfließen sah.

– Die oberschlesische Kirche ist katholisch, die am Neckar evangelisch.

– In Sulz – so heißt das deutsche Städtchen – hatte man die Kirche nach dem Krieg wieder aufgebaut, da der ursprüngliche Kirchturm abgebrannt war, und die Exilglocke war sehr willkommen gewesen.

– Der Pfarrer bekommt einen ersten Brief mit der Frage, ob die Glocke seiner Kirche, wie es die Archive des Nürnberger Museums bezeugen, das sich mit der Geschichte und der Auflistung der Glocken beschäftigt, tatsächlich aus Píšt' stammt. Der Pfarrer ist nicht gerade erfreut. Um die Glocke zurückzugeben, also erst einmal herauszuholen, würde man den Kirchturm zerstören und ihn dann mit einer anderen Glocke wieder aufbauen müssen.

– Der Kirchenbezirk befürwortet jedoch die Rückgabe. 100 000 Euro Kosten werden veranschlagt, der Vertrag zwischen den beiden Gemeinden wird vorbereitet.

– Die Gegend von Píšt' hat eine komplizierte Geschichte, die Grenze zu Polen hat sich verschoben im Laufe der Zeit, sie hat sogar zeitweise Städte durchquert und deren Einwohner voneinander getrennt.

– Die Kirche Sankt-Lorenz ist der Pilgerschaft und der Wiederversöhnung, der Völkerverständigung gewidmet. Píšt' hat gute Gründe, um deren Bedeutung zu wissen. Und so beschließt man am Ende, dass die Glocken dort bleiben sollen, wo sie sich befinden, und dass ihr Klang, jenseits von Fragen der Herkunft und der Grenzen, ein Symbol für Einheit ist – wenn die Glocke aus Píšt' in Sulz läutet, hört man in gewisser Weise ihr Echo in Píšt'.

– Und nun trifft also in Sulz ein zweiter Brief ein, der sagt, wir verzichten auf die Wiedergabe. Die Sulzer nehmen das zur Kenntnis, mit Staunen vielleicht, aber sonst passiert nichts.

– In Pišt aber lässt man eine Tafel herstellen, auf der in tschechischer und in deutscher Sprache die Geschichte der Glocke erzählt wird. Dann schickt man ein Video nach Sulz, das die volle Kirche am Tag der Enthüllung der Tafel zeigt.

– Diesmal ist die Sulzer Gemeinde ergriffen von so viel Engagement, von den vielen Menschen, die einverstanden waren, dass sie die Glocke behalten können. Es ist sogar die Rede davon, dass einige Sulzer Gemeindemitglieder nach Píšt' fahren, um die dortige Gemeinde zu besuchen.

Was ist privat, persönlich an dem Verlust eines Menschen, was ist kollektiv? Was kann man teilen? Soll man die Erinnerungen im Stillen bewahren oder müssen sie, können sie erzählt werden? Werden die Worte eines jeden jeweils andere Wege nehmen und ein Stück weiter wieder zusammenfinden, oder werden diese Schleichwege für immer parallel verlaufen? Ich behielt Gespräche im Kopf, Momente, ein Lächeln, Gesichtsausdrücke, einen Tonfall, doch all das ergab keine Person, höchstens eine Erinnerung, und fortan würde ich mit diesen Splittern leben und versuchen müssen, daraus ein Bild zusammenzusetzen. Vorher war mir nicht bewusst, wie viel Vertrauen es braucht, um zum Beispiel ein Buch zu kaufen, es in seinen Bücherschrank zu stellen und sich zu sagen, ich behalte es für später, oder mit dem Lesen anzufangen und das Buch wieder hinzulegen, weil man spürt, dass der rechte Moment dafür noch nicht gekommen ist. Das Vertrauen, dass es braucht, um sich zu sagen: später. Um zu denken, dass man es tun kann. Dass es nicht zu spät sein wird. Und also nicht jedes Mal, wenn man jemanden hin und wieder sieht, zu denken, ob es noch ein nächstes Mal geben wird, sondern an die Kontinuität der Dinge zu glauben. Verabredungen drei Wochen vorher zu treffen, eine Reise zu planen, alles, was man tut, ohne darüber nachzudenken. Und eines Tages stirbt jemand, und man bereut. Wenn man sich häufiger gesehen hätte, wenn man gewusst hätte, wenn dieser oder jener Satz, statt beschwiegen oder übergangen zu werden, einem aufgefallen, kommentiert, gebührend beachtet worden wäre, wenn diese oder jene Antwort anders geklungen hätte? Was man behält, was man vergisst, was da ist, ohne dass man es weiß, und eines Tages wieder hochkommt – was endgültig verloren ist. Wird er, wird sie gewusst haben, was er für einen bedeutete, wie wichtig sie war? Und dieser Platz, der fortan leer ist, was tun damit?

As the summer neared, as the evenings lengthened, there came to the wakeful, the hopeful, walking the beach, stirring the pool, imaginations of the strangest kind – of flesh turned to atoms which drove before the wind, of stars flashing in their hearts, of cliff, sea, cloud, and sky brought purposely together to assemble outwardly the scattered parts of the vision within.

Während der Sommer nahte und die Abende länger wurden, kamen den Wachenden, den am Strand entlang Laufenden, den Hoffnungsfrohen, die den Priel aufrührten, die seltsamsten Visionen – Fleisch, das, in Atome zerfallen, vom Wind davongetragen wird, Sterne, die in ihrem Herzen explodieren, Klippe, Meer, Wolke und Himmel, die eigens angehäuft wurden, um die verstreuten Teile der inneren Vision im Außen zusammenzufügen. Um die verstreuten Fragmente der inneren Vision außen zusammenzutragen. Während der Sommer nahte, die Abende länger wurden, kamen den Wachgebliebenen, den Hoffnungsfrohen, die am Strand entlang liefen oder den Priel aufrührten, die eigenartigsten Visionen – in Atome verwandeltes Fleisch, das vom Wind verstreut wurde, Sterne, die in ihren Herzen aufleuchteten, Klippen, Meer, Wolke und Himmel, die mit Absicht zusammengebracht worden waren, um die verstreuten Splitter einer inneren Vision außen zu vereinen. Aber Vision für *imagination* und Vision für *vision* geht nicht. Es braucht ein anderes Wort. Bilder, vielleicht? Während der Sommer nahte, die Abende länger wurden, schwebten den Wachgebliebenen, den Hoffnungsfrohen, die am Strand entlang liefen oder den Priel aufrührten, die merkwürdigsten Bilder vor – Fleisch, das, in Atome zerfallen, vom Wind davongetragen wird, Sterne, die in ihren Herzen leuchten, Klippe, Meer, Wolke und Himmel, eigens angehäuft, um die verstreuten Splitter der inneren Vision außen zusammenzufügen.

Der friedliche Spaziergang am Strand, die schlaflosen Abende oder einfach das späte Schlafengehen bilden einen Kontrast zu den verstreuten Atomen des Fleisches, dem Krieg, der auch hier wieder die Gedanken der friedlichen Spaziergänger am Meeresufer durchzuckt. An den englischen Küsten konnte es vorkommen, dass die Explosionen der Granaten zu hören waren, die an den französischen Küsten die Hoffnung auf Frieden pulverisierten. Doch einige gingen weiter über den Strand, *hopeful*, Hoffnung bewahrend.

In those mirrors, the minds of men, in those pools of uneasy water, in which clouds for ever turn and shadows form, dreams persisted, and it was impossible to resist the strange intimation which every gull, flower, tree, man and woman, and the white earth itself seemed to declare (but if questioned at once to withdraw) that good triumphs, happiness prevails, order rules;

Der Satz geht nach dem Strichpunkt noch weiter, aber die Passage ist schon dicht genug. Es ist grandios, wie sich alles entfaltet, erst als eine Vision oder vielmehr ein Blitz, dann als andauerndes Bild. Die *pools of uneasy water*, geradewegs aus den bewegten *pools* des vorhergehenden Satzes entstanden, die wieder auftauchenden *clouds*, die *imaginations*, die weiterentwickelt oder variiert wurden zu *shadows, dreams*, die *strange intimidations* als Echo auf die *imaginations of the strangest kind*.

Also … In jenen Spiegeln, die der Geist der Menschen darstellt, in jenen unruhigen Prielen, in denen die Wolken auftauchen und Schatten sich bilden, dauerten die Träume fort, und man konnte unmöglich dem merkwürdigen Gefühl widerstehen, das jede Möwe, jede Blume, jeder Mann, jede Frau und die weiße Erde selbst zum Ausdruck zu bringen schien (aber, befragt, gleich wieder zurücknahm), wonach das Gute triumphiert, das Glück obsiegt, die Ordnung herrscht. Was für ein Dickicht. Man muss das Geäst beiseite drücken, eindringen, sich einen Weg bahnen. Vielleicht gar schneiden? Im Spiegel des menschlichen Geistes, aber der Plural ist wichtig, des Geists der Menschen, der darf nicht verlorengehen. Und sei's drum, wenn ein Verb hinzugefügt werden muss, das ist nicht weiter schlimm, es dient nur als Bindeglied im Satz, auch wenn im Englischen die *minds* direkt auf die Spiegel folgen. In jenen Spiegeln, die der Geist der Menschen darstellt, in den unruhigen Gewässern jener Priele, durch die immerfort die Wolken ziehen und Schatten sich bilden, hatten die Träume Bestand, und es war unmöglich, der seltsamen Erklärung zu widerstehen, die jede Möwe und jede Blume, jeder Baum, jeder Mann, jede Frau, bis hin zur weißen Erde abzugeben schien (dazu befragt jedoch sofort wieder zurücknahm), das Gute triumphiert, das Glück siegt und die Ordnung herrscht.

Wie schön hier das unmögliche Streben nach Ruhe, das Zurückweisen aller störenden Ereignisse, die eintreten können – ein Krieg, ein Verlust, ein Unglück – dargestellt werden. Und wie belügt man sich, wenn man immerzu Sätze wiederholt wie: alles ist gut, alles ist wie früher.

Ich ermaß – in den Verlust eintauchen wie in ein Gewässer, nicht allmählich wie an Meeresstränden, sondern schlagartig, von einem Seeufer aus. Man lässt das Ufer hinter sich, das sanft abzufallen scheint, und plötzlich steht einem das Wasser bis an die Brust. Ein paar Schritte mehr und man kann nicht mehr stehen. Im Verlust versinken, dessen unerwartete, überraschende, unergründliche Tiefe ermessen. Nicht sein Maß nehmen, sondern merken, dass es keines dafür gibt, dass er ein ständiger Begleiter ist, der treue Schatten, der uns folgt und auf eine Gelegenheit wartet, sich unserer zu bemächtigen, dass er zugleich Freund und Feind ist und uns nicht in Frieden lassen wird.

In diesem Café mit den breiten Glasfronten, durch die selbst an grauen Tagen, selbst bei Regen das Licht hereinflutete, in diesem Café, das sie nie besucht hatte, ebenso wenig, glaube ich, wie diese Stadt, sah ich sie, oder vielmehr sah ich etwas – jemanden –, eine Präsenz, etwas Ungreifbares, schwer zu Umreißendes und zu Definierendes, das doch Teil von uns ist, Teil der Vorstellung, die wir uns von der Welt machen. Abgesehen von dem, was wir uns sagten, gab es das von ihr Geschriebene, das sich im Lauf der Jahre, Buch für

Buch, in mir abgelagert hatte und irgendwo zugegen war, auch wenn ich nichts genau hätte zitieren können, wie ein Dornröschen, das auf den Moment des Erwachens wartet. Und das Erwachen trat manchmal ein, unvermutet, indem zu einer geschriebenen, komponierten, geträumten Szene eine gelebte kam. Eine Freundin, eine Seele, der Kummer, eine, die schrieb, während ich übersetzte, ich versuchte mit der größtmöglichen Genauigkeit eine Stimme wiederzugeben, zum Klingen zu bringen; sie hingegen versuchte, einen Weg zu finden, die Dinge zu sagen, der ihr zugleich ähnelte und nicht ähnelte, es war nicht leicht zu beschreiben, es war etwas, woran sie arbeitete und was über sie hinausreichte. Wenn ich sagen würde, das Schreiben bemächtigte sich ihrer, würde das ein falsches Bild abgeben von dem, was da passierte, oder vielmehr von meinem Eindruck, denn ich wusste nicht, was da passierte, und nach allem, was sie sagte, wusste sie es auch nicht. Dabei ging sie sehr bewusst an ihre Arbeit, sie hatte eine hohe Vorstellung von Literatur, die sich in ihren Lektüren und Schriften widerspiegelte und auf diesen aufgebaut war. In dem Café mit der breiten Fensterfront, in das trotz der dichten Wolkendecke Licht eindrang, stolperte ich an jenem Tag, an dem das Gefühl des Verlusts besonders intensiv war, in meiner Übersetzung über einen Satz, der den Frühling heraufbeschwor.

Moreover, softened and acquiescent, the spring with her bees humming and gnats dancing threw her cloak about her, veiled her eyes, averted her head, and among passing shadows and flights of small rain seemed to have taken upon her a knowledge of the sorrows of mankind.

Was tun, fragte ich mich zunächst, mit diesem Femininum, mit diesem *her*, das hier plötzlich und unvermutet auftaucht. Welche Frau trat hier auf, deren Eintritt ich verpasst hatte?

Es war, als wäre die Freundin, an die ich dachte, soeben in Erscheinung getreten, als hätte sie ihre Spur in dem Text hinterlassen oder als hätte der Text ihr Auftauchen vorweggenommen. Es war aber zuvor von keiner Frau die Rede. Wer oder was war das also – welche Präsenz? Das weibliche Pronomen stach mir ins Auge. War es der Frühling? Die Primavera? Das junge Mädchen, das in Botticellis Gemälde einer großen Muschel entsteigt? Zudem hüllte sich der sanfte und gefügige Frühling – falls es so stimmt, müsste alles Weitere ins Maskulinum gesetzt oder aber von der Primavera gesprochen werden, was dem Text eine ihm völlig fremde Maniertheit verleihen würde – mit seinen summenden Bienen und seinen tanzenden Mückchen sanft und gefügig in einen Umhang, verschleierte seinen Blick, wandte den Kopf ab, und schien unter den vorüberziehenden Schatten und den kurzen Regenschauern das Wissen über den menschlichen Kummer auf sich genommen zu haben. Vielleicht eher »zwischen« den vorüberziehenden Schatten? Oder »inmitten«? Nein, unter den aufgezählten Phänomen ist er es, der dieses Wissen auf sich gezogen hat. Hinter jeder Möglichkeit verbarg sich ein Versuch des Vergessens. Ich klammerte mich an den Text, der reibungslos vor mir ablief – Woolfs Text, nicht meine Übersetzung –, um mich zu retten, um dem See zu entfliehen, der entgegen aller Logik das Land überflutete.

Manchmal hatte ich eine Vision, aber wie soll ich sie beschreiben, von einer Blase, die aus jemandem entwichen wäre, wie in Märchenbüchern der aus Aladins Lampe entwichene Geist abgebildet ist, ein Geschöpf, das sein eigenes, äußeres Leben hatte, aber aus der Lampe gekommen war. Manchmal, wenn ich meine Freundin von ihrer Arbeit reden hörte, wenn ich ihre Bücher las vor allem, hatte ich dieses Gefühl, als sei da ein Geschöpf ihrem Denken, ihrem Körper, ihrem Inneren entwichen und würde immer größer und größer wie der Geist aus der Lampe, um in seiner eigenen Form ein selbständiges Leben zu führen. Ich hatte ihr nie von dieser Vision erzählt, vermutlich hätte ich sie nicht so genau beschreiben können und vielleicht hatte ich sie auch noch gar nicht gehabt. Nicht dass die in den Büchern ausgedrückten Gedanken den im Leben ausgedrückten widersprochen hätten, ich erkannte alles wieder, bis hin zur Stimme, nein, es war etwas anderes, von woanders, ich weiß nicht woher Gekommenes, ein unbekanntes Objekt, das sich des Textes bemächtigte und etwas anderes daraus machte als eine bloße Verlängerung seines Autors.

– Slawutytsch ist eine Stadt wie jede andere. Wie jede andere? Nicht ganz. Entworfen, um die Bewohner der evakuierten Stadt Prypjat unterzubringen, wurde sie 1986 gebaut und war zwei Jahre später bewohnbar.

– Man hat das Modell der Stadt des 21. Jahrhunderts daraus machen wollen, wie Prypjat zu seiner Zeit Modell gewesen war – all diese Modellstädte, die eines Tages zusammenbrechen.

– Acht Stadtviertel oder Distrikte, von denen jeder den Namen einer Hauptstadt der Sowjetunion trägt ... die es noch gab, wenn auch nicht mehr lange ... Hauptstädte von acht Ländern der Sowjetunion, die zu ihrem Bau beitrugen.

– Die Stadt befand sich am Rand der verbotenen Zone, eine merkwürdige Stadt, Denkmäler, Wald, Statuen, ein Engel. Ein Museum, in dem eine Wohnung aus dem Prypjat der achtziger Jahre nachgebildet ist. Fußgängerstraßen, Beton, Bäume.

– Eine Stadt. Fünfundzwanzigtausend Einwohner mitten im Wald – eine überdimensionierte, bewohnte, aber doch eine Geisterstadt. Stadien, Wiesen, Wohnblöcke, Birken,

Tannen, Hauptverkehrsadern, für Menschen gemacht, die nie gekommen sind.

– Die eigentlichen Einwohner sind vielleicht die Standbilder, die Mahnmale, jene in Marmor gemeißelten Gesichter, die Liquidatoren, die Tschernobyl-Toten, die Helden.

– In den Grünanlagen bleiben die Spielplätze leer.

– In welcher Stadt wird es ein Museum geben, in dem eine Wohnung aus dem Slawutytsch der zweitausendzehner Jahre nachgebildet ist?

Und hier ist sie wieder, die Klammer, der Verlust, auf den die Leiden der Menschheit, *the sorrows of mankind*, uns eingestimmt haben.

[Prue Ramsay died that sommer in some illness connected with childbirth, which was indeed a tragedy, people said. They said nobody deserved happiness more.]

Eine anscheinende Gleichgültigkeit. Gleichgültigkeit? Scheinbar? Prue? War sie es nicht, die kaum eine Buchseite zuvor am Arm ihres Vaters zur Hochzeit ging? Und die so schön war? Die Zeit vergeht, sie vergeht mit dem, was sie enthält. Prue Ramsay starb in diesem Sommer an einer Krankheit, die mit der Niederkunft zu tun hatte, eine wahre Tragödie, sagten die Leute. Sie sagten, niemand hätte Glück mehr verdient. Zwei scheinbar einfache Sätze, die doch eine gewisse Anzahl von Fallen verbergen. Prue Ramsay starb in diesem Sommer an einer Krankheit, die mit der Niederkunft zu tun hatte – mit der Niederkunft, da stimmt etwas nicht, vielleicht sollte es besser: mit ihrer Niederkunft heißen. Aber im Englischen steht da kein Possessivpronomen, nichts deutet auf eine Zugehörigkeit oder Person hin, alles ist unpersönlich, *people said, they said*. Die Leute sagten, sie sagten. Sie sagten, dass niemand es mehr verdient hätte, glücklich zu sein. Das ist schon besser. Aber der erste Satz ist verzwickt. Prue Ramsay starb in diesem Sommer an einer Krankheit (eigentlich sollte es besser »an irgendeiner« heißen), an irgendeiner Krankheit in Zusammenhang mit einer Niederkunft. Nein. »Irgendeiner« streichen. Prue Ramsay starb in diesem Sommer an einer Krankheit in Verbindung mit, hervorgerufen durch eine Niederkunft, was in der Tat eine Tragödie war, sagten die Leute. Sie sagten, niemand hätte es mehr verdient, glücklich zu sein. In dieser Klammer darf nichts herausstechen, alles muss gleichförmig sein wie der Strand, an dem Leute, die eine Antwort suchen, abends spazieren gehen. Prue Ramsay starb in diesem Sommer an einer Krankheit, die von einer Niederkunft ausgelöst war, was eine wahre Tragödie war, sagten die Leute. Sie sagten, niemand hätte es so sehr verdient, glücklich zu sein.

Ich hatte mich zu den Schatten begeben, war es ein Reich oder eher ein Dorf? Die Straßen waren eng und gewunden, die Häuser von hohen Mauern geschützt, aber manchmal gestattete ein Gitter oder eine offenstehende Pforte einen Blick auf das weitläufige oder bescheidene Anwesen – denn die Schatten ähnelten einander nicht –, auf seine von Efeu oder Wein bewachsenen Mauern und das Gras eines Gartens. Obstbäume boten den Passanten großzügig ihre mit Früchten beladenen Äste dar. Doch auf den Straßen war niemand, die Schatten warteten auf den Abend, auf den Moment, wo niemand sie sehen würde, um herauszukommen, sie mieden die Laternen, auch die schwach leuchtenden, um mit lautlosen Schritten voranzugehen. Ich war auf der Durchreise. Jeder neue Bewohner des Dorfes oder des Reiches glaubt vermutlich, auf der Durchreise zu sein, aber war das nicht der beste Beweis dafür, dass ich auf ebenso geheimnisvolle Weise, wie ich dorthin gelangt war, wieder zurückgekehrt war? Es war kein Traum, es war keine Vision – es war von anderer Art. Das Dorf war vielleicht zwischen die Seiten eines Buches geschlüpft, vielleicht war es aus einem Satz entstanden, jedenfalls war es plötzlich dagewesen, und in einem der Schatten hatte ich den ihren wiedererkannt, denn obwohl es Nacht war, konnte ich die Gestalten sehen, und ohne Stimmen zu hören kamen mir gewisse Namen in den Sinn, und die Namen legten sich auf die Gestalten, der Schatten war dann vollständig – denn Schatten sind nicht dazu gemacht, anonym zu bleiben – und unter ihnen war der ihre.

And now in the heat of summer the wind sent its spies about the house again.

Der Rhythmus des Satzes. Und in der Hitze des Sommers schickte der Wind erneut seine Spione ums Haus. *And now*. Das französische *Et maintenant* (und jetzt) ist zu lang. Vielleicht nur *Maintenant* schreiben? Jetzt, *maintenant*, in der Sommerhitze schickte der Wind wieder seine Spione in die Nähe des Hauses. Und es begann jene Vision, die über die Jahre hinweg das ankündigte, beschrieb, heraufbeschwor, was fünfzig Jahre später östlich der Insel, wo das Haus mit dem Leuchtturmblick stand, geschehen würde.

Flies wove a web in the sunny rooms; weeds that had grown close to the glass in the night tapped methodically at the window pane.

Fliegen woben in den sonnigen Zimmern ein Netz; Gräser, die nachts nah am Glas gewachsen waren, schlugen mit Methode gegen die Fensterscheibe. Man möchte eigentlich das Plusquamperfekt verwenden. Fliegen hatten ein Netz (ihr Netz) in den sonnendurchfluteten Zimmern gesponnen; Gräser oder vielmehr Unkraut, das nachts hinter dem Glas gewachsen war. Aber ist es nachts gewachsen oder schlägt es nachts gegen das Fenster? Fliegen – wo man Spinnen erwartet? Hat es damit zu tun, dass *spider* zwei Silben hat, und *flies* nur eine, und der Satz fast nur aus Einsilbern besteht, *heat, wind, spie*s, und dann der Binnenreim, *flies/spies* – man kann sich alles Mögliche ausdenken … Ich habe nachgesehen, der Satz ist in allen Fassungen intakt geblieben. In der englischen, der amerikanischen, der ersten, der zweiten, der endgültigen. Ganz stimmte das aber nicht. Denn es gab da diesen Schatz, diese unschätzbare Goldgrube, die sich unter dem Namen Berg Collection verbarg. Die handschriftliche, mit vielen Durchstreichungen versehene Fassung von Seiten, auf denen manchmal nur ein paar Zeilen standen, die, wenn die Wörter sich überstürzten, schwer zu entziffern waren, aber durch die Magie der Digitalisierung in Druckbuchstaben überführt wurden, sobald der Laserpointer darauf lag. Diese Fassung unterschied sich deutlich von der maschinengeschriebenen, die auf der großzügigerweise allseits zugänglichen Website, wo die verschiedenen Versionen von *To the Lighthouse* zur Verfügung standen, unter dem trügerischen Namen *proofs* vorkam – ich hatte zunächst geglaubt, es handele sich in der Tat um Druckfahnen, aber in Wirklichkeit war es eine zwischen dem Manuskript und der ersten englischen Ausgabe angesiedelte Zwischenfassung, die man Typoskript nennt. Zum einen war in der Originalfassung vom Frühling und nicht von der Sommerhitze die Rede, zum anderen gab es da eine Aufzählung, *flies*, *gnats*, *spiders*, die durchgestrichen worden war. Die *gnats*-Mückchen waren in einen vorhergehenden Satz ausgewandert, die Fliegen-*flies* waren beibehalten worden, und was die Spinnen-*spiders* anging, so spazierten sie vielleicht irgendwo durch die folgenden Seiten. Konnte *flies* in diesem Zusammenhang Insekten insgesamt bezeichnen? Und was da gegen die Fensterscheibe schlug, waren die Blätter einer Pflanze.

Die Fliegen woben ein Netz in den sonnigen Zimmern; das nah am Fenster hochgewachsene Unkraut schlug mit Methode gegen das Glas. Der bestimmte Artikel war besser als der unbestimmte. Und das Fenster als Vorhut vorausschicken für *glass*, statt es hinten anzustellen.

Vor allem aber entsprachen das aus diesem Satz entstehende Bild und die noch seltsameren, präziseren Bilder, die im Folgenden auftauchen würden, genau dem, was Wissenschaftler und Filmemacher, seien es Amateure oder nicht, in der verbotenen Zone gefilmt hatten. Diese Arten, die dort auftauchten, wo man sie nicht erwartet hatte, diese Fotos oder Filmsequenzen, auf denen die Vegetation Besitz ergriffen hat von verlassenen Räumen in Häusern, deren Böden zerstört, deren Fenster glaslos waren – daher die Wichtigkeit von Präzision und Nachdruck, könnte man sagen, mit dem *glass* und *window pane* vorkommen –, eine Art, zwei Mal zu sagen, dass die Fensterscheiben bis dahin dem Ansturm der Zeit und der Vegetation widerstanden hatten und die Trennung in Innen und Außen noch Bestand hatte. Was früher einmal Stadt war, was Wald und was bebautes Feld, ließ sich nicht mehr unterscheiden, sagte ein Forscher, in Prypjat sind noch die Spuren der dort gebauten Straßen und Gebäude zu sehen, der Beton wird lange brauchen, bis er verschwindet, aber, erklärte der Forscher, dieselben Pflanzenarten wachsen innerhalb und außerhalb der Stadt, dieselben Tierarten begegnen einander.

In Dresden, wo die Erkundung der Stadt mich in Anspruch nahm, wo die aufmerksame Lektüre und die unablässige Arbeit, die jede Übersetzung verlangt, umso mehr noch die von Woolf und jenen Seiten reiner Poesie, die den Mittelteil von *To the Lighthouse* darstellen, wo die aufmerksame Lektüre und die unablässige Arbeit den größten Teil meiner Zeit, meiner

Energie, meiner geistigen Verfügbarkeit für sich forderten, war eine Art Parallelleben entstanden, das sich mir entzog, das mich unbemerkt begleitete und an manchen Momenten zufällig zum Vorschein kam, mich überraschte und mein eigentliches Leben verdrängte.

Es war an einem Abend; wieder hatte die Glocke der Kreuzkirche gerade geläutet, und ich durchstreifte einmal mehr die Straßen, die sich geleert hatten. In einer Kurve sah ich eine Silhouette entgegenkommen. Ich schaute kaum hin, ich wollte zur Elbe hinuntergehen, denn es besänftigte mich, den nächtlichen Fluss zu sehen, und ich dachte an nichts Besonderes, an nichts, woran ich mich erinnern könnte. Aber ich hatte, ohne es zu merken und ohne die Züge der auf mich zukommenden Person erkennen zu können, den Schritt verlangsamt, etwas an ihr weckte meine Aufmerksamkeit, war mir vertraut. Als ich mich näherte, wurde aus der Person mehr als eine Silhouette, ein dreidimensionaler Körper, an dem ich im Begriff war vorüberzulaufen. Sie hielt an, wenigstens schien es mir so, als würde sie anhalten, gewissermaßen auf mich warten, oder als warte sie, bis ich auf ihrer Höhe angelangt wäre. Sobald ich sie erblickt hatte, hatte ich den Eindruck gehabt, dass ihr Kommen mit mir in Verbindung stand – dass sie mich suchte ... Ich dachte an die, wie es heißt, verlorene, verschwundene Freundin, die nicht mehr da war, die aber trotzdem noch irgendwo auf der Welt und in denen, die sie gekannt hatten, zugegen war, ich dachte an die Menschen, denen man auf der Straße begegnet, ohne sie zu sehen, aber deren Porträt sich uns einprägt, ich dachte an alles, was uns bewohnt. Schließlich gelangte ich auf der Höhe der Silhouette der Unbekannten an, die sich nicht gerührt hatte, und obwohl etwas Merkwürdiges – das ich nicht hätte definieren können – an ihr war, das mir hätte Angst machen müssen, das mir Angst machte, hielt ich ebenfalls an.

Wer bist du?, fragte ich.

Wer soll ich denn sein?

Kenne ich dich?

Was denkst du?, fragte sie. Mir scheint, ich glaube – die Worte kamen unwillkürlich hervor, oder vielmehr ohne dass ich sie vorher gedacht und formuliert hätte. Als hätte etwas – jemand – Besitz von mir ergriffen, um das Gespräch zu lenken. Ein Geist, ein Reflex. Ein Schatten.

Du bist … auf der Schwelle, sagte ich zögerlich.

Nenne keinen Namen, sagte sie. Wir haben kein Recht auf Namen.

Wir? Wer seid ihr?, hätte ich sagen wollen, doch die Worte konnten das Hindernis nicht überwinden, als hätte ich nicht das Recht, diese Frage zu stellen. Bist du für lange da? Das war nicht die Frage, die ich hätte stellen wollen, sie hatte keinerlei Sinn.

Die Zeit, sagte sie, gehört uns nicht.

Also?

Also lass uns warten.

Warten worauf?

Ich könnte sagen, sie entfernte sich, machte sich auf den Weg, wendete sich ab, aber die Wahrheit ist, dass sie da war und einen Augenblick darauf nicht mehr da. Weggewischt, entmaterialisiert, verschwunden. Ich war allein in dieser Straße in einer mondlosen Nacht. In Richtung Kirche war niemand, niemand in Richtung Fluss, niemand in der Seitenstraße, von der nur der Anfang zu sehen war. Ich sehnte mich, so schnell wie möglich in mein Zimmer zurückzukehren, und die weißen nackten Wände wirkten beruhigend auf mich, weil sie wirklich waren. Hatte ich die gerade erlebte Szene wirklich erlebt? Hatte ich diesen Schatten, diese Figur, diese Silhouette gesehen? Ich machte mich auf eine schlaflose Nacht gefasst, stattdessen brach der Schlaf plötzlich über mich herein, und am nächsten Morgen war von den Träumen, die ich vielleicht gehabt hatte, nichts geblieben.

When darkness fell, the stroke of the Lighthouse, which had laid itself with such authority upon the carpet in the darkness, tracing its pattern, came now in the softer light of spring mixed with moonlight gliding gently as if it laid its caress and lingered stealthily and looked and came lovingly again.

Als es dunkel wurde, als die Dunkelheit hereinbrach, als es Nacht wurde, erschien der Strahl des Leuchtturms, der sich in der Finsternis mit solcher Autorität auf den Teppich gelegt und sein Muster gezeichnet hatte, jetzt im sanfteren Frühlingslicht, das mit Mondschein vermengt war, der sachte dahinstrich wie eine Liebkosung und sich flüchtig aufhielt und schaute und zärtlich wiederkam. Eine ausweglose Wortwörtlichkeit. Als die Dunkelheit hereinbrach, erschien der Leuchtturmstrahl, der sich mit solcher Autorität im Finsteren auf den Teppich gelegt, sein Muster gezeichnet hatte, im sanften Frühlingslicht, mit Mondschein gepaart, der leicht, als gewährte er eine Liebkosung, dahinstrich und sich flüchtig aufhielt, betrachtete und zärtlich wieder zurückkam. In der Düsternis auf den Teppich. Sein Muster gezeichnet hatte. *As if* leitet nur zu *laid its caress* über. Und *lingered* nimmt den Satzverlauf von *came now* an wieder auf. *Came now and lingered*. Das fehlende Komma macht die Sache komplizierter, denn so kann dieses Verb zu diesem oder jenem anderen gehören, doch lesend und wieder lesend können die Fäden entwirrt werden, kann man sich für eine Interpretation entscheiden. Wobei herauskommen könnte: Als die Nacht hereinbrach, erschien der Strahl des Leuchtturms, der sich in der düsteren Jahreszeit mit solcher Autorität auf den Teppich gelegt, sein Muster gezeichnet hatte, inzwischen im sanfteren Frühlingslicht, mit Mondschein gepaart, der sanft wie eine Liebkosung dahinstrich und kurz innehielt, sich umschaute und zärtlich wieder zurückkehrte.

Es ist ein Innehalten im Lauf der Jahreszeiten und im Verfall des Hauses. Das Licht wird sanfter und etwas wie ein Gefühl kommt auf. Mrs. Ramsay versicherte ihrem Sohn, dass sie zum Leuchtturm würden fahren können. Der Ausflug wird stattfinden, aber später, im dritten Teil, und ohne Mrs. Ramsay, die in einer Klammer im zweiten Teil verschwunden ist. Und doch ist Mrs. Ramsay da. In der Erinnerung der anderen Figuren, in den Szenen, in denen sie auftaucht, im Strahl des Leuchtturms. Die Präsenz des Leuchtturms ist beruhigend, wie es die ihre war. Und wie sollte man bei dieser Liebkosung, bei diesem Adverb, *lovingly*, nicht an sie denken? Der Text geht weiter, der Sommer folgt noch einmal auf den Frühling – wie viele Jahre sind vergangen? Während der *short summer nights and the long summer days* scheinen die leeren Zimmer zu raunen oder vielmehr zu vibrieren vom Echo der Felder und vom Summen der Fliegen. Der gelbe Dunst der Sonne. Die Strahlen, die sie schickt und die den Raum durchqueren. Und Mrs. McNab, Überbleibsel der menschlichen Präsenz, *like a tropical fish oaring its way through sun-lanced waters*. Wie ein tropischer Fisch, der sich einen Weg bahnt in den sonnendurchstoßenen Gewässern. *Oaring its way*. Der sich rudernd einen Weg bahnt. »Weg« bezieht sich zu sehr aufs Land. Alles spielt im Wasser in diesem Satz, oder zwischen Luft und Wasser. Für die Erde ist kein Raum. *Oaring its way*. Wie ein tropischer Fisch, der durch sonnendurchquerte Gewässer zieht. Der durch sonnendurchschossene Gewässer zieht.

Ich hätte gerne geschrieben, eine Welt erschaffen, sie beschrieben, gesehen, bevölkert. Meine Vertrautheit mit den von mir übersetzten Texten beschränkte sich auf die Seiten des Buchs. Ich sah nicht über das Geschriebene hinaus. Sicher, ich hatte eine tiefe Kenntnis des Textes, ich durchdrang seinen Sinn, ich konnte über zig Seiten Verbindungen herstellen, aber alles war in dem Buch enthalten. Ich konnte mutmaßen über Erklärungen, Vergleiche anstellen, Brücken schlagen zwischen dem Leben des Autors, der Autorin, und dem von ihm oder ihr Geschriebenen, aber es war mir unmöglich, den Schaffensvorgang nachzuvollziehen, den Weg, der jemanden dazu gebracht hatte, ein bestimmtes Buch zu schreiben. Manchmal gab es Briefwechsel, ein Tagebuch oder verschiedene Stadien eines Textes, aber all das waren nur sichtbare Spuren. Zum wirklichen Innenleben des Schöpfers hatte niemand Zugang. Außer vielleicht andere Schöpfer? Die Übersetzung war wohl eine Arbeit der Neuschöpfung, aber doch keine Schöpfung im eigentlich Sinn, insofern sie auf einer Grundlage beruhte, auf einem Text, der nicht nur präsent, sondern endgültig war, als wäre er schon immer dagewesen, als hätte es nie Etappen, einen Weg, Momente des Zögerns gegeben. Die Arbeit bestand einzig darin, so nah wie möglich am Text zu bleiben, die Musik und den Rhythmus des Originals so gut wie möglich wiederzugeben. Ich beneidete diese Freundin, vielmehr bewunderte ich ihre Erfindungsgabe, die Art, wie ein Bild, eine Szene überging von dem, was sie mir irgendwann einmal erzählt hatte, zu dem Geschriebenen, das zugleich ähnlich und anders war. Wenn ich von unseren Begegnungen zurückkam, war ich in meinem Wunsch bestärkt, mein Leben mit Büchern zu verbringen, und manchmal auch ein bisschen traurig, dass ich manchen meiner Obsessionen, die ich in den Büchern der anderen nicht fand, keine Form geben konnte. Warum es nicht versuchen, hatte sie mir einmal gesagt, warum nicht schreiben? Und ich hatte schnell geantwortet, es gibt schon zu viele Leute, die schreiben, ein bisschen zu schnell für eine ehrliche Antwort. Ich hätte natürlich Lust gehabt zu schreiben. Aber diese Lust hatte ich verschwiegen und gesagt, ich bin mir der Schwierigkeit zu sehr bewusst, und meiner Grenzen. Ein Versuch verpflichtet zu nichts, hatte sie erwidert. Ohne ihr davon zu erzählen, hatte ich es versucht. Aber es gelang mir nicht, einem Erzählfaden zu folgen, alles, was ich zustande brachte, waren ein paar fragmentarische Zeilen, die noch nicht einmal die Teile eines Puzzles waren und hätten zusammengesetzt werden können. Auch hatte ich es vorgezogen, nichts davon zu sagen und mich in Zukunft damit zu begnügen zu schweigen, wenn sie mir noch einmal vorschlagen würde, einen Versuch zu machen.

Now and again some glass tinkled in the cupboard as if a giant voice had shrieked so loud in its agony that tumblers stood inside a cupboard vibrated too.

Von Zeit zu Zeit klirrte Glas im Schrank, als würde eine gewaltige Stimme derart laut schreien in ihrem Leid, dass die Gläser im Inneren des Schranks vibrierten. *Glass* im ersten Fall, später *tumblers*. Beides wird im Französischen mit *verre* übersetzt. *Tumbler* könnte ein Becher sein, aber in diesem Zusammenhang wäre das merkwürdig. Die Materie und der Gegenstand, das ist ganz die Idee des Textes. *A giant voice*. Soll ich die riesige Stimme beibehalten oder einebnen und sagen, die Stimme eines Riesen. Wenn sie gewollt hätte, hätte Woolf *a giant's voice* oder *a gigantic voice* schreiben können. Warum banalisieren? Von Zeit zu Zeit klirrte das Glas im Schrank, als würde eine gewaltige Stimme in ihrer Pein so laut schreien, dass die Gläser im Innern des Schrankes mitvibrierten. Oder vielmehr die Gläser im Schrank mitvibrierten. Diese gewaltigen Präsenzen ohne Namen, ohne Konturen, ohne Form. Wie der Strahl des Leuchtturms, wie der Geist, den Woolf den Text erzählen lassen wollte, aus dem dann *Die Wellen* wurde, und der aus den verschiedenen Fassungen dann nach und nach verschwindet. Wie die Präsenzen, die um uns her vibrieren, unsichtbar, manchmal unmerklich, und doch zugegen sind. Nichts Menschliches, gewissermaßen, in dieser gewaltigen Stimme, und dabei doch etwas Menschliches, oder wenigstens Tierisches, in der Stimme und im Leid. Das Leid und die Stimme.

Then again silence fell; and then, night after night, and sometimes in plain mid-day when the roses were bright and light turned on the wall its shape clearly there seemed to drop into this silence, this indifference, this integrity, the thud of something falling.

Dann trat wieder Stille ein; und dann schien Nacht für Nacht und manchmal mitten am Tag, wenn die Rosen hell waren und das Licht deutlich seinen Umriss an die Wand warf, in diese Stille, diese Gleichgültigkeit, diese Unversehrtheit, der dumpfe Klang eines fallenden Gegenstands zu platzen. Dann senkte sich wieder Stille herab; und dann schien Nacht für Nacht, manchmal mitten am Tag, wenn die Rosen leuchteten, wenn das Licht seinen klaren Umriss auf die Wand warf, in diese Stille, diese Gleichgültigkeit, diese Unversehrtheit hinein ein dumpfes Fallgeräusch zu platzen. *Drop*, auf Französisch *s'égoutter* – der Gegensatz ist zu groß. Eine Silbe auf der einen, drei auf der anderen Seite. Dann wurde es wieder still; und dann schien Nacht für Nacht, manchmal mitten am Tag, wenn die Rosen leuchteten, wenn das Licht seinen hellen Umriss zur Wand hin drehte, in diese Stille, diese Gleichgültigkeit, diese Unversehrtheit hinein das dumpfe Geräusch von etwas Fallendem zu tropfen.

Wir sprachen zusammen über Bücher, aber auch über tausend andere Dinge. Über das Leben, die Scherereien, Überraschungen – und wir lachten über die Anekdoten, die sie erzählte, vielmehr die Szenen aus dem Leben, die ich Jahre später in einem ihrer Romane wiederfand. Wie kann ich die Wirklichkeit, von der die Bücher erzählen, mit den Augenblicken einer Existenz zusammenbringen, wie kann ich beide auseinanderhalten? Ich bekam nur mit dem Schaum zu tun, mit der Oberfläche, d.h. mit der Sprache – auch wenn die Sprache schon seit Jahren zu einer von allem Inhalt unabhängigen Gottheit erhoben wurde. Von Oberfläche zu sprechen war nicht richtig, denn beim getreuen Übertragen eines Romans wie *To the Lighthouse* konnte man unmöglich den Inhalt ignorieren, die Vernetzungen von Bildern und Bedeutungen, die Figuren, die ihn durchquerten. Aber ich hörte sie gerne von Büchern sprechen, und wenn ich wieder an meinem Arbeitstisch war, hatte ich das Gefühl, das, was ich da zu tun hatte, besser zu verstehen.

[A shell exploded. Twenty and or thirty young men were blown up in France, among them Andrew Ramsay, whose death, mercifully, was instantaneous.]

[Eine Granate explodierte. Zwanzig oder dreißig junge Männer wurden in Frankreich in die Luft gesprengt, unter ihnen Andrew Ramsay, dessen Tod barmherzigerweise sofort eintrat.]

Sogar die Übersetzung dieser beiden Sätze versteht sich nicht von selbst. Zwanzig oder dreißig junge Männer. Zwanzig, dreißig junge Männer. Kann man von Menschen sagen, »soufflés«, gesprengt, ohne »in die Luft« hinzuzufügen? Und dann, muss es heißen, eine Granate explodierte oder: eine Granatenexplosion? Eine Granatenexplosion. Zwanzig, dreißig junge Männer. Nein. Eine Granate. Zwanzig oder dreißig junge Männer wurden Opfer einer Explosion – ich hatte Frankreich vergessen, und die Explosion kommt dadurch später und der Rhythmus stimmt nicht mehr. Eine Granate explodierte. Zwanzig oder dreißig junge Leute fielen in Frankreich der Explosion zum Opfer, darunter Andrew Ramsay, der barmherzigerweise sofort tot war.

Innerhalb von zwei Seiten wird Virginia Woolf zwei Mitglieder der Familie Ramsay los. Die keine wesentliche Rolle spielten – denn im Zentrum des Romans stehen James (der kleine Junge, der zum Leuchtturm fahren will), Mrs. Ramsay und Mr. Ramsay, dann kommen die Besucher, die Umgebung, Lily Briscoe, eine Malerin, Mr. Carmichael, das ist der Vergil-Leser, der Atheist Charles Tansley, Mr. Bankes ... Andere Namen tauchen im Laufe der Erzählung auf und in *Time passes* dann Mrs. McNab, die in ihrem Treiben von den Gegenständen und der Vegetation betrachtet wird.

– Die Begegnung der Zeiten – Vergangenheit, Gegenwart, Zukunft.

– Das Ökosystem der verbotenen Zone gleicht dem, das es dort vor Jahrhunderten gab. Es ist die Rede von Wölfen, von Przewalski-Pferden, Bibern und viel weniger von gelbschnäbeligen Schwänen. Dabei sind auch diese wieder aufgetaucht, ihre geschmeidigen und anmutigen Konturen geben den Wasserflächen ein Relief.

– Das Aufeinandertreffen der Zeiten. Der neugewählte ukrainische Präsident verordnet eines Julitages die Umwandlung der verbotenen Zone, der Zone der Ausgrenzung, in ein Fremdenverkehrsgebiet. Wanderwege sollen eingerichtet werden, und es wird ein besseres Mobiltelefonnetz geben.

– Die Serie *Chernobyl* hat einen Anteil daran, ihr Erfolg, ihre fiktiven Bilder legen sich über die vielfach gesehenen eines Schwimmbads ohne Wasser, eines verlassenen Klassenzimmers.

– Die Serie hat einen Anteil daran, aber auch der Anstieg des *dark tourism* – des Katastrophentourismus. Gefängnisse, Stätten von Völkermord und Massakern. In Ruanda, in Auschwitz, in Kambodscha. In Nanjing, in Korea, in Hiroshima. Auf den Schlachtfeldern.

– Ein 1996 in Schottland entstandenes Konzept, wie es scheint, wie auch der konkurrierende Begriff des Thana- oder Todestourismus. Es gibt sogar eine Dokumentarfilmserie – *Dark Tourist* –, die in acht Teilen davon berichtet und die 2018 von Netflix produziert und ausgestrahlt wurde.

– Wird der gelbschnäbelige Schwan den offiziellen Tourismus überleben?

In Dresden bleiben – wie lange noch? Wie lange konnte ich woanders als zu Hause leben? *Ailleurs*, das französische »woanders«, ist vermutlich aus dem spätlateinischen Ausdruck *in aliore loco* hervorgegangen, vermutlich, denn es gab noch andere Hypothesen, die der von mir zu Rate gezogene Artikel verwarf. *Aliore*, seltsame Form, eine Art Komparativ von *alius*, die sich symmetrisch zu existierenden Ausdrucksmodellen wie *in interiore* oder *in exteriore loco* gebildet haben soll und gewissermaßen einen »mehr anderen« oder »andereren« Ort bezeichnen. Das extrem Andere. Und in gewisser Weise konnte Dresden nicht »mehr anders«, nicht »mehr woanders« sein als Paris. Wenn man aus dem Bahnhof kam, nahm man eine breite, Fußgängern vorbehaltene Straße, die von Gebäuden aus der sozialistischen Ära gesäumt war. Ein wenig anziehender Ort, wo ein paar originelle Läden mit der architektonischen Monotonie der Wohnblöcke kontrastierten und eine Oase im Beton, in der Steinwelt darstellten.

Doch wenn die Straße auch manchmal – vor allem an Regentagen, wenn man an manchen Stellen aufpassen musste, nicht auszugleiten – kaputt wirkte, war doch die Stimmung tagsüber eine lebhafte, nichts erinnerte an das Gemälde von Otto Dix, dessen Titel den Namen dieser Straße, *Prager Straße*, trug – ein Bild von 1920, das bettelnde oder hektisch durch die Straße wackelnde Invaliden darstellte, Schaufenster, in denen Prothesen thronten, verschreckte Tiere, alles im expressionistischen Stil des Malers und seiner Zeit, mit verbitterten, zuweilen hasserfüllten Gesichtern, versehrten Körpern, chaotischer Atmosphäre. Heute zeigten die Schaufenster Wanderkleider oder -zubehör und keine kaputten Puppen, man ging nicht über diese Art von weißer Masse, zwischen Wolke und gefrorenem Schnee, die nichts Gutes erahnen ließ, und Menschlichkeit war nicht nur im Blick eines Hundes zu lesen. Diese apokalyptische Szene, die ich nie in Wirklichkeit gesehen hatte – ich meine das Originalbild, das sich, wie das Internet mich lehrte, in Stuttgart befindet –, hatte mich immer fasziniert und zugleich erschreckt wegen der Bewegung darin, die statt dynamisch zu sein, chaotisch, ja, hysterisch wirkte und somit das künftige Schicksal Deutschlands und der Prager Straße erahnen ließ. In Dresden hatte Otto Dix studiert, gemalt und später gelehrt, bevor ihm als einem der Ersten die Lehrbefugnis an der Kunstakademie entzogen wurde. Die Geschichte der folgenden Jahre ist komplexer, eine Mischung aus Erlaubnissen und Genehmigungen, Festnahme und Gleichgültigkeit, der Rückzug in das, was man innere Emigration nannte, dann die Ehrungen der Nachkriegszeit in den beiden Teilen Deutschlands. Seit ich die Details der Prager Straße auf dem Gemälde von 1920 genauer betrachtet hatte, ging ich durch die Straße des 21. Jahrhunderts mit einer Art Dankbarkeit dafür, dass ich sie nicht vorher gekannt hatte, und auch die Nachkriegszeit nicht, in der die inneren Verletzungen als unsichtbarer Fluss die Straßen, die Städte, das wiederaufgebaute Land durchziehen.

Es war derselbe Krieg, der die karikierten Gestalten von Otto Dix zu Krüppeln gemacht und barmherzigerweise Andrew Ramsay sofort getötet hatte.

At that season those who had gone down to pace the beach and ask of the sea and sky what message they reported or what vision they affirmed had to consider among the usual token of divine bounty –

Seltsam, diese Leute, die am Strand entlangliefen, um eine Antwort auf ihre Fragen zu finden. Im ersten Teil gingen manche der Figuren – wobei Woolf den Begriff »Charaktere« ablehnte –, manche der identifizierten, also mit einem Namen versehenen Gestalten tatsächlich in der Abenddämmerung, vor dem Essen, am Strand spazieren. Von ihnen blieb die Bewegung übrig, der Drang, die Notwendigkeit, am Meer entlang zu gehen. Wenn das Leben eine Grundlage hat, auf der es ruht, schreibt Virginia Woolf in *A Sketch of the Past* im April 1939, einem ihrer letzten längeren Texte, einer autobiographischen Erzählung, wenn es eine Schale ist, die wir wieder und wieder füllen, dann ruht meine Schale gewiss auf dieser Erinnerung. Die Szene, von der sie erzählt, spielt in St Ives, in Cornwall – in der Landschaft, die ihr *To the Lighthouse* eingegeben hat –, im Kinderzimmer. Die Jalousie ist vermutlich heruntergelassen, denn das Ende der Kordel liegt auf dem Boden, aber das Fenster ist offen, denn der Wind deutet auf eine Bewegung hin. Woolf beschreibt nicht, was geschieht, sondern die dabei aufkommenden Gefühle. Und bei geschlossenen Jalousien und geöffneten Fenstern, die Erinnerung … *It is of hearing the waves breaking*, den sich brechenden Wellen zu lauschen, *one, two, one, two, and sending a splash of water over the beach*. Und den Strand mit Wasser zu bespritzen. Den Strand mit Wasser vollzuspritzen. Das beruhigende Geräusch des Meeres – ein Rhythmus, der das ganze Leben begleitet.

In dieser Jahreszeit mussten diejenigen, die heruntergegangen waren, um am Strand spazieren zu gehen, über den Strand zu streifen und das Meer und den Himmel zu befragen nach der von ihnen übermittelten Botschaft oder der von ihnen bekräftigten Vision, mussten als einen der gewöhnlichen Beweise göttlicher Großzügigkeit betrachten –

Und dann ein Gedankenstrich. Die Verwendung des Gedankenstrichs ist manchmal die gleiche im Englischen und im Französischen, aber nicht immer. Er unterbricht den Satz auf andere Weise. Es kommt vor, dass er bei Virginia Woolf eine Perspektive eröffnet, aber nicht wieder schließt, sodass es oft bei einem Gedankenstrich bleibt. Ihr Gebrauch des Gedankenstrichs ist nicht so speziell und häufig wie bei Marina Zwetajewa, in deren Gedichten die Gedankenstriche die Rolle einer musikalischen Zeichensetzung spielen und darauf hinweisen, dass ein Wort einen Ton höher oder tiefer gedacht oder gesagt werden muss. Bei Woolf war der Gedankenstrich doch ein Innehalten, etwas, das zum Nachdenken einlud, und – z. B. in diesem Satz – eher die Funktion von Auslassungspunkten hatte, eine Pause markierte.

– the sunset on the sea, the pallor of dawn, the moon rising, fishing boats against the moon, and children pelting each other with handfuls of grass, – something out of harmony with this jocundity, this serenity.

– der Sonnenuntergang über dem Meer, die Blässe der Abenddämmerung, der aufgehende Mond, vor dem sich Fischerboote abzeichneten und Kinder, die sich mit einer Handvoll Gras bewarfen – etwas, das nicht in Einklang war mit dieser Fröhlichkeit, dieser Gemütsruhe. Dieses Etwas tauchte im folgenden Satz auf.

There was the silent apparition of an ashen-coloured ship for instance, come, gone; there was a purplish stain upon the bland surface of the sea as if something had boiled and bled, invisibly, beneath.

Da war das stille Auftauchen eines aschfarbenen Schiffes zum Beispiel, angekommen, abgefahren; da war der purpurne Fleck auf der trüben Meeresoberfläche, als hätte etwas gebrodelt und geblutet, unsichtbar, weiter unten. *Arrivé, reparti*, Angekommen, abgefahren – zu lang für *come, gone*. Da war das lautlose Auftauchen eines aschfarbenen Schiffes zum Beispiel, herbei, weg; da war ein purpurner Fleck auf der stumpfen Oberfläche des Meeres, als ob etwas gebrodelt und geblutet hätte darunter, unsichtbar. Kann man sich von der englischen Satzstruktur entfernen, um den Rhythmus der Übersetzung weniger schwerfällig zu machen? Da war zum Beispiel das lautlose Auftauchen eines aschfarbenen Schiffes, her, weg; ein purpurner Fleck auf der stumpfen Meeresoberfläche, als hätte etwas gekocht und geblutet darunter, unsichtbar. All das ist nicht sehr befriedigend – auf jeden Fall war das eine zusätzliche Anspielung auf den Krieg. Das aschgraue Schiff, das typische Militärgrau, und dieses Wort, *ashen*, für die Granatsplitter und die darauf folgenden Toten. Dann das Blut. Eine Bedrohung, die unsichtbar, aber doch präsent ist. Alles konzentriert sich in den Farben. Dieser Krieg, der Erste, schwebt über *Jacobs Zimmer*, über *Mrs. Dalloway* – und über Septimus Warren Smith, der sich nicht verzieh, dass er seinen Freund überlebt hatte, der nicht darüber hinwegkommen konnte, dass er ihn ganz in seiner Nähe im Kampf hatte sterben sehen. Der andere Krieg, der Zweite, zeichnete sich in dem bedrohlich das Dorf überfliegenden Flugzeug ab. Vom Schiff zum Flugzeug, die Fortschritte der Militärstrategie. *An ashen-coloured ship*. In wie knappen Worten hier das Unheimliche dieses Schiffes am Horizont ausgedrückt wird, das nicht den gewöhnlichen, unschuldigen *fishing boats* des vorhergehenden Satzes ähnelt. In der handschriftlichen Fassung hatte Virginia Woolf *murderous looking ship* geschrieben. Ein mörderischer Anblick, ein mörderisches Aussehen. Die ganze Arbeit von der handschriftlichen bis zur endgültigen Fassung war eine des Neuschreibens, des Löschens, kein Polieren, vielmehr das Einbauen von Brüchen, Metaphern oder unerwarteten Wendungen. So gab es in der handschriftlichen Fassung einen zweiten Gedankenstrich in der Aufzählung, in der die *divine bounty* genauer beschrieben wird und die nicht wesentlich von der endgültigen Aufzählung abweicht. Beim Betrachten dieser leicht eckigen Schrift hatte ich das Gefühl, in ein Arbeitszimmer einzubrechen, unsichtbar zugegen zu sein bei der Entstehung eines Gedankengebildes, eines Werkes. Die Zweifel, die Unsicherheit zu spüren – angesichts der handschriftlichen Durchstreichungen und Hinzufügungen in der ersten abgetippten Fassung –, die sich der Schreibenden bemächtigen konnten. Und dann, wie lässt sich meine Ergriffenheit erklären, als ich den maschinengeschriebenen Titel sah, *Time passes*, dem mit der Hand hinzugefügt war: by Virginia Woolf, und darunter, in Klammern: *(52 Tavistock Square, London, WC1)*. Wie von einem unsicheren Autor geschrieben, der sein Manuskript an einen Verleger schickt und seine Adresse angibt, damit dieser ihm antworten oder ihm den abgelehnten Text zurücksenden kann.

Zwischenspiel

Nachts streift der Geist des Ortes über die High Line, kommt die angesagten Cafés und Boutiquen von Chelsea Market heimzusuchen, an vergangene Zeiten der Prostitution zu erinnern. Den Lauf der Zeit zu umspannen. Die gekühlten Lagerhäuser waren schließlich obsolet geworden und wurden geräumt. Und dann in Büros umgewandelt, die modern waren für ihre Zeit, in der nächsten Generation aber ihrerseits überholt waren. So funktioniert der große Zyklus der architektonischen Ökologie, von Recycling zu Recycling, die Aushebungen bleiben manchmal liegen. Plötzlich tauchen Kräne und Bagger auf, ein Vorgang beginnt, Baustellenhelme, Arbeiter, Motorengeräusche, nachts geht die Arbeit weiter in weißem Scheinwerferlicht, und eines Tages ist die Verwandlung vollendet. Niemand erinnert sich mehr an das, was hier vorher war, schnell tritt das Vergessen ein, vor Ort richtet sich das Gedächtnis nur in provisorischen Lücken, in der Abwesenheit ein, doch sobald eine neue Präsenz die alte abgelöst hat, wendet sich das Denken dem neuen Gebrauch zu, Konsumenten tauchen auf, Leute, die ihre Schritte niemals in die überdachten Passagen entlang der alten Lieferstrecke für Milchprodukte gelenkt hätten, kommen nun ständig hierher zurück – die High Line hat sich ihre Kundschaft geschaffen.

Jedes Jahr im Frühling kommen Freiwillige, das Wintergestrüpp zu schneiden, in denen Vögel eine vorläufige Unterkunft gefunden hatten. Der große Frühlingsputz dauert einen Monat. Ob es regnet, stürmt oder ob schönes Wetter ist, sie schneien, jäten, häufen ohne Unterlass – was da an Pflanzlichem zusammenkommt, wird über den Wasserweg nach

Staten Island transportiert, wo es zu Kompost gemacht wird, der später *downtown* oder sonst wo einen anderen Boden düngen wird. Je mehr Abgeschnittenes sich anhäuft, umso sichtbarer wird die High Line, oder sollte man sagen: ihre frühere Identität? Doch die Bäume bleiben. Der dreiblütige Ahorn ist in Europa und Amerika selten, er kommt aus China, seine zarte Rinde blättert ab und legt sich zu seinen Füßen, während sich im Herbst Rottöne in sein Grün streuen und sich schließlich seiner bemächtigen, bis sie ihn ganz überzogen haben. Die meisten Spaziergänger gehen an ihm vorbei, ohne sich seiner Seltenheit bewusst zu sein, und nehmen dennoch etwas mit von seiner Präsenz, vielleicht werden sie überrascht sein, welche Wege ihre Gedanken nehmen – ein Interesse für chinesische Philosophie, der Wunsch, Mandschurenkraniche zu sehen. Und dann dieses Gebäude, dieser solide Quader mit den neun zweistöckigen Wohnungen, entworfen von einem japanischen Architekten, Shigeru Ban, der bekannt ist für seine vorläufigen Bauten aus kurzlebigen Materialien, die den Opfern von Naturkatastrophen als Behausung dienen. Kirchen aus Papier, Kathedralen aus Karton, Notunterkünfte nach dem Erdbeben von Kōbe, nach der Ankunft von Flüchtlingen aus Somalia und dem Sudan in Kenia. Aber er baut auch in festen Materialien, die Seine musicale in Boulogne-Billancourt, und dieses Gebäude, das von der High Line zu sehen ist, das Metal Shutter House. Er hat darin das bewegliche Aussehen seiner provisorischen Konstruktionen übernommen. Metalljalousien können die breiten Fensterfronten ganz oder teilweise bedecken oder hochgezogen werden. So sieht das Gebäude nie gleich aus, die Jalousien sind eine zweite Fassade, die, je nachdem, ob sie hochgezogen oder heruntergelassen sind, die Physiognomie des Ganzen verändert, während die untergehende Sonne der seitlichen Wand ihren goldenen Schimmer verleiht.

IV

Die Ufer eines Sees, sagte ich mir in dem Café mit den breiten Fensterfronten, die auf den Platz hinausgingen, auf dem der Weihnachtsmarkt vorbereitet wurde, einer der ältesten Deutschlands, wenn ich es richtig verstanden hatte, es war November und das Licht wurde schwächer, aber noch immer war da ein wenig Helligkeit im Kulturpalast, und die Bewegung der Straßenbahnen, die Betriebsamkeit der Stadt – als wollten alle immer unterwegs sein – war angenehm. Die Ufer eines Sees haben etwas Besänftigendes und Trauriges, eine Art Nostalgie, die vielleicht durch die Ruhe der Gewässer entsteht, den leichten Wellenschlag, der sie durchläuft, eine Art stagnierende Bewegung, von der man sich fragt, was sie versteckt. War es in der komplexen Geographie der antiken Unterwelt nicht oft ein See, der deren Eingang verbarg? Unter den Seen wurde der Averner See bevorzugt, ein vulkanischer, tieferer, noch geheimnisvollerer See. Turner hatte ihn dargestellt in einer Szene, die Aeneas und die Sibylle von Cumae zusammentreffen lässt. In ungefähr zwanzig Jahren Abstand hatte er zwei Fassungen gemalt, die sich hauptsächlich farblich unterschieden, die eine eher in gelben und orangen, die andere in blauen Farbtönen. Es gab sogar eine dritte, weniger explizite, »Der goldene Zweig« betitelte Fassung, in welcher der See im Hintergrund lag, während die Bäume, die Felsklippe und die menschlichen Figuren an Bedeutung gewannen und die Konturen mehr verwischten. Meiner vagen Erinnerung nach stand Aeneas' Abstieg in die Unterwelt im Vierten Gesang der *Aeneis*. In dem von Mr. Carmichael gelesenen Vergil – letztlich hätte er auch die *Aeneis* lesen können – näherte sich

Aeneas der Höhle der Sibylle über das Meer. Den Rest hatte ich vergessen. Aber in diesem so weit vom Meer und von Seen entfernten Café war ich über WLAN mit der Wasserwelt verbunden, und ich suchte und fand auch bald eine Website, wo der Text sich vor meinen Augen ausbreitete, die Höhle der Sibylle, ihr Rat, wie die Unterwelt zu erreichen sei, und folgende Beschreibung: »Dort war ein tiefes Geklüft, grundlos, unendlichen Schlundes, / Schroff, vom finsteren See und der Hainumschattung gesichert. / Drüber vermocht' ungestraft niemals noch irgend ein Vogel / Fort sich zu schwingen im Flug: so streng' aus dunkeler Mündung / Stets aushauchender Qualm stieg auf zum gewölbeten Himmel.« Warum musste ich plötzlich an jenen See denken, der mich erstaunt hatte, am Ende eines mir lang erscheinenden, durch einen Wald führenden Wegs vom Bahnhof einer Kleinstadt bis zu jenem See, der am Rand des Lagers von Ravensbrück lag. Ich war durch das Gedenkstätte gewordene Lager gegangen, und die Ursache der Beklommenheit, die mich während des gesamten Besuchs – Besuch, war das wirklich das richtige Wort? – nicht verlassen hatte, war weder die lange Mauer noch waren es die gewaltigen Statuen, weder die Monumente und ihre Säulen noch die Fotografien, die das Geschehene dokumentierten, noch die Zeugenberichte, noch die Gesichter der Überlebenden, sondern der See in unmittelbarer Nachbarschaft, sein friedliches Aussehen, das Ungeheure eines solchen Friedens, so nah der unreinen Ausdünstungen, die aus diesen schwärzlichen Rachen aufstiegen. Zumal das Treffen, hatte ich mir damals gesagt, bei dem die »Endlösung« beschlossen worden war, am Ufer eines Sees stattgefunden hatte. Als ich zum Bahnhof zurückging, hatte ich in der näheren Umgebung des Lagers, ein paar hundert Meter entfernt, das verlassene Gebäude – ein leerer Würfel – des Supermarktes am Waldrand gesehen, dessen Errichtung einen Skandal ausgelöst hatte eben wegen jener Nähe und der schließlich nie eröffnet worden war. Seltsamerweise war der Skandal nach der Bautätigkeit und nicht davor entstanden, sodass er nun dort stand, verlassen wie die Hochhäuser von Prypjat, Zeugnis eines Lebens und eines Handels, der nie stattfinden würde, wie Prypjats Riesenrad von Feiern zeugte, die nie zustande kommen würden – nie mehr.

Die Elbe war so präsent in Dresden, dass man kein unmittelbares Bedürfnis nach Seen hatte, dabei gab es viele davon in der Umgebung, ich hatte sogar eine Website gefunden, auf der alle Seen in Sachsen erfasst waren, dem Bundesland, dessen Hauptstadt Dresden ist, und die eine auf einer Umfrage basierende Rangliste enthielt, deren Gewinner die Seen in der Umgebung von Dresdens Rivalin Leipzig waren; die Website verzeichnete auch alle Seen Deutschlands – unter den Top Ten nahm ein sächsischer See den Platz 4 ein, auch er in der Umgebung Leipzigs. Und ich trieb ab, am Ufer der Seen, fern der Seen, in diesem Sommer war die Philosophin Ágnes Heller, die ihren Urlaub am Balaton verbrachte, hinausgeschwommen und nicht wiedergekommen. So hatte die Information gelautet. In den verschiedenen Sprachen, die ich kannte, war es genauso ausgedrückt. Sie war geschwommen und nicht wiedergekommen. Nicht wiedergekommen. Man konnte sich vorstellen, dass sie das andere Ufer erreicht hatte, um unterzutauchen und ein anderes Leben zu führen – nur war der See zwölf Kilometer breit und sie hatte gerade ihren neunzigsten Geburtstag gefeiert. Und dann war eine Leiche gefunden und als die ihre identifiziert worden. Man hatte also die Wahl zwischen Erschöpfung, einem Schwächeanfall – aber die ärztliche Untersuchung wies auf nichts Derartiges hin – und der freien Entscheidung. Natürlich waren die Umstände ihres Todes nicht wesentlich angesichts ihrer Schriften, der von ihr gehaltenen Reden, ihres Kampfes gegen die Diktatur, doch sie vervollständigten das Bild eines Lebens, das der Freiheit gewidmet war, und man konnte nicht umhin zu denken, dass sie diese Freiheit bis zum allerletzten Moment ausgeübt hatte.

– Vor *The Edge of the World* hatte Michael Powell schon einige Filme gedreht – Jugendwerke, wie es heißt. Und insbesondere, 1935, *The Phantom Light*.

– Der Film beginnt mit dem Bild eines Zuges. Ein Mann, allein in seinem Abteil, betrachtet einen Zettel, auf dem »Chief lightkeeper« geschrieben steht, Haupt-Leuchtturmwärter. Der Zug kommt in Wales an.

– *The Edge of the World* beginnt ebenfalls mit einer Anreise, über das Meer.

– Hier ist es das Landesinnere. Erst nach einer längeren Reise gelangt man ans Meer.

– In dem Leuchtturm spukt es, heißt es, er ist der Schauplatz geheimnisvoller Todesfälle. Nachts erlischt der Scheinwerfer des Leuchtturms. Ein Geisterlicht blinkt auf den Felsen, und die Hochseeschiffe zerschmettern an ihnen.

– Ein Leuchtturm auf hoher See, herrliche Sicht auf strudelige – bewegte – Gewässer durch die Linse – ein Glasauge, das wacht –, das Licht blinkt in der Nacht, das Schiff stampft, geschüttelt von den Bewegungen des Meeres.

– Der Film wurde in einem Leuchtturm vor der walisischen Küste gedreht und zieht Nutzen aus allem, was dieser zu bieten hat, die schwindelerregende Höhe der senkrechten, von der bewegten Meeresoberfläche aus betrachteten Felswand, die imposanten Maschinen, die Innentreppe und die Geländerstäbe außen, die unterschiedlichen Ebenen, die Seile, die Mauern und die glatten Felswände.

– Die Nacht, das Meer – und der Strahl des Leuchtturms …

Was ich in Dresden machte, hätte ich auch in Paris machen können, denn wozu musste ich eigentlich woanders sein, wenn ich Stunden vor meinem Computer und den Schönheiten von *Time passes* verbrachte, aber was mich dazu veranlasst hatte, wegzugehen, lebte noch in mir und brachte mich dazu, über das Ende des Stipendiums hinaus zu bleiben und eine unvermeidliche Rückkehr zu verschieben. Ich trug die Träume, die Obsessionen, die Aufwachmomente, die Visionen in mir. In dem Café, aus dem ich meinen Lieblingsort gemacht hatte, gab es Stammkunden, die ich allmählich kannte oder vielmehr wiedererkannte, und auch sie erkannten mich. Einer von ihnen war vor kurzem zu mir gekommen und hatte mich gefragt, ob ich schriebe. Nein, hatte ich gesagt, ich mache Übersetzungen.

That dream, then, of sharing, completing, finding in solitude on the beach an answer, was but a reflection in a mirror, and the mirror itself was but the surface glassiness which forms in quiescence when the nobler powers sleep beneath?

Dieser Traum nun vom Teilen, vom Vollenden, vom Finden einer Antwort in der Strandeinsamkeit, war nur ein Widerschein in einem Spiegel, und der Spiegel seinerseits war nur die gläserne Oberfläche, die sich in aller Ruhe bildet, wenn die edlen Mächte darunter schlafen? Die Wörter sind hier relativ einfach, aber der Satz ist es nicht. Und dieser Traum vom Teilen, von einer Vollendung, einer auf dem Strand in der Einsamkeit gefundenen Antwort ist nur ein Abglanz in einem Spiegel, und der Spiegel selbst nur die Glasschicht, die sich im Stillen bildet, wenn die edleren Mächte darunter eingeschlafen sind? Und der Spiegel selbst die Glasschicht, die sich in Ruhe bildet, wenn edle Mächte darunter, wenn die edlen Mächte darunter eingeschlafen sind? Ich versuche allerlei, aber jedes Mal ist da ein Störelement, wodurch das Ganze nicht flüssig wird. Und dieses majestätische Wort *quiescence* ist so selten, dass es nicht durch banale »Ruhe« wiedergegeben werden kann. Ruhezustand ist ein bisschen besser, weil es länger ist. Aber auch nicht ideal. Man muss sich damit abfinden, weiterzumachen, ohne die Lösung gefunden zu haben.

Impatient, despairing yet loth to go (for beauty offers her lures, has her consolations), to pace the beach was impossible; contemplation was unendurable; the mirror was broken.

Ungeduldig, verzweifelt, doch unwillig zu gehen (denn die Schönheit bietet ihre Lockmittel an, ihre Momente des Trostes), es war unmöglich, am Strand entlang zu wandern; die Kontemplation war unerträglich; der Spiegel war zerbrochen. Denn die Schönheit zeigt ihre Lockmittel? Was der Text, der Roman, die Autorin wohl sagen wollte, war, dass die Antwort nicht wie einst in der Besänftigung durch die Natur zu finden ist. Es gab keine Besänftigung mehr. Hatte es sie je gegeben? War es nicht illusorisch zu glauben, man könnte beim Wandern über den Strand Antworten finden? Und konnte ich denn glauben, dass ich das, wovor ich aus Paris geflohen war, in Dresden nicht auch vorfand? Hatte ich im Übrigen nicht eine Silhouette in der Nacht zu sehen geglaubt oder wirklich gesehen? Ich machte Umwege seither, um nicht mehr durch diese Straße zu gehen – wobei ich vorgab zu glauben, dass die Silhouette zur Straße und nicht zu meinem Leben gehörte.

[Mr. Carmichael brought out a volume of poems that spring, which had an unexpected success. The war, people said, has revived their interest in poetry.]

[Mr. Carmichael brachte in diesem Frühling einen Gedichtband heraus, der unerwarteten Erfolg hatte. Der Krieg, hieß es, habe das Interesse für Dichtung wiederbelebt. Der

Krieg, sagten die Leute, habe ihr Interesse für die Poesie wiederbelebt.] War das ironisch? Es stimmt, dass eine ganze Dichtergeneration während des Ersten Weltkriegs geboren war. Man nannte sie die *war poets*, die Kriegsdichter, aber das auch, weil einige unter ihnen, wie Rupert Brooke oder Wilfred Owen, in diesem Krieg umgekommen waren. Woolf hatte Rupert Brooke kennengelernt, als sie noch Virginia Stephen hieß, sie hatten in ihrer Kindheit in St Ives, in Cornwall, zusammen gespielt und sich später weiter gesehen. Er mochte Bloomsbury nicht und Bloomsbury mochte ihn nicht, schreibt Virginia Woolf in einem Brief vom 8. April 1925. Ich glaubte nicht, dass er Dichter werden würde, meint sie weiter, ich sah, dass er ehrgeizig war und sich eine politische Laufbahn vorstellte, während der er vielleicht in müßigen Stunden antike Klassiker herausgäbe. Seine Gedichte waren damals *all adjectives and contorsions*. Nichts als Adjektive und Verrenkungen. Ich sollte sie noch einmal lesen, schließt sie. Hat sie es getan? Man kann es bezweifeln. Ebenso wenig erwähnt sie in ihren Briefen oder ihrem Tagebuch jene Nacht, in der Rupert Brooke ihr vorgeschlagen haben soll, zusammen in einem See nackt zu baden.

Ich ging fortan selten weg abends, und der Grund war nicht die Kälte, die Feuchtigkeit, die hereingebrochene Nacht. Manchmal überquerte ich die Elbe, wobei ich aus irgendwelchen Gründen dachte, dass mich auf dem anderen Ufer nichts verfolgen würde, vielleicht, weil die Stadt, obwohl die Gebäude am Ufer so majestätisch waren, mehr in der Gegenwart zu leben schien mit ihren belebten Straßen, ihren Cafés, ihrer Jugend, ihren alternativen Orten, und ich überließ mich der Lust der Entdeckung und des Vergessens. Aber bei der Rückkehr, auf der Brücke, wenn ich die Türme und Kuppeln sich in der Dunkelheit abzeichnen sah, die Silhouette, die den Ruf Dresdens ausgemacht hatte und noch ausmachte, ergriff mich eine Art Bangigkeit, bis ich in mein Zimmer zurückgekehrt war, dessen nüchterne Ausstattung die Gespenster zu verscheuchen schien.

Hier fand ich eines Abends auf YouTube Michael Powells Film *The Phantom Light*, voller Treppen und Türen, Fenster, im Dunkeln schwer zu erkennender Gesichter, geschwenkter Lampen, Dunst, Glocken und chaotischer Bewegungen. Ein Leuchtturm, acht Jahre nach dem von Virgina Woolf. Die außerordentlichste Sequenz kam nach einer Stunde und neun Minuten, etwas weniger als vier Minuten vor dem Ende, wenn der Leuchtturm wieder leuchtet und der Film nur noch die Linse zeigt, die Gesichter, das Schiff, das an den Felsen zerschmettern wird, dann wieder die Linse, das wiedergekehrte Licht, die Wellen, die Kompassrose, die den plötzlichen Kurswechsel des Schiffes zeigt, die Wellen, das Kielwasser, die Linse, den Mechanismus, die absolute Schwärze, die Linse, und nach diesen unablässigen Schnitten, die nur ca. dreißig Sekunden dauern, die wiedergekehrte Ruhe – das Schiff hatte seinen Kurs wieder aufgenommen. Natürlich war dieser Leuchtturm viel romanhafter, abenteuerlicher und viel weniger existentiell, metaphysisch als der Woolf'sche, aber ich sah darin ein Zeichen, da ich diesen Film zufällig gefunden hatte, im Zuge einer wahllosen Suche, bei der weder das Wort »Leuchtturm« noch das Wort »lighthouse« vorkam – ein Zeichen, dass das Übersetzen dieses Textes zu diesem Zeitpunkt meines Lebens einen Sinn hatte.

Die Zeichnung, die eine Art H darstellt, zwei senkrechte Flächen, die durch eine waagerechte zusammengeführt werden, sind in Virginia Woolfs Vorbereitungsnotizen zu *To the Lighthouse* zu finden. Im März 1925, *Mrs. Dalloway* ist kaum erschienen. *Two blocks joined by a corridor. Time passes* ist dieser

Korridor. Die Zeit vergeht in einem schlichten Korridor. Wie jene später hinzugefügten Klammern, die jene Ereignisse enthalten, die man für wesentlich erachtet hätte, und aus denen die Handlung traditioneller Romane besteht – Heirat, Krieg, Tod. Bildet dieser Korridor, der zwangsläufig weniger weiträumig ist als die zwei Blöcke, die er miteinander verbindet, nicht dennoch das Zentrum dieses von Woolf gerne »Elegie« genannten Romans? Die Klammer isoliert, was sie enthält. Aber um ein Element zweiter Kategorie daraus zu machen, oder etwas, was man bemerkt, weil es isoliert ist vom Rest und somit einen Sonderstatus hat? Virginia Woolf schreibt irgendwo, ich weiß nicht mehr wo, dass die Klammer es erlaubt, die Aufmerksamkeit auf zwei Ereignisse zu lenken, die gleichzeitig geschehen.

Auf der Brücke, die ich eines Abends, als ich einen mir inzwischen vertrauten Weg einschlug, später als sonst überquerte, betrachtete ich die schwarzen Wellen des Flusses, deren langsame Bewegung etwas Beruhigendes hatte – als ich plötzlich eine leichte Berührung, eine Präsenz zu spüren meinte, eine unmerkliche Veränderung der Atmosphäre und dann nichts mehr. Vielleicht war Wind aufgekommen, um mich her war niemand zu sehen. Dann die gleiche Empfindung, ein Stück weiter, sodass ich schneller ging. Und etwas wie eine undeutliche Worte flüsternde Stimme. Die Stimme war deutlich, besser gesagt, ich war sicher, dass ich sie hörte, und dass sie nicht meinen Gedanken entsprang.

Diese Gestalt vor mir, war sie das? War da eine Gestalt? Kein Passant, kein Auto, als wäre alles zum Erliegen gekommen – die Stadt Dresden in der Schwebe zwischen Vergangenheit und Gegenwart. Und die Elbe? Ich konnte nichts erkennen in der Nacht, noch nicht einmal den Strom, der mich beruhigt hätte, die unablässige Bewegung von der Quelle bis zum Meer. Ich schaute in Richtung Quelle, aber das Wasser war auf geheimnisvolle Weise genauso reglos wie in der anderen Richtung. Noch nicht einmal die Wolken bewegten sich, der Himmel war gleichmäßig bedeckt, ohne Sterne, und wo war der Mond? Es war unmöglich, der Begegnung zu entgehen. Wäre jemand vorbeigekommen, egal wer, ich hätte ihn oder sie gebeten, mich bis zu meiner Herberge zu begleiten. Beherbergen, nie hatte ich die Bedeutung dieses Wortes so gut verstanden, Schutz bieten vor den Unwägbarkeiten der Außenwelt. Aber da war niemand, ich musste selbst zu einem mir unerreichbar scheinenden Hafen gelangen, es galt die Hälfte der Brücke hinter mich zu bringen, und obwohl sich das Gebäude mit der hohen Tür in Flussnähe befand, musste ich trotzdem noch ein paar Meter gehen, eine sogar am Tag eher menschenleere Straße entlang, eine Häusergruppe umrunden, bevor ich zu der Straße gelangte, wo ich wohnte – wo ich vorläufig untergekommen war.

Was machst du hier? Bist du es wirklich?

Ich wusste nicht, ob ich laut sprach, ich konnte zwischen dem gesprochenen Wort und dem Gedanken nicht mehr unterscheiden. Ein seltsamer Kontakt kam zustande, jenseits der Worte oder vielmehr ihres Klangs. Es genügte, sie zu denken, und schon eilten sie ihrer Bestimmung entgegen – aber das war noch eine zu präzise Beschreibung für einen unmerklichen, ungreifbaren Vorgang.

Ich?, sagte sie. Ich weiß nicht mehr, wer das ist.

Aber bist du meinetwegen da?

Das verstehe ich nicht. Wir sind nicht zu unterscheiden.

Wir? Wer ist das?

Wir, etwas Anderes kenne ich nicht.

Wohnst du da?

Wohnen bedeutet nichts. Wir schweben, wir gehen.

Irren?, sagte ich.

Ich weiß nicht, sagte sie. Ich suche das Meer. Weißt du, wo es ist?

Ich zeigte zur anderen Seite hin, wo der Fluss aus Dresden und seiner Umgebung nach Norden fließt, nach Hamburg und dann, immer breiter, bis zur Nordsee. Sie verschwand. Ich schaute in die Richtung des fernen Meeres und hoffte, noch einmal eine wenn auch schemenhafte Gestalt zu erkennen, aber da war nichts, und ihr Verschwinden hinterließ bei mir eine Mischung aus Erleichterung und Bedauern.

– Es ist eine Strecke, ein durch Europa, durch die Meere gezogener Kreis. Brüssel, dann Guernsey, dann wieder Brüssel – und schließlich wieder Paris.

– Wie *Die Elenden*, wie *Die Arbeiter des Meeres*, ein im Exil geschriebener Roman – unter diesen Umständen der letzte –, *Der Mann mit dem Lachen*. Und fast der letzte Roman. Danach wird nur noch *Dreiundneunzig* kommen.

– »Dieses Buch«, schreibt Victor Hugo, »das zum größten Teil auf Guernsey entstanden ist, wurde am 21. Juli 1866 in Brüssel begonnen und am 23. August 1868 in Brüssel abgeschlossen.« *Der Mann mit dem Lachen* erscheint im Jahr darauf und hat wenig Erfolg. »Habe ich mich geirrt? Irrt meine Zeit?«, fragt Hugo. Seine Zweifel sind nicht von Dauer. Im Satz darauf antwortet er: »Wenn ich glaubte, mich geirrt zu haben, würde ich schweigen.«

– Im elften Kapitel des zweiten Teils gibt es die Beschreibung eines Leuchtturms, der dem in Cornwall, aber näher an Devon als an St Ives gelegenen Leuchtturm von Eddystone entspricht. Ein Leuchtturm, den Hugo nicht nur beschrieben, sondern auch gezeichnet hat.

– »Ein Leuchtturm im neunzehnten Jahrhundert ist ein kegelförmig zulaufender gemauerter Zylinder, der überragt wird von einer hochwissenschaftlichen Lichtmaschine.« »Im siebzehnten Jahrhundert war ein Leuchtturm eine Art aufs Meer verpflanzter Federbusch der Erde.« »Die Architektur eines Leuchtturms war prächtig und extravagant.«

– Als er die Devise für den Leuchtturm von Eddystone liefert, *Pax in bello*, fügt Hugo hinzu, dass »diese Friedenserklärung den Ozean nicht immer entwaffnet«, bevor er auf den ersten Bau eines Leuchtturms auf diesem Felsen zu sprechen kommt, durch Winstanley, der ihn auf eigene Kosten vor Plymouth errichten ließ. »Als der Turm vollendet war, begab er sich hinein und ließ ihn vom Sturm testen. Der Sturm kam und trug den Leuchtturm und Winstanley davon.«

– Es ·gab dann noch zwei andere Versionen des Leuchtturms vor dem heutigen, der von James Douglass entworfen und 1882 eingeweiht wurde – Virginia Woolfs Geburtsjahr.

Night after night, summer and winter, the torments of storms, the arrow-like stillness of fine weather, held their court without interference.

Nacht für Nacht, sommers wie winters, boten der Tumult der Stürme, die pfeilgleiche Ruhe des guten Wetters ihr ungestörtes Schauspiel dar. Stellten sich ohne Störungen zur Schau. Nacht für Nacht, im Winter wie im Sommer, gaben der Tumult der Stürme, der reglose Schönwetterpfeil ihre Vorführungen ohne Störung. Nacht für Nacht, sommers wie winters, hielten der Tumult der Stürme, die pfleilgleiche Schönwetterstille ihre Vorstellung ohne Störungen ab. So viel Zögern, so viele Annäherungen. Es ist ein schrittweises Herangehen über mehrere Stufen, wie eine Landung, ein sanfter Sinkflug, manchmal steigt man noch einmal höher – wenn die überarbeitete Fassung schlechter ist als die vorige –, dann kehrt man wieder zu der bereits erreichten Höhe zurück und sinkt weiter bis zu dem Augenblick der Erleichterung, wenn die Räder endlich den Boden berühren. Gewiss stimmt das Bild nicht. Vielmehr kommt alles darauf an, wie man es betrachtet. Natürlich liegt die Übersetzung nicht über dem Originaltext, aber sie fliegt, sie schwebt zunächst einmal ohne Halt und nähert sich allmählich ihrem Stützpunkt, die Wiedergabe des Textes ist in Sicht, nimmt Konturen an, deutlichere Formen sind zu erkennen, und es kommt der Moment, wo sie auf einem soliden Sockel, auf festem Boden zu stehen kommt. Ohne Störung bedeutet, dass keinerlei menschliche Präsenz – keinerlei künstliches Licht – die Abfolge der Nächte beeinträchtigt oder den Sommer vom Winter unterscheidet. Hatte es schon einmal in der Literatur eine solche Schilderung einer Landschaft, eines Klimas, eines Hauses ohne Einwohner gegeben? Eine Erklärung brauchte es nicht – und in dieser Hinsicht auch nicht die paar Sätze in Klammern, die einen dünnen menschlichen Zeitfaden abwickeln –, *Time passes* beschrieb die erste verbotene Zone, die erste Verwüstung, und es war egal, dass der Grund dafür unbekannt blieb, in diesem unbewohnten Kosmos war alles stimmig, alles war substantiell, die Logik blieb bestehen, nichts hatte sich verändert, nur dass es keine Störungen gab – wie es Jahrzehnte später irgendwo in der Ukraine auch keine Störungen mehr geben würde. Was das Euphemistische der aktuellen Slogans zeigt, die ein Bewusstsein wecken wollen, indem sie sagen, der Planet sei in Gefahr, während doch nicht der Planet, sondern die menschliche Spezies in Gefahr ist.

Ich war in Dresden. Plötzlich zeigte sich mir eine Logik, jedenfalls eine Form von Logik. Ich befand mich in einer Stadt, die von Luftangriffen zerstört worden war, und übersetzte einen Text, der auf seine Weise von der Zerstörung durch die Zeit und die Zerstörung der Zeiten durch die Menschen erzählte, vom Verschwinden der Hausbewohner, das für ein umfangreicheres Verschwinden, für eine vollständige Abwesenheit stand? Natürlich hatte ich in meinem Stipendiumsantrag darauf angespielt, aber es war ein abstrakter Gedanke geblieben. Inzwischen lebte ich hier, ich betrachtete die Häuser, die Gebäude, die mir bis dahin bloß als Dekor meiner Wanderungen erschienen waren – bis auf ein paar bestimmte Orte wie das Café des Kulturpalasts –, als wären sie eigenständige Wesen, Neuankömmlinge oder Überlebende, je nachdem, ob sie vor der Februarnacht 1945 oder danach erbaut schienen, der jedes Jahr gedacht wurde und deren Erinnerung die Stadt weiter heimsuchte. Stadt der Heimsuchungen. Die Heimsuchung der Vergangenheit, die der Zukunft – mit jenen Gruppen, die Woche für Woche auf einem in eine Festung verwandelten Platz zusammenfanden, wo sich all jene hinflüchteten, die sich wünschten, die Zeit möge reglos stehenbleiben wie ein Pfeil. Paradox, diese *arrow-like stillness*, aber ich glaubte zu verstehen, dass es sich dabei um eine Anspielung auf das Paradoxon von Zenon handelte, das Paradoxon von Achilles und der Schildkröte; wenn man die ausgedehnte Zeit in Augenblicke aufteilte, war der Pfeil in jedem Augenblick reglos, auch wenn er sich in Wirklichkeit fortbewegte, wie Achilles die vor ihm losgelaufene Schildkröte nie einholen würde – auch wenn er sie in Wirklichkeit einholte.

Fortan lauschte ich in die Stadt hinein, ich verbrachte meine Zeit teils in Reglosigkeit (in meinem Zimmer oder im Kulturpalastcafé), teils mit Wanderungen, bei denen ich immer weitere Kreise zog – auf der Suche nach einem Sinn, einer Erklärung, auf der Suche nach einer Präsenz. Wobei ich auf den Straßen Tag und Nacht darauf gefasst war, jene Gestalt wiederzusehen, die mir gefolgt oder begegnet war, mit der ich gesprochen hatte und die ganz verschwunden zu sein schien. Jemand, der meiner Freundin nicht ähnelte, sie mir aber in Erinnerung rief. Eine Übereinstimmung meiner Erinnerungen und meiner Gedanken. Die Materialisierung dieser Übereinstimmung, dieser geistigen Überlagerung. Sollte es die Gestalt nicht geben? Sollte sie nur aus meinem Lockruf hervorgegangen sein, aus der Notwendigkeit, etwas zu finden, das nicht völlig zerstört worden wäre? Etwas vom Körper, vom Geist Übriggebliebenes? Aber warum zeigte sich seit mehreren Tagen niemand, während ich nicht mehr und nicht weniger an sie dachte als zum Zeitpunkt ihres Erscheinens. Sollte ich auf die Brücke zurückkehren? Konnte ich sie nur in Zwischenräumen sehen und mit ihr sprechen, zwischen zwei Ufern, zwei Welten, zwischen Gegenwart und Vergangenheit?

Und nach der Beschreibung der Schlacht der Winde, des tobenden nächtlichen Universums, der gewaltigen, in der Finsternis hereinbrechenden Wellen, aller Geräusche, die in den leeren Zimmern des Hauses zu hören waren, tauchte der Frühlingsgarten auf, unverändert.

Violets came and daffodils.

Veilchen kamen, und Osterglocken. Veilchen kamen zum Vorschein, und Osterglocken. Veilchen wuchsen, und Osterglocken. Veilchen kamen heraus, und Osterglocken. Ja, das war es wohl am ehesten.

But the stillness and the brightness of the day were as strange as the chaos and tumult of night,

Aber die Stille und die Helligkeit, nein, der Reim musste beibehalten werden, aber das Stille und Helle des Tages waren so merkwürdig wie das Chaos und der Tumult der Nacht,

with the trees standing there, and the flowers standing there, looking before them, looking up, yet beholding nothing, eyeless, thus terrible.

waren so merkwürdig wie das Chaos und der Tumult der Nacht, mit den Bäumen, die da standen, den Blumen, die da standen, vor sich hin blickend, nach oben blickend, aber nichts sehend, augenlos und schrecklich.

Wer blickte da? Die Bäume? Die Blumen? Die Ruhe und die Helligkeit des Tages? Das Partizip Präsens sagt nichts aus über eine Ein- oder Mehrzahl. Was also tun? Den Satz noch einmal lesen.

But the stillness and the brightness of the day were as strange as the chaos and tumult of the night, with the trees standing there, and the flowers standing there, looking before them, looking up, yet beholding nothing, eyeless, thus terrible.

Der wiederholte Laut *ing*. Ein strenger Rhythmus. Aber das Ruhige und Helle des Tages waren ebenso seltsam wie das Chaos und der Tumult der Nacht, mit den Bäumen, die da standen, mit den Blumen, die da standen, vor sich hin blickend, nach oben blickend und dabei doch nichts sehend, weil augenlos und somit schrecklich. Das war nicht so schlecht, wenn nicht das »weil« im Französischen *puisque* gewesen wäre, das etwas hinzufügte, eine Erklärung, die in Woolfs Text nicht vorkam, *eyeless*, das Wort trat alleine auf, knapp, sich selbst genügend, seine eigene Erklärung enthaltend – aber auf Französisch? Konnte man sagen: *et pourtant n'apercevant rien, sans yeux et terribles*? Und dennoch nichts sehend, augenlos und somit schrecklich? Und doch nichts sehend, augenlos und schrecklich. Mir schien das »weil« noch das kleinere Übel.

War diese scheinbare Ordnung, die schrecklicher war als die Unordnung, nicht die gleiche wie in der verbotenen Zone rund um Tschernobyl mit ihrer zurückgekehrten Natur, den vielfältigen Arten, der stillen Üppigkeit, den Bäumen, die da standen, den Blumen, die standen und schauten, ohne zu sehen ... Die zurückgekehrte, aber anders, seltsam beunruhigend, zu mächtig zurückgekehrte Natur. Diese Bäume, die abgeholzt worden wären, weil sie krank waren, blieben nun stehen, und ihr Stehenbleiben wirkte sich auf den Wald aus, während ihre Abwesenheit andere Folgen gehabt hätte. Um Tschernobyl herum war die Natur vollständig präsent, es gab keine Abwesenheit oder vielmehr eine Welt, in der nichts verschwand. Alles blieb oder verwandelte sich im langsamen Ablauf der Verrottung. Die Gespenster blieben.

Zwischenspiel

Auf der High Line ist alles kalkuliert, alles hat einen Sinn. Man geht auf Platten, die nicht eng aneinander liegen, ohne zu bemerken, dass manche von ihnen regelmäßig geformt sind, andere leicht angeschnitten, damit die Vegetation sich in den Beton hineinschmuggeln kann und zusammen mit den verschiedenen Kräutern, die an anderen Orten wuchsen, mit dem Farn und den zufällig durcheinandergewürfelten Blumen den Eindruck einer Wildnis erwecken, die sich der Stadt bemächtigt, oder vielmehr, die in Einklang mit ihr zu leben weiß, oder vielmehr, einer Stadt, die in Einklang mit der Natur zu leben weiß. Aber diese Betonplatten folgen so regelmäßig wie die Bahnschwellen aufeinander. Auch die Bretter der Bänke, die dem Spaziergang einen Rhythmus geben, erinnern an Bahngleise und Schwellen. Alles verweist auf die Vergangenheit und winkt der Zukunft zu. Die High Line ist ein Buch, das man schnell durchblättert, wenn man sie rasch von einem Ende zum anderen durchläuft, oder in dem man hängenbleibt, indem man zu den städtischen Verkehrsadern hinunter- und anschließend wieder eine Reihe Stufen hinaufsteigt, ein Buch, bei dessen Lektüre man hin und wieder innehalten kann, indem man auf einer Bank eine Pause einlegt, um die provisorischen Installationen zu betrachten, die es manchmal bereichern, oder den Blick auf die Quais zu lenken, wo Kräne auf die aktuellen Baustellen hinweisen. Von den 1910 eingeweihten Quais von Chelsea legten die Überseedampfer ab, deren Sternstunde das erste Drittel des 20. Jahrhunderts war, wie die *Manhattan*, die eines Sommertags 1936 die amerikanischen Sportler, unter ihnen Jesse Owens, zu den Olympischen Spielen nach Berlin brachten.

An der Ecke der 11th Avenue und der 20th Street steht ein imposantes graubraunes Gebäude. Es diente den Seeleuten der Handelsmarine als Herberge, deren Schiffe an den Quais von Chelsea angelegt hatten. Es bot Schutz gegen Kälte, Wind und die Gefahren der Nacht. Aber der Handel ging immer weniger über den Seeweg vonstatten, und es gab immer weniger Seeleute. Das Gebäude wurde erst in ein Zentrum für Drogenabhängige, dann in ein Frauengefängnis umgewandelt. Auf dem Dach diente ein durchsichtiger, aber vergitterter Überbau als Terrasse, auf der die Gefangenen Szenen des städtischen Lebens, ein bisschen Himmel und Horizont erhaschen, das Rumoren der Stadt vernehmen konnten. Aber als 2012 der Hurrikan Sandy angekündigt wurde, ließ man das Gefängnis räumen. Demnächst soll das Gebäude dem Schutz gefährdeter Frauen dienen, der Impuls dafür ging von einem feministischen Architekturbüro aus. Die ursprüngliche Innenaufteilung soll dabei nicht zerstört werden. Das ist die aktuelle architektonische und städtebauliche Tendenz: nicht zerstören, sondern erneuern; bewahren, aber verwandeln. Eine ökologische Philosophie gewissermaßen, Recycling, Transformismus. Die Vergangenheit unter der Schicht der Gegenwart erkennen. Meistens kennt man allerdings die Geschichte der Orte nicht und geht an den Gebäuden vorbei, die über ihr künftiges Schicksal und ihre ehemaligen Einwohner schweigen. Die 20th Street bildete eine Grenze zwischen den zwei Teilen der High Line, einem nördlichen und einem südlichen Teil, eine Trennung, die materialisiert wurde durch ein vor einigen Jahren entferntes Metallgitter. Ist die Atmosphäre wirklich eine andere über die 20th Street hinaus? Sind die Landschaft, die Pflanzenwelt einem anderen Klima unterworfen? Der Weg wirkt schmaler, weil von höheren Gebäuden gesäumt, der Himmel scheint sich dem Blick mehr zu entziehen, aber wenn man über die High Line spaziert, ohne sich für ihre Geschichte zu interessieren, merkt man nicht unbedingt eine Veränderung. Vielleicht wird man dennoch eine Erinnerung an diesen Ort behalten, in den man eindringt wie in einen geheimen Wald, auch wenn dieser Eindruck nicht lange anhält, auch wenn man mitten im Gespräch ist bei seinem Spaziergang; vielleicht wird man doch eine Veränderung des Lichts bemerken, einen vorüberziehenden Schatten, der unseren Gedanken eine andere Richtung gibt.

V

Es war eine breite Bucht in der Nacht, und in der Ferne blinkten nacheinander zwei Lichter, das eine rot, das andere weiß, wie zwei Signale an die Betrachter. Habt keine Angst, sagten sie, wir sind da, um über euch, über den Ozean, über die Welt zu wachen. Man sah sie vom Land aus, man sah sie vom Meer aus, sie hatten diese Doppelbedeutung, diesen doppelten Zweck, die Seefahrer zu beruhigen und die Spaziergänger am Strand. Diejenigen zu beruhigen, die eine Durchfahrt suchten, einen Weg, aber in dieser besänftigenden Präsenz, im Strahl des Leuchtturms – der zu weit weg war, als dass etwas anderes als etwas Periodisches zu erkennen gewesen wäre – lag auch etwas Unheimliches, das Ungewisse einer Fata Morgana, einer Illusion vielleicht – denn wer konnte schon in den Sekunden, in denen nichts als die düstere Tiefe der Nacht existierte, sicher sein, dass die kurze Helligkeit wiederkehren würde. Trotz der Entfernung – wie viele Dutzende Kilometer – zwang etwas zum Innehalten, weit weg und doch, über diesen Appell, mit der Nacht, dem Ozean, dem Kosmos verbunden, man spürte, wie etwas sich entzog, um zum Weltall zu stoßen. Das Bild blieb bestehen und damit verbunden das Gefühl, die Empfindung, sie hatte sich in unser tiefstes Wesen eingeprägt, um ihm anzugehören und wie ein Schutzschild gegen die Enttäuschungen des Lebens vorgestreckt zu werden – die Antworten, die man nicht bekam, alles, was sich nicht erfüllte, die verständnislosen Menschen.

Die Antike, die Moderne, die Alten, die Neuen. Dieser ewige Streit geht durch alle Epochen und Bereiche. Am Rand der

Welt – *The Edge of the World* – taucht sie wieder auf. Doch sind es zunächst ... Steinhäuser, zugenagelte Fenster ohne Glas, *post office* (die Buchstaben sind kaum zu entziffern), leere Landschaften. Und, diese überlagernd, Menschen. Beinahe durchsichtig – Silhouetten. Es sind Formen und Bewegungen zu sehen, Leute, die weggehen wie so viele andere vor ihnen und so viele andere danach. Die langsame Bewegung der Gehenden, der Weggehenden. Und später im Film eine Prozession, die Kirche, schwarz gekleidete Menschen, das Läuten der Glocken. Das Alte, das Neue. Jemand will weggehen – Robbie –, der andere will bleiben – Andrew. Auf der Insel bleiben, wie früher leben. Und da die Gemeinde nicht zwischen den beiden wählen kann, wird ein Kampf die Entscheidung herbeiführen. Kein Duell mit dem Degen, aber das Erklimmen einer Klippe, wo diese am steilsten ist. Auf die althergebrachte Weise, ohne Seil, mit nackten Händen. Je nachdem, ob Andrew oder Robbie als Erster oben ankommt, wird die Insel bewohnt bleiben oder verlassen werden. Aber die Dinge verlaufen nicht wie geplant. Robbie greift daneben. Andrew versucht ihn zu retten – zu spät. Robbie ist der Bruder von Ruth, Andrews Verlobter. Peter Mason ist der Vater der beiden jungen Männer, er ist es, dessen Name auf dem Stein steht über den Worten *gone over*.

Städte sind aus ihren Häusern und ihren Bewohnern gemacht, also aus festen, reglosen Präsenzen ebenso wie aus beweglichen – Stimmen, Schatten, Spuren. Aus etwas von uns, aus jemandem, der jemandem ähnelt, oder dem Gedanken, den wir haben, während etwas wie ein Duft, ein Flüstern, ein Name die Straße durchzieht. Von einer breiten Straße zur anderen bilden unsere Gedanken einen Fluss, in dem ein unsichtbarer Parallelverkehr herrscht, der aber ebenso deutlich, wenn nicht deutlicher ist als der sichtbare. Still. Unbesiegbar.

Es war gestern. Ich bin nicht spazieren gegangen – in Dresden gehe ich inzwischen neue Viertel, unbekannte Aspekte der Stadt erkunden. Davon gibt es viele auf beiden Seiten der Elbe, die Stadt bietet sich den Blicken dar und kapselt sich zugleich in ihre Geheimnisse ein, ihre Wunden, die ruhmreiche Geschichte und dann die Nacht der Bombardierungen, die Jahre des Abgeschottetseins und der Ablehnung anderer. Es war gestern. Ich bin nicht spazieren gegangen, ich war auf dem anderen Ufer unterwegs, lief durch ein Gewirr von Hinterhöfen und Gässchen, die von den Stimmen der Studenten schwirrten, die sich abends hier trafen und ihren Tag über sein Ende hinaus verlängern wollten, wie auch ich meinen verlängern wollte, aber alleine, allen unbekannt. Ich ging, bis ich müde wurde, um sicher zu sein, in meinem mönchischen Zimmer einzuschlafen ohne zu denken, ohne von den Wörtern des Textes heimgesucht zu werden, den ich übersetzte, den ich zu übersetzen versuchte, ohne dass der Strahl des Leuchtturms meine Nacht unterbrach. Und ich sah etwas, jemanden. Als ich auf die breite Straße traf, die zur Brücke, auf die andere Seite führte, eine Gestalt, dieselbe, noch einmal. Sie näherte sich, so schien mir, oder ich war es, die ihr näher kam. Anscheinend wartete sie auf mich, das war es, sie wartete auf mich. Ich versuchte, nicht schneller zu gehen, so zu tun, als wäre alles ganz natürlich, als würde der kommende Moment dem vorhergehenden gleichen. Aber dieser Versuch war vergeblich und die abrupt abgebrochenen Gedanken kamen nicht wieder, an ihrer Stelle hatte sich eine Leere aufgetan, als Vorbereitung für das Kommende.

Das Meer, sagte sie.

(Ich sage »sie«, aber es war eine namenlose Gestalt, auch wenn sie der Freundin ähnelte, die einen Namen hatte.)

Ich hatte dir die Richtung gezeigt.

(»Du« zu ihr zu sagen war eigenartig, »Sie« wäre es nicht weniger gewesen, ich hätte mich ohne Pronomen an sie richten sollen, einfach nur reden – oder denken.)

Ich bin dem Fluss gefolgt, ich bin nicht angekommen.

Vielleicht war es zu früh, vielleicht war das Meer weiter weg.

Ich habe einen Hafen gesehen.

Und dann?

(Das Gespräch war fast beruhigend, banal, es bestand aus einfachen topographischen Angaben. Um uns her – ein »uns«, das mich schaudern ließ – die nächtliche Stadt, ihre gedämpften Lichter, das Gefühl von bewegten Gewässern, ganz in der Nähe der Brücke, der Türme und Kuppeln, die sich schon ankündigten.)

Ich bin wieder umgekehrt.

Zu früh.

Im gegebenen Moment.

Und dann?

Hatte ich vergessen.

Etwas vergessen?

Etwas zu sagen.

Jemandem? Vielleicht.

(Ich bemühte mich, Personalpronomen zu vermeiden, weder »du« noch »ich« und noch weniger »sie« oder »wir« zu sagen, ich versuchte, nicht die Teilnahmslosigkeit der Sprache, sondern die Materialität der Wörter zu betonen, die – wie heißt es gleich? – Bezugsfunktion der Sprache, also die Außenwelt zu beschreiben, Informationen zu kommunizieren, bei den Fakten zu bleiben. Beispielsweise nicht zu denken, dieser Jemand könnte ich sein.)

Und das, was zu sagen war?

Der Moment ist vorbei.

Ich hätte nicht mit Gewissheit sagen können, dass wir laut

sprachen, dass wir sprachen, ebenso wenig hätte ich behauptet, dass es eine Art Gedankenübertragung war, ich weiß nur, und das auch heute noch, dass da vor mir eine Gestalt war, ein Etwas, ein Jemand, und dann plötzlich nichts mehr. Eine Abwesenheit. Nicht, dass die Gestalt sich verwischt hätte, es gab keinerlei Übergang zwischen Anwesenheit und Abwesenheit, noch nicht einmal eine Abwesenheit – denn in der Abwesenheit finden sich immer noch Spuren von Anwesenheit –, sondern eine Leere. Als wäre da nichts gewesen.

Das Haus blieb leer, es würde sicherlich verkauft werden. Mrs. McNab pflückte ein paar Blumen im Garten, weil es doch schade gewesen wäre um sie …

There it had stood all these years without a soul in it.

Es hatte über all diese Jahre dort gestanden ohne eine Seele darin. Es hatte ohne eine Menschenseele dort gestanden über all diese Jahre. Muss denn noch »darin« hinzugefügt werden? Und »Menschenseele«? Oder »ohne jemanden darin«? Was im Englischen *soul* heißt, würde im Französischen eher *personne* genannt, im Deutschen *jemand* oder *Menschenseele*. Es – das Haus. Hatte dort gestanden, zwangsläufig, *without a soul*. In den vorhergehenden Passagen war es beschrieben als lebendig durch das Leben der Gegenstände und der Winde, im Rhythmus der Jahreszeiten und der Elemente. Mrs. McNab, die einzige menschliche Präsenz seit langem. Aber das Haus stellte eine zu große Arbeitslast dar, überall putzen, dafür reichten ihre Kräfte nicht.

She was too old. Her legs pained her.

Sie war zu alt. Ihre Beine taten ihr weh.

All those books needed to be laid out on the grass in the sun; there was plaster fallen in the hall; the rain pipe had blocked over the study window and let the water in; the carpet was ruined quite.

All diese Bücher mussten auf das Gras in die Sonne gelegt werden; im Eingang war Putz abgefallen; die Regenrinne über dem Fenster des Arbeitszimmers war blockiert und ließ Wasser eindringen; der Teppich war beinahe gänzlich ruiniert. All diese Bücher mussten aufs Gras in die Sonne gelegt werden; Putz war im Eingang abgefallen; auf der Höhe des Arbeitszimmers war die Regenrinne verstopft und ließ Wasser eindringen; der Teppich war so gut wie ruiniert. »Auf der Höhe des Arbeitszimmers«, meine Güte, wie schwerfällig. Über dem Fenster des Arbeitszimmers. Das sind die ersten erheblichen Schäden im Hausinneren. Die vorüberwehenden Luftzüge, die wenigen Blumen, die gepflückt wurden, weil niemand kam, das Leben sich der Dinge zu bemächtigen schien, all das war nichts angesichts der Verwüstung, die sich ankündigte. Eines der Elemente – das Wasser – hatte die Trennungslinien übertreten, war über Grenzen geschwappt.

But people should come themselves; they should have sent somebody down to see.

Aber die Leute hätten selbst kommen sollen. Aber die Leute sollten selbst kommen. Sie hätten jemanden schicken sollen, es sich anzuschauen. *Down to see*. London ist nördlich von Cornwall. Aber der Roman – die Elegie – spielt auf der Insel Skye, die im Norden von London liegt. *Sent down* – sollte das Wort Virginia Woolf herausgerutscht sein, sollte die Vorstellung ihres Aufenthaltsortes einen Augenblick die des imaginierten Ortes überlagert haben, oder war es nur eine Art zu sagen *they shoud have sent somebody to see*, was letztlich ebenso geläufig ist, und die hinzugefügte Silbe ist eine Frage des Rhythmus?

For there were clothes in the cupboards; they had left clothes in all the bedrooms. What was she to do with them? They had the moth in them – Mrs. Ramsay's things.

Denn es waren Kleider in den Schränken; sie hatten in allen Schlafzimmern Kleider zurückgelassen. Was sollte sie damit machen? Es waren Motten darin – in den Sachen von Mrs. Ramsay. Oder besser, sie waren voller Motten – die Sachen von Mrs. Ramsay. Oder es waren Motten darin – in Mrs. Ramsays Sachen. *Moth* – das Wort kann einen Nachtfalter bezeichnen oder eine zur gleichen Familie gehörige Kleidermotte, doch der Eindruck, der entsteht, ist ein anderer. Und gewöhnlich wird *moth* eher mit Nachtfalter übersetzt. Obwohl diese Passage sich wenig von der endgültigen Fassung unterscheidet, ist im Originalmanuskript der Berg Collection kein Nachtfalter in Mrs. Ramsays Kleidern zu finden. Und doch geistert der Nachtfalter durch das Woolf'sche Werk. Am 3. Mai 1927 bekommt Virginia Woolf einen Brief ihrer Schwester Vanessa Bell, die sich gerade in Südfrankreich, in Cassis, befindet und erzählt, wie sie Nachtfalter zu fangen versucht für ihre Kinder, die, wie sie beide in ihrer Kindheit, gerne Schmetterlinge sammeln. Eines Abends habe ein Nachtfalter so laut gegen das Fenster geschlagen, dass alle glaubten, es hätte geklopft. Virginia Woolf antwortet ihr dazu am 8. Mai: Übrigens, Deine Nachtfaltergeschichte fasziniert mich dermaßen, dass ich eine Erzählung darüber schreiben werde. Ich habe stundenlang an nichts anderes gedacht als an die Nachtfalter und an Dich, nachdem ich Deinen Brief gelesen hatte. Der Nachtfalter ist der Ursprung des Romans *Wellen*, der zunächst den Titel *Die Nachtfalter* trug. Ist es immer noch die Erinnerung an diesen Brief, die weiterwirkt in den wenigen Seiten, die an anderer Stelle den Tod des Nachtfalters oder vielmehr einen scheinbar harmlosen Septembermorgen beschreiben, an dem die gleiche Energie die Vögel, Pferde und den am Fenster entlang schwirrenden Nachtfalter erfüllt? Aber der Nachtfalter wird steif, und bald werden seine Bewegungen unkoordiniert und hektisch werden. Plötzlich begreift die Betrachterin, dass der Tod naht. Und wie schön und ergreifend der Kontrast ist zwischen den winzigen Beinchen des Tieres und dem gewaltigen Schicksal, das auf es wartet – welche Kraft in der Beschreibung der heftigen Bewegungen des Falters, wie ein verzweifelter Protest gegen den Tod. Die Geschichte wurde 1942 in einer posthumen Sammlung veröffentlicht, aber wann wurde sie geschrieben? Kann man annehmen, dass die Nachtfalter, nachdem sie sich aus dem zu *Wellen* gewordenen Buch verabschiedet hatten, in einen anderen Text geflattert sind und dass einer von ihnen sich in eine Fensterecke gesetzt hat, während die Schriftstellerin an irgendetwas dachte, oder auch an nichts, und ihr Blick angezogen wurde von dem vergeblichen Kampf, dessen Tragweite ihr allmählich klar wurde?

Mrs. Ramsays Sachen …

There were boots and shoes; and a brush and comb left on the dressing-table, for all the world as if she expected to come back to-morrow.

Da waren Stiefel und Schuhe; und eine Bürste und ein Kamm auf der Frisierkommode, genau so, als hätte sie vor, am nächsten Tag wiederzukommen. Da waren Schuhe und Stiefel (ist es nicht in dieser Reihenfolge besser?); eine Bürste und ein auf der Frisierkommode zurückgelassener Kamm, genau, als hätte sie vor, am nächsten Tag wiederzukommen.

Wie in Prypjat, der verlassene Klassenraum, die Tische und die Tafel, die Stühle, und anderswo das Spielzeug, die offenen Bücher – diese Bilder, die durch die Welt gehen, im Internet und sonst wo, die in den Köpfen umgehen und Prypjat zum Symbol einer abgebrochenen Welt gemacht haben, einer Welt, die keine Gültigkeit mehr hat.

– Sunrise.

– Eine Stadt in Florida, die ungefähr fünfundachtzigtausend Einwohner zählt.

– Wie in jeder Stadt gibt es Straßen, ein Kino, Schulen, Läden, die Polizei, Autos zu verkaufen, zu mieten, ein IKEA-Geschäft, Sportstätten, alles, was man braucht. Nichts unterscheidet sie von anderen Städten.

– Aber im September 2010 verschwindet Sunrise einen Monat lang aus Google Maps.

– Das ist nicht weiter schlimm, sagte man sich, da es ja die wirkliche Stadt gibt.

– Aber nein, es gibt die Stadt nicht mehr. Wenn man einen Schlosser braucht, einen Elektriker oder Klempner, wenn man in Sunrise etwas reparieren lassen will oder ein Café sucht, einen Zahnarzt, jemanden oder etwas, dann findet man nichts, weder Adresse noch Namen noch Telefonnummer.

– Die Suchmaschine schickt einen nach Sarasota, eine andere Stadt in Florida, dreihundert Kilometer entfernt.

– Eines Tages, sagt der Bürgermeister, sind wir aufgewacht und es gab uns nicht mehr.

– Wir bitten Sie um Entschuldigung, wird Google sagen, das ist ein bug, ein technischer Zwischenfall. Wir werden alles reparieren, so, es ist so weit, fertig.

– Sunrise existiert wieder, die Sonne geht wieder auf.

Auf Foula/Hirta läuft das Leben wie vorher ab, das heißt, nicht ganz, denn Robbies Vater erträgt Andrews Anwesenheit nicht und verschließt sich, ein stummer Vorwurf. Ironischerweise muss Andrew, der wollte, dass die Insel bewohnt bleibt, aufs Festland auswandern, um dem Schweigen zu entkommen. Ruth ist schwanger, die Ereignisse überstürzen sich. Das Baby wird geboren, ist krank, alles wird in die Wege geleitet, um ihm zu helfen, es auf den Kontinent zu bringen. Andrew ist es, der die beiden abholen kommt. Die Bedeutung der übereinander liegenden Schatten vom Anfang wird klar, die gesamte Bevölkerung verlässt die Insel – bis auf Peter, der auf den Felsen klettert, auf den sein Sohn geklettert war. Der Strick reißt. Peter fällt.

Gone over.

Ich hätte nie gedacht, dass mir einmal an dieser Stadt etwas liegen würde, dass ich sogar diese reizlose Prager Straße mögen würde, diese breite, von Läden gesäumte Fußgängerstraße, die ihre einstige Struktur behalten hat, diese großen rechteckigen Schaufenster, hinter denen sich von Ostdeutschland bis in die Sowjetunion Häuser des Buches oder Häuser des Kindes befanden oder Gastronom-Läden, die je nach Belieferung wechselnde Lebensmittel führten. Markenläden hatten die Nachfolge angetreten, Luxusgeschäfte manchmal, aber etwas von früher war geblieben, in den Proportionen vielleicht oder der Zahl älterer Leute, die man dort sah, die noch die alte Staatsform gekannt hatten, die Häuserblöcke auf beiden Seiten. Hatte es damit zu tun, weit weg zu sein oder jedenfalls woanders, und die Leichtigkeit von Menschen ohne Geschichte zu haben? Auch wenn ich die Leere, die Abwesenheit mitgenommen hatte? War es die Gesellschaft dieses Textes, der mir gewissermaßen die Gesamtheit der Welt zu enthalten schien? Musste es einen Grund geben? Dresden bot sich mir rückhaltlos dar, ich betrachtete die wenigen vom Sozialismus übriggebliebenen Wandbilder in dieser oder jener Seitenstraße oder an der besser zu sehenden Fassade des restaurierten Kulturpalasts. Würde ich bleiben, wenn meine Übersetzung fertig wäre? Die Fragen streiften mich, ohne sich weiter bei mir aufzuhalten, ich gab mich ganz dem Augenblick hin und lebte auf einer Zeitinsel und auf der Insel des Romans, in dem von seinen Bewohnern verlassenen Haus, wo jemand, Mrs. McNab, trotz ihrer Schwäche und ihrer Schmerzen und ihres Alters ein bisschen Ordnung im Chaos zu bewahren versuchte.

She was dead, they said; years ago, in London.

Sie war gestorben, sagten sie; vor Jahren, in London. In einem Satz, die Bestätigung der Klammer. In einem Satz vergeht die Zeit. In der Klammer war es gerade erst geschehen, in der Nacht. Nun sind Jahre daraus geworden. In London. Wie weit weg die große Stadt in dieser Umgebung scheint, fast zerbrechlich ... Und nun sind ihre Kleider ihrem Schicksal überlassen, wie der Garten den Kaninchen, die jetzt die Erde umgruben. Und hier die Klammer:

(She had died very sudden at the end, they said.)

Sie war am Ende sehr plötzlich gestorben, sagten sie. Am Ende gestorben, das geht nicht. Sie war dann sehr plötzlich gestorben, sagten sie. Es war dann sehr plötzlich mit ihr zu Ende gegangen, sagten sie. Der Tod verschwindet hinter dem Ende, aber wie kann es anders gehen? Schließlich war sie eines sehr plötzlichen Todes gestorben, sagten sie. Vielleicht ...

Ich sagte ihr, wenn ein Text zu mir gelange, hätte ich den Eindruck, ein wildes Tier herbeispringen zu sehen. Er macht mir Angst; die ganze Schwierigkeit besteht dann darin, ihn zu bändigen. Ich muss gleich lesen, alles andere lasse ich liegen, um mich zu beruhigen. Und mich zu überzeugen, dass ich es trotz der Schwierigkeiten und erheblichen Probleme schaffen werde. Das wilde Tier hört auf, mich zu bedrohen, ich muss es dann je nach seinen Erwartungen füttern, mit ihm sprechen, ihm zuhören. Sie musste darüber lachen. Und ungeachtet der Erfahrung – bis jetzt hatte das Tier sich immer zähmen lassen – blieb die Angst bestehen – bei jeder Neuankunft wiederholte sich das Risiko, von dem wilden Tier zerfleischt zu werden – und verschwand erst, nachdem ich alles gelesen hatte.

Einen Roman zu schreiben? Nein, sagte sie, das sei etwas anderes. Es sei eine geduldige Konstruktion, ohne Wildheit, ohne die Angst vor der Verheerung, die ich beschrieb. Die Angst – denn es gab eine –, das war die Stille, die Abwesenheit, die Wege, die nirgendwo hin führten, oder ein Haufen von Banalitäten, deren man sich anfangs nicht bewusst war, die sich sogar als Fundstücke betrachten ließen, bis ein Wiederlesen sie als das offenbarte, was sie waren, nämlich eine Reihe zu streichender Sätze. Ich hätte ihr gerne sagen wollen: Beim Übersetzen von *Time passes* sehe ich mir manchmal die Ursprungsfassung des Textes an, und auch da gibt es Streichungen, ganze Sätze, die aus der folgenden Fassung verschwunden sind, Stücke, die an der Oberfläche schwimmen wie Teile eines Dampfers nach einem Schiffbruch. Virginia Woolf zögert auch, hätte ich ihr sagen wollen, sie schreibt, was sie nicht hätte schreiben wollen, und merkt es dann später, aber dies war die erste Übersetzung, über die ich mit meiner Schriftstellerfreundin nie würde reden können, es war das erste Mal, dass ich den Weg ohne sie würde gehen müssen.

And once they had been coming, but had put off coming, what with the war, and travel being so difficult these days;

Und einmal sollten sie kommen, hatten aber ihren Besuch vertagt wegen des Kriegs und der Schwierigkeit zu reisen in diesen Tagen ... *Et une fois ils devaient venir mais avaient remis leur visite, en raison de la guerre, des voyages difficiles à entreprendre en ces temps* ... Jeder Versuch, die Nüchternheit des englischen Texts wiederzugeben, die Verwendung von Wörtern, die sich nicht vom Alltagswortschatz unterscheiden, stößt im Französischen auf eine Unmöglichkeit. *Une fois ils avaient failli venir,* einmal wären sie fast gekommen, hatten aber davon wieder Abstand genommen wegen des Kriegs und der Reiseschwierigkeiten in diesen Zeiten. Das wäre näher am Original, trotz der Veränderungen, die der Satz ertragen muss. Dabei erst einmal bleiben und weitermachen. Das Wichtige ist, eine Fassung zu erstellen, die als Grundlage für die kommende, voraussichtlich langwierige Arbeit dienen kann.

they had never come all these years; just sent her money;

Sie waren all diese Jahre nicht gekommen; hatten ihr bloß Geld geschickt. *Just sent her money, lui avaient juste envoyé de l'argent.* Vier Wörter im Englischen, im Deutschen wären es fünf, im Französischen ganze sieben. Vier kurze Wörter – und dann dieses *juste*, ein unbefriedigender Anglizismus. Einfach weglassen? *Lui avaient envoyé de l'argent,* hatten ihr Geld geschickt. Ich bin mir unsicher. *S'étaient contentés de*, hatten sich damit begnügt, ihr Geld zu schicken. Näher am Sinn, aber wesentlich länger, viel zu lang.

but never wrote, never came, and expected to find things as they had left them, ah dear!

Doch hatten nie geschrieben, waren nie gekommen, und erwarteten nun, alles so zu finden, wie sie es zurückgelassen hatten, meine Güte! Doch ohne zu schreiben, ohne zu kommen, und nun erwarteten sie, alles wiederzufinden, wie sie es zurückgelassen hatten, meine Güte! In der Vergangenheit? Aber ohne geschrieben zu haben, ohne hergekommen zu sein, und in der Erwartung, alles wiederzufinden, wie sie es zurückgelassen hatten, meine Güte!

Mrs. Ramsays erinnertes Bild, wie es durch Mrs. McNabs Gedächtnis schwebt und im nächsten Teil im Gedächtnis ihrer Kinder wieder auflebt, als sollte sie noch einmal lebendig werden, das Maß für den Unterschied zwischen den Zeiten vorher und den Zeiten danach, Symbol für die wirkliche Bedeutung der beiden Wörter, die im Englischen nur eines waren, *nevermore* – nie mehr.

Nie mehr, sagte ich mir, *nevermore*, diese regelmäßigen Treffen an einem Ort, der nie den Namen änderte, aber oft den Besitzer. An einer Straßenecke im Viertel der Hallen in Paris, mitten in der Stadt – einer sehr anderen Stadt als die, in der ich mich jetzt befand, einer Stadt, die nicht zerstört worden war, außer durch gewisse Immobilienprojekte, die vermutlich zu viel bewahrt hatte aus den vergangenen Epochen, um sich wirklich zu erneuern, mit ihrer Zeit zu leben. Neu interpretierte orientalische Küche, marokkanische Küche mit passendem Dekor, dann erneuter Umbau und Abstieg zu einer mittelmäßigen Pizzeria, im Lauf der Jahre wechselte das Personal, der Geschmack der Speisen, wir aber blieben dem Namen treu und trafen uns dort, weil es praktisch war, wieder zum selben Ort zu gehen, ohne nach etwas Anderem suchen zu müssen, und zur gleichen Zeit, sodass nur der Tag festgesetzt werden musste, an dem wir von unserer Arbeit, unserem Leben erzählen würden. Sie hätte mir nicht geholfen, diese oder jene Stelle aus *Time passes* zu übersetzen, wie auch ich ihr nicht half, dieses oder jenes Kapitel eines Romans zu schreiben, aber ich legte in unseren Gesprächen etwas von meinen Ängsten ab, die sie mit einem Wort, einer Geste aus dem Weg räumte.

The rain came in. But they never sent; never came.

Der Regen kam herein, nein, der Regen drang ein, das war besser. Der Regen drang ein. Aber sie schickten nie etwas; sie kamen nie. Noch eine Schwierigkeit. *They never sent*. Eine absolute Verwendung des Verbs, ohne Objekt. Unmöglich im Französischen, wie auch im Deutschen. Sie gaben nie ein Zeichen? Sie meldeten sich nie? Sie schickten nie jemanden? Oder nie etwas? Der Regen drang ein. Aber sie schickten nichts; kamen nie. Das wäre näher am Rhythmus des Originals.

Some of the locks had gone, so the doors banged.

Manche Schlösser waren herausgefallen, sodass die Türen schlugen. Manche Schlösser waren nicht mehr da, und die Türen schlugen. Es fehlten einige Schlösser, und die Türen schlugen. Sodass die Türen schlugen. Das Hereinregnen, die schlagenden Türen, Zeichen einer ungewöhnlichen, unauflöslichen Präsenz. Kein Gespenst in der Abfolge der Wörter. Bloß eine Reihe von Elementen, die die menschliche Präsenz ablösten. Etwas, was nicht an seinem Platz war, was über seine Rechte und seine Rolle hinausging.

She didn't like to be up here at dusk alone neither.

Sie war nicht gerne allein hier, wenn es dunkel wurde. *Neither*, sie war auch nicht gerne. Sie war auch nicht gerne allein hier in der Abenddämmerung.

It was too much for one woman, too much, too much. She creaked, she moaned. She banged the door. She turned the key in the lock, and left the house shut up, locked, alone.

Sie war auch nicht gerne alleine hier, wenn es dunkel wurde. Es war zu viel für eine einzige Frau, viel zu viel (schwierig, die Wiederholung von »viel«). Sie ächzte, sie stöhnte. (Alles ist auf den Kopf gestellt. *To creak, to moan* würde eigentlich besser zu einer Tür als zu einem menschlichen Wesen passen, aber was sich gewöhnlich auf Menschen bezog, wurde hier für die Elemente verwendet, für die Natur, die Teile des Hauses, und was sich auf das Haus hätte beziehen müssen, wurde nun für eine Frau benutzt.) Sie knallte die Tür zu. Sie drehte den

Schlüssel im Schloss herum und ließ das Haus verschlossen, versperrt, allein.

So endet diese Passage, so wird das Schicksal des gänzlich sich selbst überlassenen Hauses besiegelt.

Ich ging immer häufiger in die Neustadt, die neue Stadt. Ich bevorzugte die Häuser aus dem letzten Jahrhundert und ihre in heutigen Farben bemalten Brandmauern voller Graffiti und Zeichnungen, ich bevorzugte die Hinterhöfe und die Caféterrassen, die improvisierten Flohmärkte und Verkaufsstände, die sich bis zum Fluss herunterziehen. Ich zögerte, ob ich länger in dem Zimmer bleiben sollte, das mich zunächst aufgenommen hatte, ich fragte mich, ob ich mir nicht eine Unterkunft auf dem anderen Ufer suchen sollte, auch wenn ich weiterhin morgens in das Café des Kulturpalasts käme, um in den Arbeitspausen den Fortschritt der Vorbereitungen für den Weihnachtsmarkt zu beobachten. Mir woanders etwas zu suchen, hieß das nicht, mich dauerhaft einzurichten? Und brauchte ich nicht diese Unbequemlichkeit – oder war das nur ein Aberglaube –, dieses Gefühl, nur vorübergehend hier zu sein, im Provisorischen zu leben, um besser zu erfassen, wie es mit dem leeren Haus weiterging? Und, sagte ich mir heimlich, um die Erscheinung zu empfangen, die mich aufsuchte? Und die Nähe des Flusses dafür vorzog? Dabei hätte ich abends, wenn ich in mein Zimmer zurückkehrte, gerne gegenüber ein Licht gesehen, erleuchtete Fenster, die mir gezeigt hätten, dass ich nicht alleine war, dass andere wachten und dass ich nur ein paar Schritte weiter kurz bei jemandem Halt machen könnte. Während ich von meinem Fenster aus nur die elegante Silhouette des Ginkgos sah, dessen Blätter langsam goldener wurden, ein Stück Himmel und den Fluss, den ich erahnte. Wegen dieses Blicks hatte ich mich entschlossen, das Zimmer zu nehmen, aber auf die Dauer fand ich die Umgebung zu menschenleer. Angesichts des Lebens in den Cafés und den provisorischen Läden oder angesichts meines plötzlichen Bedürfnisses nach Austausch konnte sich die Strenge des Himmels nicht behaupten.

Ich schaute, ich suchte – alles schien mir miteinander verbunden. Auf einem elektronischen Weg, an den ich keine Erinnerung mehr habe, von Website zu Website unterwegs – denn ein *site*, eine Örtlichkeit, ist heute eher eine Internetseite als ein wirklicher Ort – war ich auf Dunwich gestoßen, ein vom Meer verschlungenes Dorf in Suffolk, vielmehr eine Stadt, von der nur einige Häuser übriggeblieben waren. Turner hatte um 1830 herum ein erstaunliches Aquarell gemalt, das ein von Wellen und Gischt angegriffenes Kliff zeigte und ganz oben, in einem gespenstischen Weiß, ragte eine Kirche auf, die unscharfen Formen von Häusern, das Ganze war zerfallen, wie man erahnen konnte, wobei das Ruinenhafte durch die für den Himmel und das Meer charakteristische Mischung aus Weiß und Blau zustande kam, die durch die Kirche hindurch zu sehen war, vielmehr, durch das kahle Skelett, das von ihr übrig war. (Die Spezialisten sagten, er habe die Kirche um 180° gedreht, damit sie wirke, als würde sie gleich hinunterstürzen.) Aber das Außerordentlichste war, dass die abgerundete Form der Klippe mit der Welle verschmolz, sodass sie daraus hervorzugehen oder ein Teil von ihr zu sein schien, wenn es sich nicht um den gewaltigen Rücken eines Meeresungeheuers handelte, das gekommen war, alles Übrige wegzuraffen.

Fifteen churches lie here
Under the North Sea
Forty-five years ago
The last went down the cliff.

Fünfzehn Kirchen liegen hier / Unter der Nordsee / Vor fünfundvierzig Jahren / kam die letzte die Klippe herunter.

Anthony Thwaite. *At Dunwich*. Ein 1963 entstandenes Gedicht. Die Stadt erlebte ihre Blütezeit im 12. Jahrhundert. Aber die Erosion der Küste war stärker und eine Folge heftiger Stürme beschleunigte den Vorgang.

Es gab anscheinend eine ganze Reihe von Gedichten über verschwundene Städte in der englischen Literatur, fast ein literarisches Genre – konnte man sagen, dass *Time passes* in dieser Tradition stand? Wäre das Haus am Leuchtturm nicht vom Meer überschwemmt worden, dann doch von der Zeit und den Umständen – dem Krieg, dem Tod. War das nicht eine ebenso schwere Verwüstung wie die durch die Nordseestürme verursachte? Dunwich war der Name einer von Lovecraft erfundenen Stadt in Massachusetts. Lovecrafts Dunwich ist übersät von verlassenen Häusern, die einen im Vergleich zu den sonstigen Gebäuden seltsam alten Baustil vorweisen, und die Einwohner sind schreckenerregend. Zwar war 1928, in der Entstehungszeit dieser langen Novelle, die in der Stadt Dunwich spielte, deren Merkmale Lovecraft schreibend erfand, das Gedicht von Thwaite noch nicht entstanden, doch das 1880 geschriebene Gedicht von Swinburne musste er kennen, das mit den Versen beginnt:

A land that is lonelier than ruin
A sea that is stranger than death.

Ein Land, das einsamer ist als der Verfall / Ein Meer, das seltsamer ist als der Tod.

Ein Anfang, der zur Beschreibung der fiktiven Stadt in Massachusetts hätte passen können ...

Verschwundene, verschlungene Städte, verlassene Häuser.

The house was left; the house was deserted.

Die Ausgewogenheit zwischen den zwei absolut symmetrischen Teilen des Satzes. Das Haus war verlassen; das Haus war menschenleer. Verlassen oder zurückgeblieben? Ich saß in dem Café mit den breiten Fensterfronten, vor mir war nichts Verlassenes, im Gegenteil belebte sich die Stadt jetzt, da Weihnachten näher kam, die Häuschen des künftigen Weihnachtsmarktes würden bald ihre Regionalprodukte, ihren Glühwein und ihre seltsamen Insassen ausstellen – große, aus Kindermärchen entwichene Figurinen. Das Haus war verlassen; das Haus war menschenleer.

It was left like a shell on a sandhill to fill with dry salt grains now that life had left it.

Verlassen wie eine Muschel auf einer Sanddüne, die sich jetzt, da das Leben von ihr gewichen war, mit getrockneten Salzkörnern füllt. Verlassen, vertrocknet, statt *left, dry*, Einsilber, die in der Übersetzung über das erlaubte Maß hinausgingen, aber was tun? Der Satz, den ich gerade geschrieben hatte, war wie blutleer, ohne Rhythmus. Verlassen wie eine Muschel auf der Düne, die sich mit trockenen Salzkörnern füllt, sobald das Leben aus ihr gewichen war. Verlassen wie eine Muschel auf der Düne, die sich mit trockenem Salz füllte, jetzt, da kein Leben mehr in ihr war. Es war der Anfang der neunten, vorletzten Sequenz, der längsten. Derjenigen, in der das Haus endgültig sich selbst überlassen war. Wenigstens am Anfang. Derjenigen, in der alles kippen konnte, es war der entscheidende Moment des Romans.

The long night seemed to have set in; the trifling airs, nibbling, the clammy breaths, fumbling, seemed to have triumphed.

Ich sah diese Abfolge von Präsenspartizipien nicht mit Vergnügen. Luftleichte Binnenreime im Englischen. Was würde in der Übersetzung daraus werden? Die lange Nacht schien sich eingerichtet zu haben; die harmlosen, knabbernden Lüfte, der klamme, tastende Hauch schienen gesiegt zu haben. Katastrophal, wie vorhergesehen. Die lange Nacht schien eingesetzt zu haben; die harmlosen, zehrenden Brisen, die klammen, täppischen Lüfte schienen triumphiert zu haben. Zum Verzweifeln. Der Satz war viel länger geworden als der Woolf'sche. Wie kann es gelingen, eine Vorstellung von diesem Auffliegen, diesem Überfliegen zu vermitteln – versuchen, den Text nicht als ein unantastbares Monument zu betrachten, sondern wie ein menschliches und zugleich literarisches Konstrukt mit all seiner Brüchigkeit, und sich damit abfinden, dass die Übersetzung nur eine unvollkommene Annäherung ist. Die seichte Brise tastete sich voran und zehrte, bis die klammen Lüfte triumphiert zu haben schienen. Mein heutiger Versuch war alles andere als ein Triumph. Und über die beschriebene Verwüstung legte sich das Kommen und Gehen im Café, das lebhafter war als sonst. Was war los? Eine Vereinsversammlung? Mehrere Tische waren zusammengeschoben worden, und nach und nach – ich hob die Augen – kamen Leute an. Das Rumoren wurde stärker, während der einförmig graue Himmel die kurzen Dezembertage ankündigte.

The saucepan had rusted and the mat decayed.

Der Kochtopf war verrostet und der Fußabtreter vermodert.

Toads had nosed their way in. Idly, aimlessly, the swaying shawl swung to and fro.

Frösche waren eingedrungen. Aber der Satz danach? Zwei Wörter, um das Unbewusste, Grundlose einer Bewegung zu beschreiben, drei andere, um die Bewegung selbst zu beschreiben. Swaying, schaukeln, swung, Vergangenheitsform des Verbes »wiegen«, *to and fro*, ein Adverb, das ein Hin und Her bezeichnet. Dazu kommt, dass alle Wörter dieses Satzes kurz sind und dass *the swaying shawl swung to and fro* selbst einen wiegenden Rhythmus schlägt, bei dem jede zweite Silbe betont ist. Ich versuchte, mich über meine Entmutigung hinwegzutäuschen, indem ich mich für die Versammlung interessierte, die sich ein paar Tische weiter anbahnte. Vielleicht waren es die Musiker des Orchesters, das am Abend spielen würde? Die Bewunderer? Das Personal? Sie begrüßten einander, Männer und Frauen zwischen dreißig und fünfzig, deren Kleider darauf deuteten, dass sie einer wohlhabenden Schicht angehörten, manche hatten eine sozialistische Erziehung erfahren, andere eine – wie soll man sagen, liberale? Manche kamen vielleicht aus dem Westen, andere aus dem Osten, aber sie trafen sich, ließen einstweilen ihre Unterschiede außer Acht, falls sie welche hatten. Einer kam hinzu, der die wichtigste Figur der Versammlung zu sein schien, denn alle wurden still, und er setzte sich an den Platz, der ihm an der Mitte des Tisches reserviert worden war und von dem ich nicht bemerkt hatte, dass er leer geblieben war, was bewies, dass ich einen schlechten Zeugen abgegeben hätte. Ich glaubte, wenigstens einen Sinn für Sprache zu besitzen, aber die Menge der Unvollkommenheiten, die ich durchgehen ließ, belehrte mich eines Besseren. Von den vielen Assonanzen ganz zu schweigen, aus denen ich nichts machte. Da war also dieser Schal, der schaukelte und schwang, sich grundlos hin- und herbewegte. Ohne Grund, ohne Ziel schwang der Schal hin und her. Ziel- und grundlos schaukelte und schwang der Schal hin und her.

A thistle thrust itself between the tiles in the larder.

Eine Distel drängte sich zwischen die Fliesen der Speisekammer.

The swallows nested in the drawing room; the floor was strewn with straw; the plaster fell in shovelfuls; rafters were laid bare; rats carried off this and that to gnaw behind the wainscots.

Schwalben nisteten im Wohnzimmer; der Boden war mit Stroh übersät; der Putz fiel schaufelweise herunter; Balken lagen frei; Ratten trugen dies und jenes davon, um es hinter den Täfelungen zu zernagen. Es war merkwürdig. Ein kurzer Satz konnte oft stunden- und wochenlang jedem Übertragungsversuch widerstehen, während ein längerer und scheinbar komplexerer Satz eine Annäherung zuließ, ohne sich groß zu widersetzen. Natürlich war diese erste Fassung weit davon entfernt, vollkommen zu sein, aber immerhin enthielt sie nichts ganz Unmögliches.

Wo sitzt das Stimmengedächtnis? Mit Mühe konnte ich mich an ihre Sprachmelodie, den Klang ihrer Stimme, an die Redewendungen, die sie verwendete, und an ihre Art, sie zu verwenden, erinnern. Ich hatte ihre Bücher in Dresden nicht bei der Hand, ich hatte nur weniges mitgenommen, den unverzichtbaren Laptop – fast hätte ich nur ihn mitnehmen können, denn er enthielt all meine Arbeit und viel von meinem Leben – und eine Taschenbuchausgabe von *To the Lighthouse*. Ein paar Kleider und Toilettensachen. Für ein paar Wochen oder Monate reichte das. Man müsste die Begriffe »sesshaft« und »nomadenhaft« neu definieren, habe ich irgendwo gelesen, vielleicht in einem Gespräch mit Paul Virilio. In unseren Zeiten der Mobilität ist der Sesshafte derjenige, der sich überall zu Hause fühlt und der Nomade derjenige, der sich nirgendwo zu Hause fühlt. War ich nach dieser Neudefinition sesshaft oder Nomade? Bald fühlte ich mich auf dieser, bald auf jener Seite, und im Moment, in Dresden, weder auf der einen noch auf der anderen, sondern einfach wie jemand, der auf etwas wartet – auf jemanden.

Im Vergleich mit der ersten, handschriftlichen Fassung war manches gestrichen und anderes hinzugekommen. Das Gestrichene diente hauptsächlich dazu, zwei Ideen, zwei Passagen, zwei Atmosphären miteinander zu verbinden. Als sie weggegangen war, stand in dieser Fassung, wobei »sie« sich auf Mrs. McNab bezog, die gerade die Tür zugeknallt und darüber ihre Blumen vergessen hatte, roch das Haus *like a shell deserted of life, & given over to moulder on a sandhill.*

In der endgültigen Version:

It was left like a shell on a sandhill to fill with dry grains now that life had left it.

Die Muschel, das Verlassen, die Düne, das fehlende Leben waren da, aber die Reihenfolge war auf den Kopf gestellt und Mrs. McNabs Weggehen verwandelte sich in ein universelles Verlassen. Zwischen der handschriftlichen und der endgültigen Fassung war es oft die menschliche Präsenz, die sich zurückzog, der Text bekam dadurch einen metaphorischeren Ton, der hervorgehoben wurde durch die Verschiebung bestimmter Wörter, wodurch das Augenfällige der ersten Beschreibung ersetzt wurde durch komplexere Zusammenhänge. Das Haus ähnelte einer Muschel, aus der das Leben gewichen & die der Verrottung auf der Düne überlassen ist. Verlassen wie eine Muschel auf der Düne, die sich jetzt, da das Leben sie verlassen hatte, mit trockenem Salz füllte. Insgesamt war die erste Fassung zwar einfacher oder vielmehr direkter, doch sie enthielt bereits die Idee einer über den Haufen geworfenen Weltordnung, die Beschreibung eines Chaos, das kein apokalyptisches war, sondern sich in leichten Verschiebungen äußerte, wie jener Schal, der da alleine schaukelte und ein selbständiges Leben vorgaukelte, zumal ihm Brisen und Lüfte vorangingen – eine gespenstische Präsenz. Die Tier- und Pflanzenwelt schlich sich in einen gewöhnlich den Menschen vorbehaltenen Raum ein, und beim Lesen, beim Übersetzen des verrosteten Kochtopfs sah ich die verrosteten Autos, die für immer angehaltenen Autoscooter von Prypjat, besonders fand ich in dieser Sequenz die Off-Stimmen der in der verbotenen Zone gedrehten Dokumentarfilme wieder – einer jeder menschlichen Präsenz entleerten, öden, verlassenen Welt. Und ich träumte davon, dass eines Tages jemand die Idee haben würde, zu den Bildern von lauernden Füchsen und Wölfen, von Früchten, die niemand pflückte, als Off-Stimme *Time passes* zu lesen. Der Text wäre keine Illustration des Bildes, ebenso wenig, wie das Bild ein Textkommentar wäre, sie wären beide ein Zeugnis der gleichen Katastrophe, eine Vorahnung des Schicksals der Menschheit.

Der Klang einer Stimme – die wiederkehrt in Momenten, wo man sie nicht erwartet, weil eine Satzmelodie oder ein Wort an ein Gespräch erinnert. Hier wurde eine Sprache gesprochen, die weder die Sprache unserer Gespräche war noch die von mir übersetzte, sondern eine Sprache wie eine Insel, auf die ich mich flüchten konnte, weit entfernt von meinem Leben – außerhalb meines Lebens –, eine Insel, von der aus ich die Wellen sah, die das Meer gewöhnlich bewegten und sich am Ufer brechen, aber aus einer anderen Position, um mich zu schützen, weniger daran zu denken, die Erinnerung zu meiden. Hier verlangte keiner etwas von mir, ich hatte keine Rolle zu spielen, war eine anonyme Passantin, deren Stimme niemand kannte.

Eines Abends aus der Neustadt zurückkehrend, wo ich mir kleine Wohnungen angeschaut hatte, von denen mich keine überzeugt hatte, zurück auf der Brücke, von der aus die spitzen und bauchigen Türme und ihr im Fluss sich spiegelndes Licht sich darboten, zurückkehrend von einem stillen Spaziergang, durch den die Bilder der verbotenen Zone vermischt mit den Wörtern von *Time passes* schwebten – manche Stellen kannte ich auswendig –, begegnete ich einer Gruppe Studenten und schnappte ein paar Worte auf. Ich glaubte zu hören – nein, ich war mir sicher –, dass einer lachend sagte, du glaubst also an Gespenster? Die Frage schwebte ohne Verankerung, sie war mit keinem vorhergehenden Satz verbunden noch leitete sie den darauf folgenden ein, denn die Studenten gingen schnell, und bis mir bewusst war, was ich da gehört hatte, war es zu spät, um kehrtzumachen, zudem hielt mich die Kälte davon ab, ihnen zu folgen. Einen Augenblick später kam eine Silhouette auf mich zu, und alles Folgende geschah – wie soll ich sagen – ohne mein Zutun. Ich erlebte mit, wohnte bei – wie dieses Gefühl beschreiben, hineingesaugt zu werden in eine Zeit, in eine Wirklichkeit, die einen Augenblick zuvor noch nicht erahnt werden konnte. Eine Silhouette, ein Schatten, eine vage Gestalt mit unscharfen Konturen, die ich wiederzuerkennen glaubte. Bist du es?, sagte ich, während ich doch nicht den Mund aufmachte – den Klang meiner Stimme nicht hörte. Ich, sagte sie, sagte die Gestalt.

Das Meer – suchst du es noch?

Ich suche nicht.

Was machst du?

Erinnern.

Erinnerst du dich?

Ich suche.

In deinem Gedächtnis?

Ich komme.

Wo bist du?

Du siehst mich.

Aber vorher?

Es gibt keinen Namen.

Und du?

Keinen Namen.

Und dann nichts, und dann nichts. Es war eine namenlose Erfahrung, eine Art Begegnung oder Gemütsverfassung. Die es vielleicht noch nicht einmal gegeben hatte.

Zwischenspiel

Auf der High Line wechseln sich Brücken und Tunnel ab. Manche reden von Parks, von Wäldern – ist das nicht ein bisschen übertrieben? Aber warum sollte man eigentlich nicht im Verlauf dieser Strecke das ganze Universum sehen, wie es in einem japanischen Garten enthalten ist? Brücken und Tunnel, Tunnel und Brücken. Unter der High Line mehren sich die Museen, die Galerien und Installationen. Die Kunst fordert ihre Rechte. Es genügt nicht, die Welt vorzustellen, sie muss auch dargestellt werden. Graffiti und Bilder, Haufen nach Farbe oder Dichte zusammengestellter Materie beim Klang repetitiver Musik oder eines Songs von Joni Mitchell. *Both sides now*. Ich habe das Leben von zwei Seiten betrachtet, von der des Verlusts und der des Gewinns, ich habe beide Seiten angesehen, sagt sie, die Wolken, von unten, von oben, ich habe gesehen. Die High Line erhebt sich über die Stadt, doch sie gehört dazu, wie die alternativen Orte die Norm in Frage stellen und sie zugleich stärken, wodurch sie erhalten bleibt. Der Underground-Zustand dauert nicht lange, man sagt es weiter, das Gerücht breitet sich aus, wird allgemein hörbar, die Künstler richten sich ein, lassen sich an Orten nieder, die zu bewohnen bis dahin niemandem eingefallen wäre, dann verwandelt sich alles allmählich, sie machen Ausstellungen in Garagen, Unterführungen, in Wohnungen, die mit irgendwo aufgelesenen Gegenständen eingerichtet sind, sei es in Ländern mit politischer Zensur oder in denen mit wirtschaftlicher Zensur – die »Gesetze des Marktes« heißen –, dann kommen Neugierige, schließlich Sammler, Galeristen, Investoren, und nun stehen Luxushäuser an der High Line, auf der Seite des

Hudson River, Bauwerke, die innerhalb von wenigen Monaten einen Horizont füllen, der einst aus weiten Flächen bestand. Wie soll man in diesem Handelszentrum mit teuren Markenläden, auf diesen ungeheuer eleganten Rolltreppen glauben, dass es noch vor kurzem nichts davon gab? Wo waren die Leute, die sich in diesem Café drängen oder vor einem Cocktail verweilen oder einen Hamburger essen, zuvor? Was haben sie gemacht, als es statt der Hudson Yards hier nur Brachland gab und die Bahngleise von Penn Station bis hier? Jeder Ort schafft seine Notwendigkeit, jeder Ort schafft seine Neuankömmlinge, seine Bewohner – jeder kommt immer irgendwo anders her ... Der Fluss der Ankommenden und der Weggehenden hört nie auf, auch wenn oben auf der High Line das Innehalten begünstigt wird – auf den zur Gesamtlandschaft passenden Holzbänken, wo wie auf den Rängen antiker Theater der rastende Passant sich in einen Zuschauer verwandelt sieht, der darauf wartet, dass auf der Bühne die Schauspieler oder andere Passanten auftreten. Ist es Joni Mitchells Stimme, die sich vage, tiefer als sonst, über das städtische Meer erhebt, um uns anzuvertrauen – *I look at clouds from both sides now*, ich betrachte die Wolken von unten und oben ... Die Wolken sieht man auf der High Line, und auch wenn man glaubt, ihnen hier näher zu sein als unten auf der Straße, schieben die wachsenden Gebäude sie doch hinauf in einen immer unerreichbareren Himmel herauf.

VI

Vielleicht muss man in einiger Höhe sein, um eine Stadt zu erfassen. Vielleicht muss man auf einen Turm steigen oder auf einen Hügel, um einen Überblick über ihre allgemeine Topographie zu bekommen, über ihre Konturen und ihre Umgebung, ihre Ausdehnung. Vielleicht ist es beruhigend zu sehen, dass es eine Grenze gibt, dass die Stadt sich nicht ins Endlose ausdehnt, sondern von bewaldeten Hügeln umgeben ist, dass sie ans Meer stößt, dass sie irgendwo aufhört. Zwar ist das Rumoren des städtischen Lebens immer noch zu hören, aber nichts verrät seine Betriebsamkeit. Man muss schon wieder hinuntersteigen, sich unter die Passanten mischen und durch die Straßen gehen, um das Herz der Stadt, ihren Atem, ihr eigentliches Wesen zu kennen. Ich war schon seit Wochen in Dresden und doch war mir erst seit kurzem bewusst geworden, welche Wirkungen die Stadt hatte. Das Leben, das ich hier führte, ähnelte scheinbar meinem Leben in Paris. Doch die Unbekannten auf der Straße waren nicht dieselben, die Sprache, die ich hörte, war nicht dieselbe, und statt wie bisher zu glauben, das hätte keinerlei Auswirkungen und ich führte dasselbe Leben weiter und ginge derselben Arbeit nach, merkte ich nun, dass auch ich mich veränderte. Wie der Blick auf den Ginkgo mit den goldenen Blättern mich mit Glücksgefühlen erfüllte und das Nebeneinander der Pariser Zinkdächer ablöste, hatten meine inneren Visionen mein Wesen verändert; worauf ich traf, was mir dargeboten wurde, hatte einen Einfluss. Wer weiß, ob die Wortwahl der Übersetzung nicht eine andere gewesen wäre, wenn ich meinen gewohnten Arbeitstisch nicht verlassen hätte? Wer weiß, welche

Gedanken mich beschäftigt hätten, welche Assoziation oder welche Blockade oder Lösung sich daraus ergeben hätte?

Coleridge erzählte die Entstehung seines Gedichts *Kubla Khan* so: Aus einem Traum voller Visionen aufwachend, begann er sie aufzuschreiben, als es an die Tür klopfte. Er stand auf, um zu öffnen, der Besuch blieb eine Stunde, es war jemand, der aus Porlock gekommen war, um Geschäftliches zu besprechen. Als Coleridge wieder zu seinem Gedicht zurückkehrte, hatte er vergessen, was er schreiben wollte. Aus diesem Grund war das Gedicht nur ein Fragment. *A person from Porlock* bezeichnete von nun an für alle, die diese Anekdote kannten, jede Art von Unterbrechung. Um nach Dresden zu kommen, hatte ich den Verlauf meines Lebens unterbrochen, ohne zu wissen, dass nichts mehr wie vorher sein würde.

– Tief ruhig (in einem sanften Dunstschleier). Die Vorgabe folgt auf den Titel in der Partitur der *Versunkenen Kathedrale*, dem von Debussy im Jahr 1910 auf die im Meer versunkene Stadt Ys komponierten Präludium Nr. 10.

– Es heißt, man höre dort manchmal Glocken läuten.

– Das für Klavier solo komponierte Musikstück dauert ungefähr sechseinhalb Minuten. Nach dem 15. Takt kommt die Vorgabe: Langsam aus dem Dunst auftauchend. Andere, rein pianistische, folgen – allmählich lauter, laut ohne Härte, schwebend und dumpf, wie ein Echo aus dem vorher gehörten Satz.

– Es heißt, die Kathedrale würde zunächst unter Wasser heraufbeschworen. Man erahnt den Klang der Glocken. Dann erscheint sie, das Läuten der Glocken wird intensiver. Und verschwindet wieder. Das ist auch der Rhythmus der Legende.

– In einem Brief an Henry Malherbe schreibt Claude Debussy: »Wer wird das Geheimnis musikalischer Inspiration lüften?« »Das Geräusch des Meeres, die Krümmung eines Horizonts, der Wind in den Blättern, der Schrei eines Vogels hinterlassen bei uns vielfältige Eindrücke. Und plötzlich, ohne dass wir im Geringsten eingewilligt hätten, bricht eine dieser Erinnerungen als musikalische Sprache aus uns heraus.«

– Wer kann sagen, welches Echo musikalische Werke in uns wecken? Welche geheimnisvollen Resonanzen? Die unbekannten Verbindungen, die beim Hören entstehen?

– Ceri Richards, ein 1903 in Wales geborener und 1971 gestorbener Maler verbrachte gut zehn Jahre damit, mehrere Zyklen untergegangener Kathedralen zu malen, wobei er sich von Debussys Hinweisen inspirieren ließ.

– Der Zyklus *La Cathédrale engloutie* (tief ruhig) ist ganz in Blautönen gehalten. Abstrakte Formen, ein Meereshimmel. Darunter errichten Rechtecke und Kreise ein Gebäude im Gleichgewicht.

– Darauf erscheint das Rot. Laut, aber ohne Härte. An das Blau wird noch erinnert.

– Die Stadt Ys ist nur eine der vielen vom Meer verschlungenen Städte. Und an der Nord- und Ostseeküste, auf Inseln oder auf dem Kontinent, sind es die Glocken, die vor der unmittelbar bevorstehenden Katastrophe warnen, sie sind es, die läuten, bis es zu spät ist – letzte Reste eines menschlichen Lebens.

Tortoise-shell butterflies burst from the chrysalis and pattered their life out on the window-pane.

Nesselfalter sprengten die Puppe und klopften ihr Leben an der Fensterscheibe aus. *Pattered their life out*. *Out* suggerierte eine Bewegung der Erweiterung, der Ausdehnung, etwas, was sich auf das Leben zu bewegte, das Ausschlüpfen verlängerte.

Noch eine Beobachtung, die zu den gegen die Glasscheibe klopfenden Nachtfaltern zurückführte. Wir waren hier am Anfang des Lebens, das Fenster war ein dankbares Versuchsgelände. Einige Jahre später würde es ein Friedhof der Lebensmühsale werden.

Poppies sowed themselves among the dahlias; the lawn waved with long grass; giant artichokes towered among roses; a fringed carnation flowered among the cabbages; while the gentle tapping of a weed at the window had become, on winters' nights, a drumming from sturdy trees and thorned briars which made the whole room green in summer.

Es war das Zentrum der Verwüstung, umso beängstigender und tragischer, als es in beinahe harmlosen, gewöhnlichen Worten beschrieben war. Klatschmohn hatte sich zwischen den Dahlien ausgesät; der Rasen wogte von hohem Gras; riesige Artischocken erhoben sich inmitten von Rosen; eine gefranste Nelke blühte unter Kohlköpfen; während in Winternächten aus dem sanften Schlagen eines Unkrauts gegen das Fenster ein Trommeln kräftiger Bäume und Dornenzweige geworden war, die im Sommer das ganze Zimmer ergrünen ließen.

Sowed themselves. Sich selbst ausgesät hatten. Es braucht keinen menschlichen Eingriff mehr, die Pflanzen und Blumen wuchsen aus eigener Bewegung heraus. Klatschmohn säte sich zwischen Dahlien aus. Warum nicht das Partizip Perfekt und dann das Partizip Präsens ausprobieren? Klatschmohn, zwischen Dahlien ausgesät; von langen Gräsern wogender Rasen; riesige, zwischen Rosen sich aufrichtende Artischocken; zwischen den Kohlköpfen blühend, eine gefranste Nelke; während in den Winternächten aus dem sanften Klopfen eines Unkrauts ans Fenster ein Trommeln robuster Bäume und dorniger Äste wurde, die das Zimmer im Sommer grün färbten.

Fortan würde ich die Katastrophe gleich welchen Ausmaßes nicht mehr anders denken können als in diesen Worten: eine Artischocke inmitten von Rosen. Das Bild war Virginia Woolf nicht sofort eingefallen. In der handschriftlichen Berg-Fassung hatte sie zunächst geschrieben, nachdem sie die von der Vegetation überwucherten Betten und Sitzgelegenheiten beschrieben hatte,

sudden beauty flower in the midst of chaos – a rare rose, or a fine carnation.

Plötzliche Blume der Schönheit mitten im Chaos – eine seltene Rose, oder eine zarte Nelke.

Die erste Vision war ein allgemeines Chaos, hier und da durchbrochen von Spuren von Schönheit. In der späteren Fassung hatte die Umkehrung – die Beschreibung eines einzelnen, mitten in die Schönheit hineinplatzenden Elements – einen symbolischen, metaphorischen Wert und eine viel größere Kraft.

In diesem Moment begann ich an diejenigen zu denken, die ich in Paris zurückgelassen hatte, deren Nachrichten, Anrufe ich ignoriert hatte, denn ich hatte nur das Gefühl des Verlusts mitgenommen.

In dieser Stadt, in der mich niemand kannte, verstand ich plötzlich die Wichtigkeit von Namen. Mir fielen die mit Erinnerungen, Gefühlen verbundenen Namen der mir nahen Menschen ein. Plötzlich wollte ich sie alle sehen, wollte meine Eltern umarmen, meinen Bruder, den ich fast nie sah, die Schwester, die ich auch nicht häufiger sah, die Freundinnen, die Freunde, denen ich noch nicht einmal eine SMS geschickt hatte, um sie über meine Abreise zu informieren, an diesem Abend war ich nahe dran, jemanden anzurufen, wahllos auf einen Kontakt und dann auf das Telefon-Icon zu klicken. Es war eine fast abstrakte Handlung, es genügte, den Finger an eine bestimmte Stelle zu legen und ich würde eine Stimme hören, plötzlich würde meine vertraute Welt, die verblasst war, als Ganzes wieder auftauchen und ich würde es nicht mehr ertragen, in Dresden zu sein. Es galt, der Versuchung nicht nachzugeben, ich würde es später tun, wenn es Zeit wäre zur Rückkehr. Um dieses Verlangen zu verjagen, suchte ich im Internet nach irgendetwas, dann gab ich zwei Namen ein, Virginia Woolf und Dresden. Zunächst fand ich nur die Ankündigung einiger Aufführungen von Edward Albees Theaterstück *Wer hat Angst vor Virginia Woolf?* in einem Dresdener Theater. Dann die Spur einer Reise, die Virginia, als sie noch Stephen hieß, in Begleitung ihres Bruders Adrian im August 1909 gemacht hatte, nach einem Aufenthalt in Bayreuth. Sie war von den Gemälden nicht besonders begeistert gewesen, und sie hatten in der Oper einer Aufführung von Richard Strauss' *Salome* beigewohnt, eine Entdeckung, schrieb sie, allerdings gleich wieder abgemildert: Ergriffenheit ohne Schönheit. Dann stieß ich auf folgende Worte aus *To the Lighthouse*. Über Lily Briscoe, die Malerin: »Sie war in Dresden gewesen; es gab eine beträchtliche Menge an Bildern, die sie nicht gesehen hatte.« Im nächsten Satz sagte sich Lily Briscoe, wer nicht allzu viele Bilder sehe, vermeide es, mit den eigenen unzufrieden zu sein. Dresden wird nur als Name erwähnt, Mr. Bankes war in Amsterdam, Madrid und Rom gewesen, während sie, Lily Briscoe, Brüssel, Paris und Dresden besucht hatte. Etwas irritierender: In einem Brief an ihre Schwester Vanessa Bell schrieb Virginia Stephen auf den Briefkopf ihre Adresse, Prager Straße 38. Das war natürlich vor der Bombardierung, aber auch bevor das Gemälde von Otto Dix entstand, vor dem Chaos der Weltkriege. Die Prager Straße war eine vornehme Straße im einstigen Dresden, wie mir ein Blick auf die Wikipedia-Seite bestätigte. Die Straße hatte die wichtige Aufgabe, den unlängst erbauten Bahnhof mit der Stadt zu verbinden. Ich erfuhr, dass sie im Zuge des Wiederaufbaus in den sechziger Jahren eine der ersten Fußgängerzonen in Deutschland wurde.

Woolf verspürte kein großes Interesse für ein Land, das doch eines der ersten war, in dem ihre Werke übersetzt wurden. So erschien *To the Lighthouse* 1931 auf Deutsch. Und davor schon *Mrs. Dalloway*, seltsamerweise unter dem Titel *Eine Frau von fünfzig Jahren* und *Orlando*. Sie war von Deutschland weniger angezogen als von Frankreich oder Italien, oder von der russischen Literatur und Sprache. Und die Nazi-Herrschaft war nicht gerade förderlich. Um von den Niederlanden nach Italien zu gelangen, durchquerten Leonard und Virginia Woolf den Warnungen des Foreign Office zum Trotz (Leonard Woolf entstammte einer jüdischen Familie) Deutschland mit dem Auto – drei Reisetage im Mai 1935. Das Tagebuch bewahrt Spuren dieses merkwürdigen Aufenthalts. Es fing an am 9. Mai mit Virginias Beunruhigung, nachdem Leonard seit zehn Minuten im Zollgebäude war, während die Formalitäten auf niederländischer Seite in zehn Sekunden abgewickelt worden waren. Doch Leonard kam bald wieder heraus, das Paar reiste mit einem Seidenäffchen, und das war es anscheinend, was sie vor dem Abgrund rettete. Die Zolloffiziere betrachteten es mit Sympathie, wie auch die Menschenmenge, die darauf wartete, Göring vorüberfahren zu sehen und dem Auto der Woolfs und dem Seidenäffchen Mitzi einen begeisterten Hitlergruß zeigten. Die Tage waren angespannt, voller geistiger Erniedrigung und Wut, sagt das Tagebuch, das von den Parolen auf den Transparenten berichtet: »Der Jude ist unser Feind«, »Kein Platz für Juden in …«. Der nächste Eintrag war vom 12. Mai. Während am

8. Mai Utrecht und am 12. Innsbruck verzeichnet war, enthält seltsamerweise die Notiz zur Durchquerung Deutschlands keinen Ortsnamen, als wäre es nirgendwo. Der Eintrag zu Innsbruck – das Wiederauftauchen des Namens ist wie eine Rückkehr in die Welt – hob so an: »L. sagt, dass ich jetzt die Wahrheit sagen kann, aber ich habe zwei Tage Wahrheit vergessen & mein Füller weint Tinte.« Der Rhein, der Neckar, Heidelberg, die Universität, Augsburg – eine langweilige Stadt, aber eine Badewanne. Ein Zimmer mit Badewanne. In jedem Dorf das Schild: »Die Juden sind hier unwunscht« (sic).

What power could now prevent the fertility, the insensibility of nature?

Welche Macht konnte jetzt die Fruchtbarkeit, die Unempfindlichkeit der Natur verhindern?

Mrs. McNab's dream of a lady, of a child, of a plate of milk soup?

Mrs. McNabs Traum von einer Dame, einem Kind, einem Teller Milchsuppe? Die Genitiv-Konstruktion mit Apostroph ist sehr praktisch, um nicht, wie im Französischen, die Präposition wiederholen zu müssen (*Le rêve de Mrs. McNab d'une dame* …) und die Träumerin vom Gegenstand ihres Traums zu unterscheiden. Oder sollte es heißen, *le rêve de Mrs. McNab au sujet d'une dame*, McNabs Traum über eine Dame, nein, zu lang, zu ungelenk, *quand Mrs. McNabs rêve d'une dame*, wenn Mrs. McNabs von einer Dame, einem Kind, einem Teller Milchsuppe träumt? Nein, besser den Nominalsatz beibehalten. Sind es nicht vielmehr Mrs. McNabs Fantasiebilder von einer Dame, einem Kind, einem Teller Milchsuppe?

It had wavered over the walls like a spot of sunlight and vanished.

Er war über die Mauern geflackert wie ein Sonnenfleck und dann verschwunden.

She had locked the door; she had gone.

Diese ganze Passage nahm die vorhergehende Sequenz wieder auf, kam noch einmal auf Mrs. Ramsays Vision zurück. Also war die menschliche Präsenz nur noch eine Schimäre, eine Vision – eine Erinnerung. Sie hatte die Tür geschlossen; sie war gegangen. Sie hatte die Tür zugesperrt; war weggegangen.

It was beyond the strength of one woman, she said. They never sent. They never wrote.

Es war nicht *beyond the strength of a woman*, sondern *of one woman*, einer einzigen Frau. Es ging über die Kräfte einer einzigen Frau, sagte sie. Zusätzliche Variationen auf die erste Erwähnung. Sie schickten nichts? Schickten niemanden? Schrieben nicht. Oder vielmehr: Sie schrieben nie.

There were things up there rotting in the drawers – it was a shame to leave them so, she said. The place was gone to rack and ruin.

Es gab Sachen da oben, die vermoderten in den Schubladen – es war eine Schande, sie so zurückzulassen, sagte sie. Das Haus verlottert und verfällt.

Ich wartete nun auf sie, ich wollte sie sehen. Der Irrtum war vielleicht das Warten. Denn sie kam nicht. Sendete keinerlei Zeichen. Es sei denn, meine Erinnerungen wären Zeichen gewesen. Denn deren Fluss hörte nicht auf. Szenen, die ich schon lange vergessen glaubte, Worte, von denen ich mich manchmal fragte, ob ich sie nicht erfand. Die nach dem Mittagessen auf dem Weg zur Bushaltestelle gefallen waren. Ich sah die Orte und hörte zugleich ihre Stimme. Die Worte waren nicht zu trennen von den Orten, an denen sie ausgesprochen worden waren. So erzählte sie in einer schmalen Straße im Zentrum von Paris, als wir an einer Kirche vorbeigingen, deren Namen ich vergessen habe, von einem Abend, an dem jemand von einem Buch so erzählt hatte, dass sie zunächst geglaubt hatte, er sei der Autor, bis ihn eine Bemerkung quasi vom Text löste, und durch diese Abweichung habe sie gespürt, dass er der

Übersetzer war und nicht der Autor. An die Bemerkung konnte sie sich nicht erinnern. Und während ich um die Baustelle herumging, deren Zäune mir die Sicht versperrten – man sah die Arme der Maschinen, die sich regelmäßig in die Lüfte streckten, und in deren Lärm eine unsichtbare Arbeit nachhallte –, während ich in Dresden um die Baustelle herumging, legte sich die Pariser Straße auf die ihr völlig unähnliche Dresdener, ohne einen anderen Grund als die Gleichzeitigkeit meiner Gedanken.

Nachts schlief ich spät ein, ich wartete auf etwas, eine Vision, ein Kommen. Das Warten ist ein Zustand, den man nicht leicht wieder verlässt, der sich unseres gesamten Wesens – Körper und Geist – bemächtigt und nicht nachgibt. Ich lernte mit der Sehnsucht nach einer Vision zu leben, wie alle heimlich Weinenden, wie die still trauernden Seelen. Doch kein Besuch kam, die durchwachten Nächte anzufüllen. Nur *Time passes* gab mir ein Zeichen – der Leuchtturmstrahl drehte sich und erhellte hier und da unbeachtete Gegenden.

– Der Klang der Glocken, sagte Rachmaninow, lag über den russischen Städten, die ich kannte, und begleitete jeden von der Kindheit bis zum Tod. Komponierte er deshalb 1913 *Die Glocken, Kolokola*, ein symphonisches Poem für Chor, Stimmen und Orchester nach einem Gedicht von Edgar Allan Poe? Vier Sätze, vier Lebensalter. Die Fröhlichkeit der Glöckchen an den Schlitten der Kindheit, dann die melodische Feierlichkeit der Hochzeitsglocken, die Angst, ausgelöst von Alarmglocken, die düsteren Klangfarben des Todesgeläuts.

– Vielleicht war es das Todesgeläut des alten Russland und des alten Europa, das den Verlust einer Welt ankündigte, die Millionen Kriegstoten, gab er zu verstehen.

– Im amerikanischen Exil, sagte Rachmaninow weiter, habe ich, indem ich Russland verlor, mich selbst verloren. Mir war die Lust zu komponieren verloren gegangen.

Only the Lighthouse beam entered the rooms for a moment, sent its sudden stare over bed and wall in the darkness of winter, looked with equanimity at the thistle and the swallow, the rat and the straw.

Nur der Strahl des Leuchtturms drang einen Moment lang in die Zimmer ein, warf seinen jähen Starrblick auf das Bett und die Mauer in der Winterdunkelheit, betrachtete gelassen – oder besser gleichmütig? – die Distel und die Schwalbe, die Ratte und das Stroh. Umgekehrt klang es besser. Betrachtete mit Gleichmut die Schwalbe und die Distel, die Ratte und das Stroh. Der einzige Blick in diesem Universum war der des Leuchtturms – was seine geheime Verbindung mit Mrs. Ramsay verstärkte. Es gab in der handschriftlichen, der allerersten, sogenannten Berg-Fassung eine Passage, in der Spaziergänger am Strand vorkamen, die eine Antwort auf ihre Frage suchten und beim Einschlafen ihren Körper den Träumen überließen. Diese Passage kam nach dem Leuchtturmstrahl. Aber in den folgenden Fassungen war die Menschheit völlig aus dem Haus und eine Zeitlang auch aus der Welt verschwunden, und der endgültige Text nahm den Faden erst nachher wieder auf.

Nothing now withstood them; nothing said no to them.

Niemand widerstand ihnen jetzt; niemand sagte ihnen nein.

Let the wind blow; let the poppy seed itself and the carnation mate with the cabbage.

Lassen wir den Wind wehen; lassen wir den Klatschmohn sich aussäen und die Nelke sich mit dem Kohl vereinigen. Soll der Wind blasen; soll der Klatschmohn sich aussäen und die

Nelke sich mit dem Kohl paaren. Der Klatschmohn sät sich aus. Harmonielose Klänge. Ist es gleichgültig, dass hier der Mohn vorkommt, die Blume, mit der in England der Toten des Ersten Weltkriegs gedacht wird? Soll der Mohn sich ausbreiten. Es brauchte eine unpersönliche Wendung, es konnte folglich nicht heißen, lassen wir den Wind wehen oder lasst den Wind wehen. Der Wind wehe; der Mohn säe sich aus und die Nelke vereine sich mit dem Kohl.

Als ich durch die Fensterfront des Cafés den inzwischen eröffneten Weihnachtsmarkt betrachte – denn die Zeit verging –, suchte ich vergeblich einen Weg, im Französischen das *que* zu vermeiden (*que le vent souffle …*), oder vielleicht nur zwei und nicht drei davon zu verwenden. Aber ich fand keine Lösung und wurde abgelenkt vom Kommen und Gehen auf der Straße, von den Straßenbahnen, es war ein Tag, an dem die wirkliche Landschaft mehr Konsistenz besaß als das Buch, an dem ich mich meiner Umgebung nicht entziehen konnte, um in Richtung Leuchtturm abzutauchen. Mehr als ein Mal glaubte ich unter den Kunden, die ins Café eintraten und es verließen, jemanden wiederzuerkennen, jemanden, der nicht da sein konnte oder dessen Anwesenheit höchst unwahrscheinlich war. Während ich jeden Kontakt ablehnte zu denen, die ich zurückgelassen hatte – den Nachrichten auf meinem Anrufbeantworter und den SMS war ein gewisser Überdruss anzumerken –, rief ich sie im Geiste herbei, bestellte sie nach Dresden, damit sie mich besuchen kämen. Ich verwendete den Plural, um die Präsenz, an die ich dachte, mit mir weniger wichtigen Präsenzen zuzudecken. Schließlich klappte ich meinen Laptop zu, es hatte keinen Sinn, und ging durch das Foyer des Kulturpalasts. Am Kartenschalter lagen umfangreiche Programme aus, ich nahm eines davon und blätterte, auf einer Polsterbank sitzend, darin herum. Am selben Abend gab es ein Konzert mit – das war es, was meine Aufmerksamkeit erregte – der Ouvertüre der *Hebriden* von Mendelssohn, ein Stück, das auch den Titel *Die Fingalshöhle* trug, in dem der Komponist seine Eindrücke von einem Ausflug auf die schottische Insel Staffa verarbeitete, auf der sich die berühmte Grotte mit ihren Basaltsäulen, ihren schmalen Wasseralleen befand. Die endgültige Fassung stammte aus dem Jahr 1832 und enthielt eine gewisse Anzahl von Veränderungen im Vergleich zur Fassung von 1830, von denen auch die wechselnden Titel zeugten – der ursprüngliche lautete *Die einsame Insel*. Laut Programm wurde dieses Musikstück im Allgemeinen als eine bedeutende Etappe der musikalischen Romantik angesehen. Ich konnte die Gelegenheit nicht verstreichen lassen, mir diese Ouvertüre anzuhören, die zu nichts als zu sich selbst hin öffnet und mir wie eine Vorwegnahme von *Time passes* schien, auch in der gleichen Gegend angesiedelt war – eine vor Schottland neu erschaffene Insel – mit den gleichen Elementen, Meer und Wind, den gleichen Neudeutungen innerhalb einer langen Schaffensgeschichte. Es gab noch ein paar freie Plätze, und ich reservierte einen, ohne mich weiter nach den anderen Werken des Programms zu erkundigen, da ich vorhatte, gleich nach dem Mendelssohn-Stück wieder zu gehen. Ich hatte vage im Kopf, dass im zweiten Teil eine Symphonie von Bruckner oder Brahms, jedenfalls eines Komponisten des 19. Jahrhunderts vorgesehen war, die mich nicht sehr reizte. Es gelang mir noch, ein paar Zeilen zu übersetzen an diesem Tag. Aber meine Gedanken schweiften ab.

Let the swallow build in the drawing-room, and the thistle thrust aside the tiles, and the butterfly sun itself on the faded chintz of the arm-chairs.

Die gleichen Elemente wurden noch einmal aufgenommen, aber in anderer Reihenfolge. Im Französischen ergäbe das *Que l'hirondelle construise*, Lassen wir die Schwalbe im Salon nisten, und die Distel ... Wenn ich *puisse*, also »möge« nähme statt *que* (auf dass), würde ich dessen Wiederholung vermeiden, aber wäre das nicht überinterpretiert? *Puisse l'hirondelle*, möge die Schwalbe im Salon nisten, die Distel die Kacheln wegdrängen und der Schmetterling sich in der Sonne auf dem verblichenen Chintz-Stoff der Sessel wärmen. Auf dem Chintz-Stoff der verblichenen Sessel. Dem Chintz-Stoff der Sessel mit seinen ausgebleichten Farben. Dem verblichenen Chintz der Sessel. Und so ging es immer weiter.

Let the broken glass and the china lie out on the lawn and be tangled over with grass and wild berries.

Lassen wir das zerbrochene Glas und das Porzellan – da passte gar nichts und ich war zu abgelenkt, um eine befriedigende Lösung zu finden. Soll das zerbrochene Glas und das Geschirr auf dem Boden verstreut sein und sich mit den Gräsern und Wildbeeren vermischen. Dann kam eine entscheidende Passage, für die ich meine ganze Konzentration brauchen würde, und die Zeit schritt voran, ich würde das Folgende auf den nächsten Tag verschieben müssen.

Es war natürlich dunkel, als ich herausging, an den letzten Zeilen hatte ich bei elektrischem Licht gearbeitet. Ich ging schnell, nicht nur, weil es viel kälter geworden war und sich der Winter ankündigte, sondern vor allem, weil ich das Gefühl hatte, zu einer Verabredung unterwegs zu sein. Zum ersten Mal, seit ich mich für eine Zeit in Dresden niedergelassen hatte, ging ich mit einer Absicht irgendwohin, ich hatte etwas vor. Es war, als sollte ich jemanden treffen.

Der Konzertsaal war eine Art Amphitheater. Das Rot der Sessel, weniger intensiv als in den Sälen im italienischen Stil, harmonisierte mit dem gebrochenen Weiß der Wände und der Decke. Das Amphitheater hatte allerdings Ecken, angewinkelte Linien, und es bot ungefähr tausendsiebenhundert Plätze, hatte ich gelesen. Ich war früh vor Ort, es gefiel mir zu sehen, wie der Saal sich füllte, und das Rumoren anschwellen zu hören, auf den Augenblick zu warten, wenn die Lichter ausgingen und Stille einkehren würde. Wie durch ein Wunder hatte ich einen guten Platz, in der Mitte einer Reihe dem Orchester gegenüber, und das zu einem erschwinglichen Preis. Neben mir saß noch niemand und die Bühne war leer. Ich hatte mich beim Ankommen etwas vor dem Wandfresko aufgehalten, das die Zeit des sozialistischen Regimes überlebt hatte – denn es war die Rede davon gewesen, das Gebäude abzureißen, und bevor sie als kulturelles Erbe angesehen wurden, waren die Wandgemälde großteils abgenommen worden, die Konservierung war erst später eingeleitet worden. Ich hatte mich also aufgehalten vor dieser Hymne an die Arbeiter, an die rote Fahne, an die Geschichte der Arbeiterbewegung, in der die Frau den Marsch anführte wie Delacroix' Freiheit das Volk. Dann war ich in das ebenfalls vor der jüngsten Geschichte und dem Regimewechsel gerettete Gebäude eingetreten, hatte die Leute betrachtet, die allmählich ankamen, und mir versucht vorzustellen, dass ich wie diese zu der Stadt gehörte, und dabei gedacht, dass ich für sie ein Mensch unter anderen war, eine Bewohnerin Dresdens, wie sie für mich alle Bewohner Dresdens waren, dabei gab es vielleicht unter ihnen jemanden, der genauso fremd war wie ich, fremder sogar. Wollten sie dort leben, wo sie lebten? Hätten manche von ihnen Lust gehabt, ein paar Wochen in einer anderen Stadt, in einem anderen Land zu verbringen, wo sie unbekannt wären und in einer anonymen Menge hätten aufgehen können, die ihnen die Illusion gäbe, dazuzugehören?

Der Saal füllte sich, ich mochte diesen Augenblick der Erwartung, wenn alle Fragen in der Schwebe bleiben, wenn wir wie bei Zug- oder Flugreisen alle Verantwortung abgeben – alles geschieht vor unseren Augen, aber außerhalb von uns. Der Saal füllte sich, allmählich waren die Sitze besetzt, ich war mehrmals aufgestanden, um jemanden durchzulassen, aber die Plätze neben mir waren immer noch frei. Mit den Augen folgte ich denen, die sich die Allee herunterbewegten, und versuchte zu erahnen, wer sich neben mich setzen würde. Und dann kamen sie. Auf der einen Seite ein Mann, der zu einer Gruppe von Freunden gehörte, mittleren Alters, wie ich, und auf der anderen eine Frau, die ich nicht gleich sah, weil ich mich umgedreht hatte, um das Publikum hinter und über mir abzuschätzen. Das Konzert war im Begriff zu beginnen, es läutete lange, ich sah nach links, wo die Frau gerade Platz genommen hatte, im gleichen Moment ging das Licht aus, aber etwas ging mir nach, eine Vision, ein Gefühl, der Eindruck, die flüchtig gesehene Frau zu kennen – und während es still wurde, sah ich plötzlich die Freundin, die ich verloren hatte. Sie hatte die Züge der neben mir sitzenden Person angenommen. Oder die beiden ähnelten sich. Oder ich dachte an sie in diesem Augenblick. Etwas rief nach ihr – im Dunkel des Saals, in den Bewegungen der sich einrichtenden Musiker. Und als die ersten Takte der Ouvertüre der *Hebriden* ertönten – Klangdecken, die an die menschenleeren, kahlen schottischen Inseln erinnerten, an ihre von Wasser umgebenen, gleichmäßigen Braun- und Grüntöne – versuchte ich, in die Musik abzugleiten, das Unwohlsein zu vergessen, das mich gepackt hatte, und mich vom ansteigenden Wasser, den ansteigenden Noten überfluten zu lassen. Beim Durchblättern des Programms hatte ich gelesen, das erste Thema sei Mendelssohn eingefallen, als er die Fingalshöhle besichtigte, er habe ein paar Noten davon in einem Brief an seine Schwester Fanny notiert; ich versuchte, in die Klänge der Bratsche, des Cellos, des Fagotts einzutauchen, mich von der Mischung aus Streichern und Bläsern überwältigen zu lassen, aber etwas von mir verharrte im Saal oder vielmehr in einem Gefühl des Verlusts, und es war dieses Gefühl, das sich ausdehnte, weitete, mich zu überfluten drohte. Im Dunkel bebten unsichtbare Präsenzen, jeder hatte seine Welt, seine Abwesenheiten, seine ohne Fixpunkt schwebenden Gespenster mitgenommen, die sich vom einen zum anderen bewegten – ich wurde heimgesucht von unbekannten oder unbekannt scheinenden Wesen, vielleicht kamen sie tatsächlich von den Hebriden, aber sie schienen eher aus der Vergangenheit der Stadt und jedes Einzelnen zu kommen, sie kreisten die Vergangenheit ein, das Leben, das ich in Klammern hatte setzen wollen und das von ihnen verschluckt wurde, ich versuchte es zu retten, wieder mit mir selbst übereinzustimmen. Ich bemühte mich, mir die verdrängten Vornamen in Erinnerung zu rufen, die schlechten Ereignisse zu durchstreifen, den Faden wieder aufzunehmen. Stille war eingekehrt, es wurde applaudiert. Die Ouvertüre der *Hebriden*, die ich anzuhören gekommen war, hatte geendet, ohne dass ich sie wirklich gehört hätte, der Dirigent verneigte sich, bevor es wieder still wurde. Neben mir hörte ich atmen, ich wagte nicht hinzusehen, fürchtete, in der Dunkelheit die Freundin wiederzuerkennen, die ich verloren hatte. Ein tiefer, unbekannter Klang ließ mich erbeben. Gehaltene Noten. Eine Bassklarinette, die Musik wurde begleitet von einem Atemzug, ich ließ mich tragen, ohne zu verstehen, was geschah, ohne zu wissen, ob ich in Richtung Zukunft oder

Vergangenheit gezogen wurde. Ein Bild tauchte auf, ein unscharfer regloser Schatten vor einer weißen Wand, ich oder jemand anderes rang mit dem Warten. Vielmehr war es wie ein Wasseruniversum, das sich ausbreitete, kaum, dass Noten zu hören waren, winzige Variationen, ein Schiffshorn ertönte plötzlich und kündigte einen Aufbruch an, Wasser, lang gehaltene Noten und im Hintergrund etwas, das sich aus der Tiefe erhebt, das ruft, ein Geheimnis, das sich auf beweglichen Linien abzeichnet, ein Eintauchen bis zum Wassergrund, der Appell wiederholt sich, dauert an, bohrt. Geheimnisvoll und dicht, eine Erkundung, ein wiederholtes, betörendes Abtauchen, wegdrängende Wasserschichten, etwas zieht herauf, drängt hervor, fast unmerklich, aber es hält an, vibriert und kommt wieder. Manchmal war es wie ein Glockenton, ein gedämpftes Glockenspiel, das sich zurückhält, um nicht zu läuten, oder ein auf einem Leuchtturm auf offenem Meer betätigtes Nebelhorn, ein Herzschlag. Stille. Und alles hebt anders wieder an, die Dinge zeichnen sich deutlicher ab, klangvollere und weniger tiefe Arpeggios, ein Appell weiterhin wie eine Stimme, ein Schrei aus Urzeiten, reine Zeit, ihre winzigen Variationen, ihre Reglosigkeit manchmal, die Bewegung der Wellen, ein Fließen und Zurückebben, die Vergangenheit, die Gegenwart, sie vermischen sich und werden ununterscheidbar in einer ernsten Harmonie, aus der sich immer der gleiche Ruf erhebt, ein diskret und elegant geäußerter Notruf, in dem das Leben sich vervielfältigt, komplexer wird. Kometenhafte Passagen, Blitze wie Farben auf Pastelldecken, Pfeile, auf die Stille abgeschossen.

Ich hörte nicht zu, ich war gepackt, erkannte nichts anderes mehr als die Musik, war Teil von ihr, oder war sie es, die in mich eingedrungen war, und in dem Augenblick, als es still wurde, war ich in der Schwebe.

Und dann die Dichte der Noten, ein Festland, dem man sich nähert, bei Ebbe freiliegende Untiefen. Die Leute gingen am Strand spazieren auf der Suche nach einer Antwort auf ihre Frage. Die Frage stellt sich und erhebt sich, die Präsenzen wirbeln herum, strudeln, etwas kreist uns ein. Habe ich das Gesicht einer Seele gesehen, sitzt sie neben mir, soll ich sie ansprechen, sie ignorieren? Ein Zeichen von ihr abwarten? Die ruhiger gewordene Musik hält noch einmal inne. Dann ertönt ein grollendes Gewitter, etwas, was aus der Tiefe heraufkommt. Die Ruhe kehrt zurück, aber das war nur ein flüchtiger Moment, ein unsicheres Gleichgewicht, Wind kommt auf, das Gewitter ist ausgebrochen oder es geht noch tiefer ins Wasser hinein, werden wir wieder hochkommen können? Klangkometen – bunte Bewohner des Meeresgrunds. Nichts hält zurück, nichts wird zurückgehalten. Ich sehe den Blitz, ich höre das Geheimnis, das ruft, die Öffnungen, die Verengungen, die missglückten Bemühungen, versuchen zu leben, wieder ertönt der Appell, der Ernst der Dinge, die Ungewissheit des Endgültigen, die Dürftigkeit unserer Hoffnungen. Die Wachsamkeit, Rufen und Zurückrufen, die sich entfernende Küste, die Schwere, die Hoffnung auf eine Abreise und auf eine Ankunft, und die Vorstellung, dass das Leben vielleicht endlich ... die letzte Stille besiegen könnte.

Applaus ertönte und erinnerte mich daran, dass es sich um ein Musikstück handelte. Ich machte es den anderen gleich, ich klatschte, aber das war eine schwache Reaktion angesichts der Reise, an deren Ende ich auf den Sand geschwemmt worden war, schiffbrüchig auf einer Insel wie Odysseus oder Robinson, nicht wissend, wo ich war noch was ich tun sollte, zum Bewusstsein zurückkehrend mit, als einziger Erinnerung, dem Meer und seinen Gefahren, dem Meer und seinen

Schönheiten. Die Pause war willkommen, ich würde weggehen können, im Foyer – das Licht und die Menschenmenge vertrieben den seltsamen Zustand etwas, in dem ich mich befand – das Programm betrachten, einen Namen mit dieser Erfahrung verbinden, *Coral de caracola*, ein herrlich klangvoller Titel, der das Geheimnis wahrte; der Komponist hieß Juan Allende-Blin.

Es war so weit. Ich gelangte ins allerinnerste Zentrum, versuchte zu vergessen, wer ich war, woher ich kam, wo ich mich befand – die Fensterfronten des Cafés, den Weihnachtsmarkt, der mich anzog, schon morgens Passanten oder Spaziergänger, eilige Menschen, die dennoch verweilten, ihren Verpflichtungen oder ihrer Arbeit ein paar Augenblicke Traum stahlen –, versuchte, alles zu vergessen, was nicht der Leuchtturm war, das verlassene Haus, die Zeit.

For now had come that moment, that hesitation when dawn trembles and night pauses, when if a feather alight in the scale it will be weighed down.

Die Idee war schon in der handschriftlichen Fassung präsent und der Anfang beinahe gleich, aber dann hatte sie sich in der endgültigen Version ausgeweitet, poetisiert, verabsolutiert. Denn jetzt war jener Moment gekommen, jenes Zweifeln, da das Morgengrauen zittert und die Nacht endet, da eine Feder, wenn sie auf einer Leiter zu liegen kommt, diese niederdrückt. Nichts passte in dieser Rohfassung. Zunächst einmal die Frage, ob diese seltsame Konstruktion beibehalten werden sollte, *if a feather alight in the scale*, in der *alight* als Verb zu fungieren schien, während es doch nur ein Partizip war, oder sollte die Syntax besser vereinfacht werden? Dann war da dieses *weighed down*. Das Bild war natürlich aussagekräftig. Eine schwebende Feder, und wenn sie fiel? *Scale*. Ich sah die Feder über einer Sprosse der Leiter schweben, verstand aber nicht, warum die Präposition *in* war und nicht *on*, auf. Man konnte nicht in eine Leiter fallen. Schließend entdeckte ich, dass *scale* nicht nur Leiter, sondern auch Waage bedeuten kann. Schnell weg mit der absurden Leiter. Ohne sie kam der Satz wieder ins Gleichgewicht. Denn jetzt war jener Moment gekommen, jenes Zögern, wenn das Morgengrauen zittert und die Nacht zu Ende ist, wenn eine Feder auf der Waage – das »in« musste ich immerhin durch ein »auf« ersetzen – sie niederdrücken könnte. Doch ich verzichtete auf die ursprüngliche Syntax, indem ich das Problem aus dem Weg schaffte, das sie mir stellte. Die Zeit zu verändern war keine bequeme Lösung, die Regeln der Zeitenfolge waren andere, je nach Sprache. Aus einem Demonstrativpronomen einen bestimmten Artikel zu machen, auch nicht, manchmal ist es umgekehrt, aus dem Bestimmten im Englischen wird das Demonstrative im Französischen. Ich verstand immer noch nicht, warum *alight* in dieser Form vorkam und nicht in der Vergangenheit oder als Partizip II, alighted, wie in der Berg-Fassung, wo es hieß, *If a feather had blown*, und *blown* war durchgestrichen und durch *alighted* ersetzt worden, wenn eine Feder angeweht worden wäre und sich auf eine Waage gelegt hätte. Auch die alte Vergangenheitsform *alit* hätte ich verstanden. Aber es stand *alight* da, und ich verlor mich in Vermutungen. Falls es sich um das Verb im Präsens handelte, hätte es ein *s* am Ende gebraucht, *if a feather alights* … Ich suchte lange auf den Grammatik-Websites und fand schließlich die Spur eines Konjunktivs. Der Konjunktiv natürlich, nach *if*, er war erkennbar, wenn es hieß *if I were*, aber hier fast unsichtbar … Und jetzt kam jener Moment des Zögerns, wenn das Morgengrauen zittert und die Nacht innehält, wenn eine Feder, legte sie sich auf die Waagschale, diese niederdrücken würde. Ein Kompromiss, um voranzukommen.

One feather, and the house, sinking, falling, would have turned and pitched downwards to the depths of darkness.

Eine Feder, und das sinkende, fallende Haus würde umgekippt und in den Tiefen der Finsternis versunken sein.

To the Lighthouse, 1927. Eine Verkehrung der Zahlen und es ist 1972, das Jahr, in dem der Meteorologe Edward Lorenz einen Vortrag über den Schmetterlingseffekt hielt. Genauer lautete der Titel: Kann der Flügelschlag eines Schmetterlings einen Tornado in Texas auslösen? Oder die Auswirkung kleinster Phänomene auf solche größeren Ausmaßes, oder die Grenzen der Voraussehbarkeit, oder die Erarbeitung einer Chaostheorie. Doch fünfzig Jahre zuvor legte sich eine Feder auf eine Waagschale und ließ diese niedersinken. Und die Waage bestimmte das Gleichgewicht der Welt. Wenigstens das Gleichgewicht der um den Leuchtturm kreisenden Welt. Die Folgen wurden aufgezählt, im Einzelnen beschrieben, Picknicker, die ins Haus eindrangen, um ihren Wasserkessel zu heizen, Verliebte auf der Suche nach einem Unterschlupf, der Schäfer, der sein Abendessen im Schutz des Hauses einnahm, der Vagabund, der sich vor der Kälte schützte. Das menschliche Geschlecht würde wieder in Erscheinung treten, um das Eigentumsrecht zu leugnen und sich Eintritt zu verschaffen, wo es ihm verboten war, den abwesenden, endgültig verschwundenen Eigentümern trat eine Menschheit aus Parias, flüchtigen Passanten, Picknickern, Verliebten, Schäfern, Vagabunden, eine Menschheit aus Außenseitern gegenüber, bevor sich eine Pflanzenwelt aus Dorngestrüpp und Schierling endgültig des Ortes bemächtigt. Wo nur wenige Geschirrreste, wie man sie bei archäologischen Ausgrabungen findet, von einer menschlichen Präsenz in längst vergangenen Zeiten zeugen würde.

If the feather had fallen, if it had tipped the scale downward, the whole house would have plunged to the depth to lie upon the sands of oblivion.

Wenn die Feder gefallen wäre, wenn sie die Waagschale niedergedrückt hätte, hätte sich das ganze Haus in die Tiefe versenkt, um auf dem Sand des Vergessens zu ruhen. Der Satz stand schon fast genauso in der handschriftlichen Fassung, es fehlte nur der Sand des Vergessens, und der Sand des Vergessens legte die Vermutung nah, dass das Haus im Meer unterging, wie die von Turner am Rand der Klippe gemalte Kirche, die im Begriff war herabzustürzen.

But there was a force working; something not highly conscious; something that leered, something that lurched; something not inspired to go about its work with dignified ritual or solemn chanting.

Aber es gab da eine arbeitende Kraft; etwas nicht sehr Bewusstes; etwas Herschielendes (nicht sehr schön; und müsste es nicht besser heißen, eine wirkende Kraft?). Aber es gab da eine wirkende Kraft; etwas nicht sehr Bewusstes; etwas Herüberäugendes, etwas Taumelndes; etwas, das nicht dazu neigte, seine Arbeit bei würdigen Ritualen oder feierlichem Gesang zu verrichten. Der Rhythmus ... Etwas, das herüberäugte, taumelte. Etwas, das herschielte (warum eigentlich nicht), taumelte; etwas, das nicht dazu anstiftete, seiner Arbeit mit würdigen Ritualen oder feierlichem Gesang nachzugehen. Etwas, das nicht dazu animierte, seiner Arbeit mit würdigen Ritualen oder feierlichem Gesang nachzugehen. Einfacher? Etwas, das kein würdiges Ritual, kein feierlicher Gesang zur Arbeit antrieb.

– Durch Länder mit bewegter Geschichte streift etwas Todbringendes, und unschuldige Reisende verfangen sich in diesen Netzen. – Diese leeren Landschaften betrachten. Doch wo ist das? Ein Land, wo von blauen Schädeln und Knochen unterm Mond die Rede ist, wo über die Toten gesprochen wird, wo die Natur friedlich und die Menschen grausam sind.

– Eine nächtliche Landschaft, hohes Gras, ein Baum. Pfeiler im Schnee ziehen auf der weißen Leinwand vorüber, die in die Nacht gestellt ist. Sie sind alleine, weit von einander weg begraben, und können nicht in Frieden ruhen.

– Wer ist es? Wer spricht? Familienfotos tauchen auf in einer Natur, die zum Modell geworden ist – ein Modell, das die Welt darstellt.

– Die Verschwundenen irren am Meeresgrund umher.

– *Gräber ohne Namen* ist der Titel des Films. Es ist mehr als ein Titel, mehr als ein Film. Die von uns gesuchte Verbindung mit den Toten, den Verschwundenen – denen, die wir nicht würdig haben ehren können – in einer letzten Feier. Dafür müssen wir wissen, wo sie sind, und sie müssen sprechen wollen.

– Rithy Panh ist der Name des Filmemachers, auch *Das fehlende Bild* ist von ihm.

– Nichts kann einen Menschen töten, sagt jemand. Es bleiben so viele Zeichen, so viele Gedanken, die plötzlich aufkommen, so viele umherirrende Seelen, die uns rufen, auf uns warten – die in den Ästen, den Halmen wohnenden Silhouetten ähneln einem Schattentheater.

– Es gibt so wenige Bilder, die uns zu Gebot stehen. Dieser einsame Baum inmitten einer Ebene ist Caspar David Friedrichs *Eiche im Schnee*, dabei gibt es gar keine Eiche, dabei gibt es keinen Schnee. Doch das Bild reist; innerhalb Europas, nach Asien.

Das Menschengeschlecht tauchte in Gestalt zweier Frauen wieder auf, die damit beauftragt waren, das Chaos verschwinden zu lassen und die Ordnung wiederherzustellen.

Mrs. McNab groaned. Mrs. Bast creaked.

Mrs. McNab knurrte. Mrs. Bast ächzte. Eigentlich werden diese Verben nicht unbedingt auf Menschen angewendet, das eine noch nicht einmal auf Lebewesen. Mrs. Bast könnte eine Tür sein, Mrs. McNab ein Tier.

They were old; they were stiff; their legs ached.

Sie waren alt; sie waren steif; ihre Beine schmerzten. Was taten sie dort? Die Antwort kam im folgenden Satz, ebenso unerwartet wie die Nachricht, die sie nach so vielen Jahren bekommen hatten. *They came with their brooms and pails at last; they got to work.*

Sie kamen endlich mit ihrem Besen und ihrem Eimer; sie würden arbeiten. Oder auch, sie mussten arbeiten. Mrs. Bast tauchte aus dem Nichts auf, um Mrs. McNab zu helfen, denn es war zu viel Arbeit für eine Frau allein. *At last* fasste die lange Zeit zusammen, die vergangen war.

All of a sudden, would Mrs. McNab see that the house was ready, one of the young ladies wrote: would she get this done; would she get that done; all in a hurry.

Plötzlich hieß es, ob Mrs. McNab wohl zusehen würde, dass das Haus fertig wäre, schrieb eine der jungen Damen: würde sie so gut sein, dies zu tun; das zu tun; alles in Eile. Die Neuigkeit brach im Roman über den Leser herein mit der gleichen Willkür wie über Mrs. McNab. *All of a sudden. All in a hurry.* Die Leute hatten die Klammer in ihrem Leben verlassen und traten wieder in den Vordergrund. Die wiederherzustellende Ordnung stand fortan auf dem Programm. Die Wiederherstellung von etwas, was in der Natur der Sache lag oder so schien. Der Augenblick war vorbei, die Feder war nicht gelandet. Aber Virginia Woolf sagte es nicht. Der Konditional genügte. In der ersten Fassung tauchten die Figuren sogar ohne Vorankündigung wieder auf. Es gab natürlich das Ziel dieser Handlung, aber auch eine Kraft, die am Werk war. Und die Kraft, das war – mit dem Schicksal, das wachte, und den jungen Damen, die den Lauf ihres Lebens und ihr Erbe wieder aufnahmen, genauso, wie die Welt ihren Lauf wieder aufnahm nach dem Krieg, und das Erbe der vergangenen Zeiten – Mrs. McNab, an die man sich plötzlich wandte.

They might be coming for the summer; had left everything to the last; expected to find things as they had left them.

Sie könnten im Sommer kommen; hatten alles, absolut alles zurückgelassen; hofften, die Dinge so wieder anzufinden, wie sie sie verlassen hatten. Sie würden vielleicht den Sommer über kommen; sie hatten alles zurückgelassen, absolut alles; erwarteten, die Dinge so wiederzufinden, wie sie sie hinterlassen hatten.

Slowly and painfully, with broom and pail, mopping, scouring, Mrs. McNab, Mrs. Bast stayed the corruption and the rot; rescued from the pool of Time that was fast closing over them now a basin, now a cupboard; fetched from oblivion all the Waverley novels and a tea-set one morning; in the afternoon restored to sun and air a brass fender and a set of steel fire-irons.

Man konnte sagen, dass Mrs. McNab und Mrs. Bast arm im Geiste waren – in der handschriftlichen Fassung hatten sie kaum mitbekommen, dass es einen Krieg gegeben hatte –, und doch waren sie es, die damit beauftragt waren, das Gleichgewicht wieder herzustellen, die letzte Offensive und den Sieg der Sauberkeits- und Symmetriemächte über die Unordnung zu gewährleisten, und ihre Mission war gefährlich, sie machten sich beherzt daran, wie die Soldaten, die in den Kampf gezogen waren. Langsam, mühevoll, mit Besen und Eimer, wischend, scheuernd geboten sie dem Moder und der Verwesung Einhalt; retteten hier eine Spülschüssel, dort einen Kleiderschrank aus dem Teich der Zeit, der sie fast schon eingeschlossen hatte; retteten vor dem Vergessen alle Romane des Waverley-Zyklus und eines Morgens ein Teeservice; restaurierten am Nachmittag an der Luft und in der Sonne einen kupfernen Ofenschirm und zwei metallene Feuerböcke.

Auch die Literatur kam wieder hervor. Sie hatte als letzte gewacht, mit Vergil und Mr. Carmichael, nun war sie das erste Zeichen von Zivilisation, das wieder an die Oberfläche kam und gerade noch so vor dem Vergessen gerettet wurde in Gestalt der historischen Romane von Walter Scott. Weit entfernt von Woolf, und doch nicht so weit. Walter Scott war auf die Insel Skye gekommen, wo *To the Lighthouse* spielt, und bei einer Fahrt an der schottischen Küste entlang hatte er Leuchttürme besucht und diese Besuche in einem »Leuchtturmtagebuch« verzeichnet, von dem Virginia Stephen mit fünfzehn Jahren erfuhr, als sie die Biographie las, die Lockhart Walter Scott gewidmet hatte. Scott, schrieb Virginia Woolf einige Jahrzehnte später, »vielleicht der letzte Romancier, der die große Shakespearesche Kunst verstand, Menschen über ihre Worte in Erscheinung treten zu lassen.«

Jetzt hieß es, die verstreuten Bruchstücke meiner Abende und Tage zusammenzufügen. Ich musste mich an die Kontinuität erinnern, die mein Leben einst beherrscht hatte. Ich ging durch die Alleen des Weihnachtsmarkts, und die Nacht war mitten am Nachmittag hereingebrochen, was einen langen Mantel von Dunkelheit erahnen ließ, der sich über die Stadt legen würde. Ich war nicht umgezogen, ich hatte die Suche aufgegeben, war nicht sicher, über *Time passes* hinaus zu bleiben, und war bald am Ende angelangt. Ein paar Tage noch und ich würde die gesamte Fläche dieser Geschichte der Zeit durchlaufen haben, weit entfernt, deren Schätze und Fallen erschöpft zu haben, ich würde das Ganze noch überarbeiten müssen und noch einmal überarbeiten, aber immerhin hätte ich die ersten Wege gangbar gemacht und durchforstet. Ich ging von Häuschen zu Häuschen, betrachtete die bunten Märchenfiguren, Rapunzel, eine von ihren Tieren umgebene Bäuerin in Lebensgröße oder verkäufliche Gegenstände, Kerzen, allerlei Verzierungen, Bernstein, und dann Glühwein, Kartoffelpuffer und Apfelmus, von Haus zu Haus – kleinen Almhütten ähnlich – hörte ich, wie die Leute Neuigkeiten austauschten, sich aufwärmten, sich trafen, bevor sie nach Hause gingen, um den Winter zu vergessen oder Weihnachten vorzubereiten. Spürte ich die Einsamkeit mehr als woanders in der Stadt? Das Gegenteil war fast der Fall, ich hatte das Gefühl, dass auch ich jemanden treffen konnte, den ich kannte und ein wenig plaudern, bevor ich nach Hause ging. Nach Hause. Wie lange hatte ich diese Wörter nicht ausgesprochen, wie lange hatte ich sie nicht gedacht? Denn vor lauter Nicht-Reden denkt man auch nicht mehr, die ungebrauchten Wörter werden ausrangiert, sie häufen sich an und vermischen sich, werden ununterscheidbar. Woanders leben. Nie verstand ich besser als auf diesem Weihnachtsmarkt, was das verlangt an Mühe, an Energie, an innerer Verwandlung. Im Spiegel war ich dieselbe, aber innerlich, nach diesen in Dresden verbrachten Wochen? In der Nähe des letzten Häuschens, wo ein Mädchen seinen goldenen Zopf aus dem Fenster herunterließ, damit man es befreien käme, sah ich sie. Vielmehr hörte ich ihre Stimme, oder besser einen Appell. Das Gesicht einer Seele. Die Silhouette einer Freundin. Etwas aus der Vergangenheit. Wir hatten uns nur in Paris gesehen, der Horizont unserer Begegnungen war zwar gewaltig, aber zugleich auf ein paar Straßen beschränkt, in den meisten Pariser Vierteln waren wir nie zusammen gewesen, dabei sprachen wir häufig von unseren Reisen. Doch diese Reisen traten wir jede für sich an, wie um sie uns zu erzählen. Dresden, hätte ich erzählen können, da gab es Märchenfiguren, man erkannte sie an einem Detail, Rapunzels Zopf, die Gänse der Gänseliesel, einfache Anhaltspunkte, und doch war es wie eine Zauberwelt, in die man eintrat. Ich hätte ihr von den Farben bei Einbruch der Dunkelheit erzählen und Fotos machen können, um sie ihr zu schicken, wie ich es oft tat. Aber sie war da, bei mir, eine plötzliche Erscheinung. Auch ich liebe die Märchenwelt, schien sie zu sagen, ich brauche die Wirklichkeit der Bücher, um die der Welt zu ertragen, und in den Büchern, die ich schreibe, versuche ich die Welt zu transponieren, ihre Schönheiten einzufangen, auch ihren Anteil an Menschlichkeit und ihr Leid, um diese zuzubereiten wie eine Speise, die man hat schmoren lassen. Ich muss sie noch einmal lesen, sagte ich ihr, diese Bücher, die du geschrieben hast, die sich von dir gelöst haben und fortan einsamer unterwegs sind, fern vom Lauf deines Lebens. Bis jetzt hatte ich gezögert, hatte es gemieden, ihre Bücher aufzuschlagen, aus Angst, an unerwarteter Stelle ihr Gesicht oder Reste eines Gesprächs zu entdecken. Das Buch eines oder einer gerade Verstorbenen zu lesen, war, als würde man selbst die Schwelle überschreiten oder den Autor wieder ins Leben zurückrufen, es hieß, sich in eine Gegend aufzumachen, wo die Toten und die Lebenden nicht zu unterscheiden sind, es heißt, dem Tod näher zu kommen und die Toten dem Leben näher zu bringen. Und von den Reisen im Altertum ins Reich der Toten kam man erschüttert wieder hoch, Orpheus gelang es nicht, Eurydike zurückzuholen, weil er im letzten Moment – indem er sich umdrehte – einen Rückzieher machte und die absolute Transgression nicht auf sich nehmen konnte, Aeneas ermaß den Unterschied zwischen einem Lebenden und einem Schatten bei seinem Versuch, seinen Vater zu umarmen, und umarmte die Leere. Und doch war da eine Stimme, die mich leitete. Und mir einen Grund gab, zurückzukehren, einen Grund, nach Hause zu fahren. Ich versuchte mir vorzustellen, was ich zu dieser Stunde täte, wenn ich in Paris wäre, vermutlich noch ein paar Zeilen von *Time passes* übersetzen, einkaufen gehen, und umgeben von diesen Menschen, die sich trafen, hatte ich plötzlich Sehnsucht nach Wiedersehen, nach dem, was es bedeutete, heimzukehren, und außerdem, hatte ich nicht einen Moment der Erfüllung erlebt neulich abends im Konzert, nach dem ich nichts Besseres erwarten konnte?

Zwischenspiel

Hier mündete die High Line. Eine Fläche, die vor kurzem noch Brachland war, durchzogen von Eisenbahnschienen, auf denen kein Zug mehr fuhr, füllte sich mit Kränen, riesigen Aushöhlungen und dann einer gewaltigen Baustelle in Bahnhofsnähe, während die Züge jetzt an der – zum Bahnhof gewordenen – Post ankamen. Dieses neue Viertel – Hudson Yards – kam aus der Erde, andere Wolkenkratzer, andere Transparenzen. Spitze Formen, schneidende Winkel, sich verjüngende Türme. Ein Luxus-Einkaufszentrum. Hier gab es keine freien Flächen mehr, keine wilde Vegetation, keine Zugvögel. Alles war berechnet, zu Geld gemacht, ausgeklügelt. Platz dem Kapital, der Investition, dem Konsum.

Schon stehen die Touristen Schlange, um in das seltsame rostfarbene Gebilde namens Vessel zu steigen. Ist es ein Raumschiff? Das aber in der Betonplatte verankert wäre, sicher verankert in der Realität?

Hudson Yards ist über dem Meeresspiegel und den überschwemmungsgefährdeten Gebieten errichtet worden. Die Luftqualität wird hier gemessen, auch für die Lärmbelastung und den Energieverbrauch gibt es Messgeräte. Man betreibt Mülltrennung, Recycling – Abfall wird durch Sauganlagen wegtransportiert. Restaurants, Bars, Boutiquen – das Einkaufszentrum breitet seine Ebenen, seine Alleen, seine Rolltreppen aus.

Der Boden reflektiert die Lichter der Läden, und durch die breiten Fensterfronten leuchtet die Stadt New York herein.

Nichts fehlt, noch nicht einmal das Alibi der Kunst – *the shed*. Der Schuppen. Ein Teil des Gebäudes – das ganz im

Zeichen von Transparenz und waagerechten Linien steht – rutscht aus seinem Futteral heraus, zieht sich zusammen, dehnt sich aus, öffnet sich und schließt sich wieder. Auf acht Ebenen liegen mobile, modulierbare Installationen übereinander, Galerien, ein Konzertsaal – nichts wurde vergessen. Die Preise liegen, je nach Aufführung, zwischen 10 und 100 Dollar.

VII

Eine regelrechte Menschenmenge trat nun in Erscheinung, im Vergleich zu den vorhergehenden menschenleeren Seiten.

George, Mrs. Bast's son, caught the rat, and cut the grass.

Leute, die man noch nie gesehen hatte. Und die einfache, in Einsilber gefasste Tätigkeiten verrichteten. George, Mrs. Basts Sohn, fing die Ratte und schnitt das Gras. Im Französischen fehlen wieder die Einsilber: *attrapait le rat*, *coupait l'herbe*. Das Deutsche hat es besser: Fing die Ratte, schnitt das Gras.

They had the builders.

Arbeiter wurden bestellt. Dadurch ist das *they* nicht wirklich wiedergegeben, das diese plötzliche menschliche Omnipräsenz verstärkt, aber das *they*, diese Art, »sie« zu sagen, wird oft unpersönlich verwendet im Englischen. Oder es müsste heißen, sie hatten Arbeiter kommen lassen. Aber das ist lang, zu lang. Und dann der Schwung des kommenden Satzes.

Attended with the creaking of hinges and the screeching of bolts, the slamming and banging of damp-swollen woodwork, some rusty laborious birth seemed to be taking place, as the women, stooping, rising, groaning, singing, slapped and slammed, upstairs now, now down in the cellars. Oh, they said, the work!

Fast schon Lautpoesie, ausgeklügelte Klänge, die in einem Gesang der Arbeit aufeinander folgten, eine konkrete Musik, die Donbass-Sinfonie. Begleitet vom Knarren der Scharniere und Quietschen der Schlösser, vom Knallen und Krachen des von der Feuchtigkeit aufgequollenen Holzes, schien eine Art rostige und mühevolle Geburt einzusetzen, während die

Frauen sich bückten, wieder aufrichteten, ächzten, sangen, klopften und schmetterten, bald oben, bald unten im Keller. Unterstützt vom Knarren der Scharniere und Quietschen der Schlösser, vom Knallen und Krachen der feucht-geschwollenen Holzteile, schien sich eine mühselige, rostige Geburt zu ereignen (oder stattzufinden?), während die Frauen sich niederbeugten, sich wieder aufrichteten, ächzten, sangen, klopften und knallten, bald oben, bald unten im Keller. Klopften und knallten, um eine Assonanz beizubehalten. Diese Passage findet sich fast identisch in der handschriftlichen Fassung, aber die *laborious birth* wurde am Anfang des Satzes angekündigt, und der mit *attended* beginnende Satzteil hatte sich erst mit der Zeit an der Spitze durchgesetzt. Oh, sagten sie, was für eine Arbeit!

Der Lärm menschlicher Verrichtungen und die wohlverdiente Tee-Pause. Man betrachtete das getane Werk. Das Fragile des Schicksals, der ganzen menschlichen Existenz angesichts von Verfall, Staub, Rost und Schmutz, und es war das Fragile, was sich am Ende durchsetzte. Den Sieg trug nicht immer der Stärkere davon.

Flopped on chairs they contemplated now the magnificent conquest over taps and bath; now the more arduous, more partial triumph over long rows of books, black as ravens once, now white-stained, breeding pale mushrooms and secreting furtive spiders.

In den Sesseln hängend, betrachteten sie ihre herrliche Eroberung – nein, In den Sesseln hängend, betrachteten sie bald den herrlichen Sieg über die Wasserhähne und die Badewanne; bald den vollkommenen Triumph über die langen, einst rabenschwarzen, jetzt weiß gefleckten Bücherreihen, die blasse Pilze hervorbrachten und verstohlene Spinnen absonderten. Die Vögel, die durch die vorhergehenden Seiten streiften, waren nun auf den Rang von Metaphern zurückgestuft. Gewiss gab es Pilze, Spinnen, das Pflanzen- und das Tierreich hatte sein letztes Wort noch nicht gesprochen, aber sie waren verstohlen und blass und machten sich kaum bemerkbar. Mrs. McNab sah den alten Mann wieder über die Wiese gehen und Selbstgespräche führen. Der sie nie eines Blickes würdigte. Ob es eine Vision war, eine Erinnerung oder die Wirklichkeit, war nicht ganz klar. Alles war durch die Linse eines Teleskops beschrieben, aber das Teleskop war selbst eine Metapher, eine Feineinstellung der Sicht, *in a ring of light*, in einem Ring aus Licht, der mit dem Strahl des Leuchtturms zusammenfallen konnte. In der Berg-Fassung war die Szene viel breiter anglegt, deutlicher auch, denn es war eindeutig von einem Gespenst die Rede. Danach drängten sich immer konkretere Erinnerungen, die mit Mrs. Ramsay zu tun hatten. Während es in der endgültigen Fassung so weiterging:

Some said he was dead; some said she was dead. Which was it? Mrs. Bast didn't know for certain either. The young gentleman was dead. That she was sure. She had read his name in the papers.

Manche sagten, er sei tot; andere sagten, sie sei es. Wer war es? Mrs. Bast wusste es auch nicht genau. Der junge Herr war tot. Da war sie sich sicher. Sie hatte seinen Namen in den Zeitungen gelesen. Also las sie die Zeitungen, also wusste sie, dass es einen Krieg gab und Menschen darin starben. Die zwei Frauen plauderten miteinander, waren aber nicht zu hören. Alles war in der indirekten Rede wiedergegeben, was die Dinge ungewisser erscheinen ließ. Denn Mrs. McNab und Mrs. Bast hatten zwar einen Sieg über die Zeit davongetragen, aber im Bewusstseinsstrom war nichts gewonnen – die Eindrücke kamen und gingen in den Dunstschleiern des Seins.

– Wie *seascapes* übersetzen? Meerlandschaften?

– Zwei waagerechte Flächen in Schwarzweiß, Himmel und Meer, Meer und Himmel. Und dann würde es eher grau, bald hell, bald dunkel. Wasser und Luft.

– Ostsee, Karibik, Ligurisches Meer. Atlantik, Tyrrhenisches, Japanisches Meer. Bucht, Kap, See. Arktis, Tasmanien, England. Offenes Meer, geschlossenes Meer.

– Achtziger oder neunziger Jahre.

– Und dann niemals Wellen, bloß ein leichtes Gewoge, eine Bewegung – Ruhe, Gelassenheit.

– Der Meereshorizont ist das Weiteste, was wir sehen können, sagte der Fotograf Hiroshi Sugimoto in einer Äußerung über sein Werk. Dort wo der Himmel an das Meer stößt, hält nichts den Blick an. Außerdem, sagte er weiter, ist das Meer die einzige Landschaft, die wir mit den Menschen der Vorgeschichte gemeinsam haben.

Übergangsweise irgendwo leben, auch wenn es für längere Zeit ist, wissen, dass man nicht zu Hause ist. Hatte ich mich je zu Hause gefühlt? Hatte ich je das Gefühl gehabt, mein Gepäck abzustellen, mich irgendwo einzurichten oder mir einfach sagen zu können beim Heimkommen – an einen Ort, zu dem ich den Schlüssel besaß, den ich seit Jahren bewohnte, in eine Wohnung, die ich gesucht, gefunden, aber in der ich mich nie wirklich niedergelassen hatte –, mir einfach sagen zu können, ich bin zu Hause. Natürlich hatte ich ein Zuhause, ein Dach über dem Kopf, angesichts derer, die ihre Sachen in einem Einkaufswagen anhäuften, derer, die auf einer Bank übernachteten, auf der Straße, in einem von einer Bürgerinitiative gespendeten Zelt. Man hatte mir erzählt, dass die Bahnhöfe vor nicht allzu langer Zeit, vor vierzig Jahren vielleicht, die ganze Nacht geöffnet waren und dass man sie geschlossen hatte, damit diejenigen, die man früher Clochards genannt hatte und heute Obdachlose nennt, dort nicht Unterschlupf finden können. Das war genauso absurd und vergeblich, wie einen Damm gegen den Pazifik zu bauen; die Anzahl der draußen Schlafenden hatte seither stark zugenommen. Ich suchte im Internet. Am Pariser Gare du Nord zum Beispiel fuhr der erste Zug um 4 Uhr 30 ab und der letzte um 1 Uhr nachts. Am Gare de l'Est und am Gare de Lyon wurde der Zugverkehr um fünf Uhr morgens wieder aufgenommen. Paris ... Von Dresden aus gesehen, schien die Stadt weit weg, da war nichts, was sie in Erinnerung gerufen hätte, die Geschichte dieser Orte war parallel verlaufen und ich hatte das Gefühl, aus einer anderen Welt zu kommen, ohne zu wissen, worauf dieser Eindruck zurückzuführen war. Im Grunde war der einzige Moment, an dem ich mich zu Hause gefühlt hatte, der im Kulturpalast gewesen, als ich auf den Anfang des Konzerts wartete und die Leute ankommen sah. Da war diese Frau gewesen, die sich neben mich gesetzt hatte ... Die Musik, der *Coral de caracola*. Während des Zuhörens – eine Viertelstunde, die sich weit über das menschliche Zeitmaß ausdehnte – hatte ich mit mir selbst übereinstimmen können, ich war, wo ich war, in der reinen Präsenz, aber paradoxerweise – oder war es kein Paradox? – nahm das Hören mich ganz in Anspruch, ich wurde aus mir heraus und in die Musik gezogen, wo ich mich vergaß, wo ich alles, was nicht das Gehörte war, vergaß, und doch war dieses Vergessen genau der Moment, in dem ich mich als »ich« erlebte und zu Hause fühlte.

Dann kam der Absatz über den Herd und das Leben früher, das Haus war immer voller Besucher, das Geschirrspülen konnte bis nach Mitternacht dauern, versicherte Mrs. McNab Mrs. Bast (die diese Zeiten nicht gekannt hatte).

Ah, said Mrs. Bast, they'd find it changed.

Ah, sagte Mrs. Bast, sie würden es verändert vorfinden. Das Haus. Nach einiger Überlegung aber vielleicht eher: Sie würden alles verändert finden, um das Neutrale der Formulierung beizubehalten. Mrs. Bast erlangte das Bürgerrecht, denn ihr Sohn George war es, der im Garten das Gras mähte. Und plötzlich wurde aus diesem Garten, der Schauplatz so ungeheuerlicher Vorgänge gewesen war – eine Artischocke zwischen den Rosen –, einfach ein von Unkraut überwucherter Ort, ein Durcheinander, das wieder menschliche Dimensionen angenommen hatte.

She leant out of the window. She watched her son George scything the grass.

Sie lehnte sich aus dem Fenster. Sie sah zu, wie ihr Sohn George das Gras mähte. Der Übergang von Mrs. Basts Worten zu ihrem Blick war fabelhaft. Sie brauchte sich nur aus dem Fenster zu lehnen, damit aus der Innen- eine Außenszene wurde. Kurz – der Garten, das gemähte Gras.

They might well ask, what had been done to it?

Sie könnten sich gut fragen, oder: Vielleicht würden sie sich fragen, was wir gemacht hatten? Oder, was geschehen war? Was sie getan oder nicht getan hatten?

seeing how old Kennedy was supposed to have charge of it, and then his leg got so bad after he fell from the cart; and perhaps then no one for a year, or the better part of one; and then Davie Macdonald, and seeds might be sent, but who should say if they were ever planted? They'd find it changed.

Waren wir in Mrs. Basts Gedanken oder in ihrem Gespräch mit Mrs. McNab? Eigentlich unwichtig. Was bemerkenswert war an diesem ansonsten prosaischen Absatz, das war die plötzliche Anhäufung von Namen. All diese Leute, die sich um das Haus kümmern sollten, das man doch ganz verlassen und auf sich gestellt gesehen hatte, in einem Paralleluniversum, das sich vom Planeten verabschiedet hatte, wie jene Science-Fiction-Helden, die in eine Zeitspalte fallen. Mehr als ein Jahr, mehr als zehn Jahre hatte das angedauert, und jetzt kam es zu einer Rückkehr in die Welt, die wieder ihre alltäglichen, etwas langweiligen Züge voller überflüssiger Details annahm. Denn – ein wenig schwach für *seeing how*, ein wenig zu neutral, aber bis mir etwas Besseres einfällt … denn der alte Kennedy sollte sich darum kümmern, aber dann wurde es mit seinem Bein so übel, nachdem er vom Karren gefallen war; da der alte Kennedy sich darum kümmern sollte, aber sein Bein nach einem Sturz vom Karren nicht mehr richtig brauchbar war; dann kam vermutlich niemand, ein Jahr lang oder zwei; und dann Davie Macdonald, und es waren Samen geschickt worden (oder: man hatte Samen geschickt), aber wer könnte sagen, ob diese je ausgesät worden waren? Sie würden alles verändert vorfinden.

She watched her son scything. He was a great one for work – one of those quiet ones. Well they must be getting along with the cupboards, she supposed. They hauled themselves up.

Sie sah ihrem Sohn beim Mähen zu. Er war ein ausgezeichneter Arbeiter – einer dieser Ruhigen. Ich war zu weit vom Text entfernt; wenn ich diese ganz einfachen Wörter wirklich so übertrug, verloren sie sich in einer viel zu komplexen, langen Formulierung. Gut, sie würden sich an die Schränke machen müssen, vermutete sie. Sie erhoben sich mühsam. Hier war es genauso. *Up* durch »mühsam« übersetzt, oder vielmehr *up* übersetzt durch »erhoben« und *hauled* durch »mühsam«. Das Ganze war zu lang. Aber *se*, sich, im Französischen wie im Deutschen nur eine Silbe, als Übersetzung von *themselves*, das kompensierte ein bisschen, und am Ende war der französische

Satz kaum länger als das Original. Noch einmal zurück. Er arbeitete sehr gut – und ruhig. Das war zugleich ein bisschen weiter weg und ein bisschen näher dran …

Es wurde dunkel, es war dunkel, die Jahreszeit ging unmerklich vom Herbst in den Winter über, und auch wenn der Winter noch nicht offiziell angefangen hatte, war er doch schon zu spüren, an der morgendlichen Kälte, den Abenden, die schon mitten am Nachmittag anfingen, an den unförmigen Silhouetten der Passanten, die sich in mehrere Kleiderschichten hüllten. Ich war nun entschlossen zurückzufahren, sobald ich die Übersetzung – oder vielmehr Überfliegung – von *Time passes* beendet haben würde. Wegfahren, heimkehren, zurückkommen, an Wörtern fehlte es nicht, aber ich wusste nicht, was sie beinhalteten. Ich fing an, Dresden nicht wie eine Stadt zu betrachten, in die ich mich hineinversenken wollte, um sie besser kennenzulernen oder wenigstens zu erfassen, sondern wie eine Stadt, die ich verlassen würde. Wie viel Zeit es braucht, um einen Ort lieb zu gewinnen; ebenso viel, wie um sich davon zu lösen. War das nicht absurd? War es nicht besser, daheim zu bleiben oder sich nur kurz irgendwo aufzuhalten? Zu reisen statt zu versuchen, woanders zu leben, als wäre ein anderes Leben möglich. Von einer Stadt zur anderen fahren, am Meer entlang, einen Berg besteigen, weiterziehen, vorankommen … Ich verlor mich in einem Labyrinth steriler Gedanken, all das, um nicht das Buch wieder zu öffnen und den Text wieder aufzunehmen, all das, um mich nicht der Leere zu stellen, die ich verspürte, kaum, dass die Erleichterung verflogen war, die der Entschluss abzureisen, das Abenteuer zu beenden, ausgelöst hatte.

– Fleury, ein Dorf im Osten Frankreichs mit einem Bürgermeister, einer Postleitzahl und null Einwohnern.

– Ein 1916, zu Beginn der Verdun-Offensive evakuiertes, bombardiertes Dorf, das mehrmals verloren und wieder zurückerobert wurde, bald von den Franzosen, bald von den Deutschen – bis zum Ende des Kriegs.

– Das Dorf ist offiziell »für Frankreich gestorben«. Niemand wohnt mehr dort, aber das dankbare Vaterland hat ihm den Status der Gemeinde bewahrt – weshalb es einen Bürgermeister gibt.

– Die Grenze der Gemeinde ist wie in jeder Stadt durch ein Schild gekennzeichnet. Fleury-devant-Douaumont. Doch dieses Schild thront in einer leeren Landschaft. Kein Haus am Horizont. Nur die Straße führt dort entlang.

– Auf beiden Seiten der Straße, Wald.

– Man muss die Straße verlassen, in den Wald eindringen und zu Fuß die Wege nehmen, die zwischen den Bäumen der ehemaligen Straßen entlang führen. Gedenktafeln erinnern an die Geschäfte, die sich dort einmal befanden, an den Hufschmied, den Schuster, die Schule, das Rathaus – und an die Straßennamen.

– Das Dorf ist auf Google Maps zu finden inmitten einer großen grünen Fläche, in der nur das Totendenkmal und die Gedenkkapelle eingetragen sind.

Morgens las ich die Zeitung, bevor ich mich an die Arbeit machte. Ein Schiff in humanitärem Einsatz – so nannte man jene Schiffe, die auf dem Meer umherirrten wie die zu rettenden Menschen selbst, auf der Suche nach einem Hafen, der sie aufnehmen würde, was so selten war wie einen weißen Wal zu erblicken und ein ebenso riskantes Abenteuer wie Kapitän Ahabs Suche. Ein deutsches Seenotrettungsschiff hatte gerade 88 Migranten gerettet, wie es jetzt hieß. Frankreich und Deutschland waren bereit, sich 60 davon zu teilen, Portugal würde fünf aufnehmen, Irland zwei. Das waren 67, blieben einundzwanzig, die keinen Abnehmer fanden. Wie würde die Auswahl vonstatten gehen? Ein anderes, italienisches Schiff hatte 150 Menschen vor der libyschen Küste aufgenommen und nach Sizilien gebracht. Weiterhin reihten die Zahlen sich aneinander, weiterhin flohen die Menschen, und die Aufnahmeländer, wie man sie nannte, nahmen sie nur widerstrebend auf. Statt nach Wegen zu suchen, sich der steigenden Anzahl Flüchtender zu stellen – von denen die Mehrzahl bereits Klimaflüchtlinge waren –, suchte man ein Mittel, sie zurückzudrängen, sie in ihre Heimatländer zurückzubringen, sie abzuwehren. Wie Invasoren. Ich las die Zeitung. Angesichts der Konflikte, der Aufstände und der großen Bevölkerungswanderungen, von denen sie berichtete, wog ein verlassenes Haus irgendwo auf einer schottischen Insel zu Beginn des zwanzigsten Jahrhunderts nicht viel. Und es war dennoch viel. Dennoch enthielt dieses Verlassen alle Katastrophen des vorigen und des Jahrhunderts, in dem wir lebten. Es war wie – ich suchte und brauchte nicht lange, bis ich im Netz den Proust'schen Satz aus *Unterwegs zu Swann* wiederfand zu der Erinnerung, die eine in eine Tasse Tee getunkte Madeleine auslöst –, es war »wie in jenem Spiel, bei dem die Japaner in eine mit Wasser gefüllte Porzellanschale kleine Papierstückchen werfen, die sich zunächst nicht voneinander unterscheiden, dann aber, sobald sie sich vollgesogen haben, auseinandergehen, Umriss gewinnen, Farbe annehmen und deutliche Einzelheiten aufweisen, zu Blumen, Häusern, echten, erkennbaren Personen werden«. Proust, der einzige Schriftsteller, den Woolf ängstlich las, weil sie fürchtete, dort zu finden, was sie selbst schreiben wollte. Es war wie mit jenen japanischen Blumen; die Dinge waren unsichtbar präsent in den Ereignissen, im Entstehen begriffen.

Zurück zum Text mit dem Weihnachtsmarkt im Hintergrund, der anfing sich zu beleben, auch wenn er erst am Abend seine ganze Glorie erreichte, mit seinen bunten Leuchtgirlanden, seinem großen Tannenbaum, seinem Riesenrad, seinen ungeahnten Lichtquellen an einem grauen Tag wie diesem, wo der Nieselregen den Blick auf die harmonisch auf ihren Schienen vorbeigleitenden Straßenbahnen trübte.

At last, after days of labour within, of cutting and digging without, dusters were flicked from the windows, the windows were shut to, keys were turned all over the house; the front door was banged; it was finished.

Plötzlich beschleunigte sich die Zeit, der Rhythmus. Was sich wie die dreizehnte Tat des Herkules angekündigt hatte, war innerhalb weniger Zeilen vollendet worden. Die allerdings mit *at last*, mit »endlich« begannen. Endlich, nach Tagen des Schuftens im Hausinneren, des Grabens und Schneidens draußen, wurden die Lappen an den Fenstern ausgeschüttelt, die Fenster geschlossen, die Schlüssel im ganzen Haus umgedreht; die Eingangstür wurde zugeschlagen; es war beendet. Die passive Form musste beibehalten werden, denn über sie blieb etwas von der einstigen Stimmung bewahrt, von jener Welt, die vom menschlichen Geschlecht verlassen worden war und erahnen ließ, wie sie nach der angekündigten Apokalypse aussehen würde, falls diese eintreten würde – falls die Feder sich niederließe –, falls Tschernobyls verbotene Zone sich weiter ausdehnen würde. Aber die Denuklearisierungsmaschine war gerade erfunden worden, die Liquidatoren dieses neuen Kampfes, in diesem Fall Liquidatorinnen, waren Putzfrauen, die mit jämmerlichen Waffen ausgerüstet waren, Besen, Schippen und Staubtücher, und sie hatten den Sieg davongetragen.

Endlich, nach den Mühen im Hausinneren, den mit Graben und Schneiden verbrachten Tagen draußen – nein, da stimmte der Rhythmus nicht, und wie die Erfahrung zu zeigen schien, waren die Sätze, die am einfachsten wirkten, am kompliziertesten zu übersetzen. Schließlich, nach Tagen der Arbeit im Haus, dem Graben und Schneiden draußen, wurden die Lappen am Fenster ausgeschüttelt, die Fenster wieder geschlossen, die Schlüssel im ganzen Haus umgedreht; die Eingangstür wurde zugeschlagen; es war zu Ende. Endlich, nach tagelanger (besser als »Tagen der«) Arbeit drinnen, nach Graben und Schneiden draußen wurden die Lappen an den Fenstern ausgeschüttelt (denn es galt, die gleichen Wörter zu verwenden und also den Plural und nicht den Singular), die Fenster geschlossen, die Schlüssel im ganzen Haus umgedreht; die Eingangstür schlug zu; es war zu Ende (was ich am Anfang zu kurz fand, schien mir jetzt besser – vorläufig).

It was finished. Es war zu Ende. Das war auch mein Gefühl. Es blieben ungefähr zwei Seiten zu übersetzen – oder vielmehr zu durchforsten. Der genaue Tag meiner Abreise musste festgelegt, das Hotel verständigt werden. Auch wenn ich gerne beobachtete, wie sich der Weihnachtsmarkt veränderte, hatte ich doch keine Lust, Weihnachten hier zu verbringen, den zu dieser Zeit unvermeidlichen familiären Rückzug zu spüren, wenn man selbst nicht bei seiner Familie ist oder keine mehr hat. Weihnachten war der Moment, in dem man wie alle sein musste, der Moment, da man sich sagte, dieses Jahr mache ich nichts, ich kaufe nichts, ich werde weit weg sein von den Meinen oder so tun, als sei es ein Tag wie jeder andere, und in letzter Minute entsagte man der großartigen Isolierung, um es wie alle zu machen, erleichtert, es zu können, selbst die Möglichkeit zu haben, sich in die Familie zurückzuziehen – eine Familie zu haben, zu der man gehen kann.

Am Nachmittag verließ ich entgegen meiner Gewohnheit meinen Arbeitstisch, um auf die andere Seite der Elbe zu gehen, über die belebten Straßen der Neustadt, die ich kannte, hinaus, und Gegenden zu erkunden, in denen ich noch nie gewesen war und von denen es mir fortan nicht unlieb sein würde zu denken, dass ich auch nicht mehr hinkäme. Nur ein Mal, unbekannt in diesen Straßen, ohne Erinnerung und ohne Geschichte, leicht. Die Häuser ähnelten sich, die da aufeinander folgten, Kirchen, eine Kaserne, öde Straßen, ein paar Grünflächen und dann kam ich zu einem großen weißen Gebäude, zu dem eine weite Esplanade führte, ein Gebäude, das von einer Art spitzem metallenen Pfeil durchschnitten war, wie eine Kerbe in der Kontinuität dieser klassischen Architektur, die eine Störung im Blick verursachte, einen Schock. Das Gebäude schien auf diejenigen zu warten, die wie ich von der Hauptstraße einbogen, deren Perspektive es abschloss, um die gewaltige Treppe mit den flachen Stufen hochzusteigen. Aber ich war allein und schritt wie in einem Traum voran, in einer flüssigen Bewegung, einem Zustand der Schwerelosigkeit. Trotz des wenig ansprechenden Namens des Museums – für Militärgeschichte – trat ich ein, als würde mich etwas hineinrufen. Es war niemand da, riesige leere Säle, und ich wandelte zwischen den Uniformen und den Waffen, den Orden, den Modellen, den Verträgen und Befehlen herum, die eine Geschichte erzählten, von der ich das Gefühl hatte, dass sie mich nicht betraf. Ich betrachtete, blieb länger vor einer Prozession ausgestopfter Tiere stehen – ein Elefant, ein Dromedar, Pferde, ein Löwe –, die bei Militäreingriffen verwendet worden waren. Der Krieg dehnte sich auf alle Bereiche aus, mobilisierte alle Reiche, alle Künste, alle Wissenschaften. Die Verkehrsmittel, über Erde, Luft und Wasser. Der verrostete Rumpf eines Flugzeugs, die Masse funkelnder Waffen, die bedrohliche

Form eines metallenen Unterwasserungeheuers: Ich hatte das Gefühl, die Überreste einer verschwundenen menschlichen Zivilisation zu besichtigen – die vermutlich Wege gefunden hatte, an diesem Verschwinden mitzuwirken –, ohne zu wissen, warum ich davongekommen war. Die Zwischenwände der Ausstellungsräume ähnelten der Schale eines U-Boots, und diese Reise durch die menschliche Gewalt nahm die Konturen einer Erkundung unter Wasser oder der von Jules Verne beschriebenen Reise zum Mittelpunkt der Erde an, bei der ein großes unterirdisches Meer zum Vorschein kam.

Ich ging durch die Alleen des Museums, wie man durch einen Friedhof spaziert. Den ausgestorbenen Arten gewidmet. Dem verschwundenen Krieg. In dem Saal, auf den ich zuging, regte sich etwas, eine lautlose Bewegung. Ich sah eine Silhouette, ohne meine Schritte zu beschleunigen ging ich weiter, neugierig, das Gesicht des Besuchers oder der Besucherin zu sehen, in den leeren Räumen des Museums jemandem zu begegnen, den ich grüßen konnte. Guten Tag sagen, nicken, etwas tun, was bewies, dass wir derselben Welt angehörten. Hoffentlich hatte er oder sie nicht schon den Saal verlassen, bevor ich da war, sagte ich mir.

Es war sie – ich verstand, dass ich es gewusst hatte, bevor ich sie noch sah, und dass sie es war, die mich hierher gelockt hatte und nicht das Museum.

Du hast aber lange gebraucht, sagte sie mir.

Ich habe dich nicht gefunden.

Ich fing schon an zu verzweifeln.

Kann man verzweifeln, da wo du bist?

Jedermann kann verzweifeln.

Du hast das Meer gesucht …

Etwas anderes.

Was?

Wenn ich es wüsste, würde ich nicht suchen.

Was machst du hier? Warum dieser Ort?

Ein öffentlicher Ort, der aber wenig besucht ist.

Und dann?

Wirst du weggehen.

Woher weißt du das?

Ich weiß es.

Nehmen wir an, ich gehe weg.

Ich muss auch weggehen. Verstehst du?

Ich verstehe nicht.

Das dachte ich mir.

Sag mir – warum dieser Ort des Todes, warum diese leeren Säle, die an so viele Zerstörungen erinnern …

Ich habe ausgewählt.

Was willst du mir sagen?

Inmitten der Waffen und der Zeugnisse guten Willens, die den Frieden ausrufen.

Du wolltest?

Sagen, dass ich weggehen muss.

Ich verstehe nicht.

Dass du mich gehen lassen musst.

Ich verstehe nicht.

Nicht mehr an mich denken.

Warum?

Jeder Gedanke bringt mich wieder zurück. Und auch ich muss mich entfernen, muss mich in einer anderen Zeit, einer anderen Welt einrichten.

Jeder Gedanke …

Du glaubst, dass ich dich gerufen habe, aber du bist es, die mich kommen ließ. Jedes Mal warst du es.

Was gab es in diesem Saal? Einen mit einer Gasmaske bewaffneten Don Quijote auf einem Pferd, von dem nur der

Sattel und der Kopf da waren, der ebenfalls mit einer Gasmaske bedeckt war. Don Quijote schwang eine Lanze. Der Rest des Saals war leer, wie mein Geist, wie mein Leib. Als hätte alles mich verlassen, als wäre ich nur ein Umschlag ohne Brief, auf dem weder Adresse noch Name des Empfängers stünden. Und vor mir zogen – oder war ich es, die an den auf einen unsichtbaren Feind gerichteten Kanonen vorbeizog, an den Gruppenstatuen von Menschen, die Schutz suchten vor den Raketen und den Bomben, die niederzugehen drohten, an den Bildern, dem Spielzeug, den Modellen. Der Krieg, der Frieden tanzten einen endlosen Reigen, ich verirrte mich, kam noch einmal durch die gleichen Säle, als ich glaubte, mich in Richtung Ausgang zu bewegen – wo war er? Die Betonwände schienen näher zu rücken, würden sie mich einschließen? Alles, nur nicht an dieses Gespräch zurückdenken – wenn man das Gespräch nennen konnte. Alles, nur diese Silhouette nicht wiedersehen. Dem Ort, der Stadt entfliehen, zum Text zurückkehren – ich tat gut daran, mich in mein Zimmer einzuschließen, nur den Weg zu kennen, der von der Unterkunft zum Café führte, die Brücken und den Fluss, das Offene ignorieren zu wollen. Zum Text zurückzukehren, wo endlich wieder Ordnung einkehrte.

And now as if the cleaning and the scrubbing and the scything and the mowing had drowned it there rose that half-heard melody, that intermittent music which the ear half catches but lets fall;

Der Satz war lang, man musste tief einatmen, bevor man hineintauchte und den Atem anhalten, um ans andere Ufer zu gelangen. Und jetzt, da das Reinemachen und Schrubben und Sensen und Mähen – und *mowing*, im Französischen gab es kein zweites Wort für Mähen außer *le tondage* vielleicht, das Scheren, konnte man das hier verwenden? Anscheinend wurde das Wort nur für Tiere verwendet. Und jetzt, als wäre das Reinemachen und Schrubben und Mähen und Gärtnern (war das zu sehr interpretiert, zu banal angesichts des zu besiegenden Chaos?). Oder aber: Und jetzt, als hätten das Reinigen und Schrubben, das Sensen und Mähen sie ertränkt, erhob sich die schwach zu hörende Melodie, die unterbrochene Musik, die das Ohr wahrnimmt, aber nicht weiter verfolgt. So konnte es erst einmal bleiben. Aber es blieb viel zu tun.

a blark, a bleat; irregular, intermittent, yet somehow related;

ein Bellen, ein Blöken – wie lang das wieder war, für Einsilber. Bellen, Blöken; unregelmäßig, immer wieder aussetzend, und doch irgendwie zusammenhängend;

the hum of an insect, the tremor of cut grass, dissevered yet somehow belonging;

das Summen eines Insekts, das Zittern des geschnittenen Grases, getrennt voneinander und doch irgendwie zugehörig (noch einmal ganz neu ansetzen).

the jar of a dor beetle, the squeak of a wheel, loud, low, but mysterious related;

das Summen eines Käfers, das Ächzen eines Rads, laut, leise, aber auf geheimnisvolle Weise miteinander verbunden.

which the ear strains to bring together and is always on the verge of harmonizing but they are quite heard, never fully harmonized, and at last, in the evening, one after another the sounds die out, and the harmony falters, and silence falls.

welche das Ohr zusammenzubringen versucht und immer im Begriff ist, in Einklang zu bringen, aber sie werden nie ganz gehört, nie völlig harmonisiert, und schließlich verklingen die Töne am Abend einer nach dem anderen, die Harmonie gerät ins Schwanken und Stille sinkt herab. Aber man hört sie nie ganz, nie völlig im Einklang, bis dann endlich am Abend die Töne einer nach dem anderen verklingen, die Harmonie schwankt und Stille einkehrt.

Ein Gefühl der Leere. Ich war in Dresden, und Paris rief mich, meine Flucht, sagte die Stadt, sagte meine Stadt, war vergeblich, ich hatte wie alle Exilierten, alle Flüchtenden, mitgenommen, vor was ich floh – oder doch wenigstens dessen Schatten. Ich, die ich doch nicht wenig gereist war, auch unter unbequemen Bedingungen, hatte noch nirgendwo wie hier angehalten, nie hatte ich versucht woanders als zu Hause zu leben, und diese Wochen hatten mir – neben der Einsamkeit – eine Öffnung gebracht, einen anderen Blick auf die Dinge. Auch war mir bewusst geworden, wie solide die Bande waren. Die, mit denen ich nicht gesprochen hatte, auf deren Mitteilungen ich mit Schweigen geantwortet hatte, Familie, Freunde, sie waren es, nach denen ich mich sehnte, sie waren es, die mich anriefen und meine Rückkehr wollten.

Der Ginkgo vor meinem Fenster, den ich in den Herbst hinein sich verwandeln und schließlich von Goldblättern umrieselt gesehen hatte, war mittlerweile nackt, und seine schwarzen Äste zeichneten ein gespenstisches Motiv. Der Mond goss manchmal ein wenig von seinem Licht aus, am Vorabend oder Vorvorabend war der Himmel in seiner Umgebung wie beleuchtet, es war Vollmond – ein vollkommenes Rund. Aber an jenem Abend war er überall von Wolken bedeckt, das Unsichtbare gewann Raum, umzingelte mich, während tagsüber alle Weihnachten vorzubereiten schienen. Hartnäckig kehrte die Erinnerung an den Museumsbesuch zurück – die Waffen und Rüstungen, der Himmel, an dem, lautlos wie Zeppeline, die Bomben schwebten, aber diese Bilder waren nur die Kulisse, vor der sich die Szene abspielte, an die zu denken verboten war und an die ich ständig dachte. Alles, was ich tat, tat ich, um das zu vermeiden, und wie ich Paris verlassen hatte, um nicht mehr den plötzlichen Ansturm der Erinnerungen erdulden zu müssen, so wollte ich nun Dresden verlassen, um vor der Erinnerung an das Museum zu fliehen.

With the sunset sharpness was lost, and like mist rising, quiet rose, quiet spread, the wind settled; looseley the world shook itself down to sleep, darkly here without a light to it, save what came green suffused through leaves, or pale on white flowers by the window.

Wie gerne hätte ich den beschriebenen Frieden verspürt. Musste ein solcher immer der Bedrohung – dem Chaos – abgewonnen werden? Bei Sonnenuntergang ging die Klarheit verloren, und wie Nebel, der aufzieht, wie Dunst – ein kürzeres Wort –, der aufzieht, zog Ruhe auf, die Ruhe breitete sich aus, der Wind beruhigte sich; gemächlich sackte die Welt zusammen, um einzuschlafen, in einem Dunkel ohne Licht, abgesehen von dem grünen (außer dem grünen), das durch die Blätter kam, oder dem bleichen auf den weißen Blumen am Fenster.

Die Pflanzenwelt wurde wieder Kulisse, auf ein schwaches, in der Nacht erblicktes Licht, einen braven Fensterschmuck reduziert. Der abendliche Frieden. Wie nach einem langen Gang, wenn man die Lichter der ersten, das Dorf oder die Stadt ankündigenden Häuser erblickt und müde, aber froh, so viele Kilometer zurückgelegt, so viele Landschaften gesehen zu haben, ein Hotelzimmer zu finden hofft. Ruhige Straßen, wenig Verkehr und wenige Passanten, ein paar Laternen, die das Straßenpflaster sichtbar werden lassen, alte Häuser mit geschlossenen Fensterläden, jeder hat sich schon in sein Zuhause zurückgezogen, aber in jener besonderen Stimmung der durchreisenden Wanderer schien dieser Rückzug nicht feindlich, sondern vielversprechend, die Ankündigung einer

Mahlzeit in einem friedlichen Restaurantsaal, wo vielleicht ein Kaminfeuer brennen würde und die gedämpften Stimmen bereits die Dunstschwaden des traumlosen Schlafes erahnen ließen, der später hereinbrechen würde.

Bei Sonnenuntergang verlor sich die Klarheit, und wie aufziehender Dunst zog Ruhe ein, breitete sich aus, und der Wind beruhigte sich; geruhsam wiegte die Welt sich in den Schlaf, in einem Dunkel ohne Licht, abgesehen von dem grünen, das durch das Blattwerk trat, oder dem blassen auf den weißen Blumen am Fenster. »Abgesehen von« war nicht sehr schön. In einem Dunkel ohne Licht bis auf das grüne, das durch das Blattwerk trat, oder das blasse auf den weißen Blumen am Fenster. Das war schon besser.

Zum ersten Mal hatte ich auch abends gearbeitet, vor dem Fenster, in der vollkommenen Dunkelheit der Welt draußen, um voranzukommen und so schnell wie möglich abzureisen, oder einfach, um mich geistig zu beschäftigen. Die Abwesenheit bohrte weiter in mir – bist du nie enttäuscht, hatte ich sie eines Tages gefragt, von der Rezeption deiner Bücher, den wenigen Reaktionen manchmal? Früher hat mich das beschäftigt, hatte sie geantwortet, jetzt nicht mehr – und mir schien, das war kurz bevor ihre Müdigkeit eine Diagnose und einen Namen bekam. Die Zeit ging vorbei, endgültig, und man fand sich am anderen Ufer wieder, ohne etwas von der Überquerung gemerkt zu haben. In mir entstand ein Appell.

Ich muss mit dir sprechen, dachte ich mit aller Kraft, es muss sein, ein letztes Mal. Alles ist wund.

Niemand in meinem Zimmer, keine Silhouette, kein Schatten, keine Form – ich hatte das Licht ausgeschaltet –, ich nahm keinerlei Bewegung wahr, aber ich hörte eine Stimme. Jemanden. Einen Atem.

Was willst du?, sagte sie oder glaubte ich sagen zu hören.

Ich wusste es, den ganzen Tag lang hatte ich es gewusst, und jetzt, da ich reden sollte, wusste ich es nicht mehr. Ich verspürte eine große Leere. Wie weiße Farbspritzer, die die Farben der Welt überdeckten. Ich wollte einen Abschied, eine Art Abschluss.

Unsere Gespräche, sagte ich, unser Austausch, hatte ich den Eindruck zu sagen, das Fehlen – die Wörter überlagerten sich, drängten sich ohne logische Folge, ohne besondere Bedeutung. Mein Kopf war zu leer oder zu voll, es war nichts zu unterscheiden, nichts blieb an der Oberfläche nach dem Schiffbruch, vom Wasser verschlungene Inseln, von Felsen gestürzte Kirchen, brückenzerschlagende Sturmwinde und anstelle der Städte ein Haufen zerstörter Gebäude, Nachkriegsruinen.

Was willst du, sagte sie oder glaubte ich sie sagen zu hören. Warum hast du mich gerufen?

Ich saß am Tisch vor dem Fenster, in der Nacht schwankten die Äste der Bäume. Ich weiß nicht, sagte ich, wie mit dir reden, dir sagen, wie schwer es ist, sich zu gewöhnen.

Das ist nicht meine Angelegenheit.

Was ist deine Angelegenheit?

Mich zu lösen – es fängt an den letzten Lebenstagen an, vermutlich schon vorher – und geht danach weiter. Es ist eine Arbeit.

Störe ich dich?

Gewissermaßen schon. Jeder muss seinen Weg gehen. Du möchtest mich wiederfinden, während ich mich zu entfernen versuche.

Wo bist du?

In einem Dazwischen. Es gibt keine Worte, es zu beschreiben.

Einem Dazwischen, das andauert?

Es gibt keine Zeit, nicht wie hier, und auch keinen Raum.

Ich glaubte, der Verlust würde woanders leichter zu ertragen sein, das war auch so anfangs, aber …

Ich kann dir nicht helfen, nicht mir musst du das erzählen.

Am allerletzten Tag …

Der ist ausgelöscht.

Am letzten Tag habe ich mit dir gesprochen. Ich würde gerne wissen, ob du mich gehört hast …

Niemand – war da jemand gewesen? Ich saß am selben Tisch und hatte den Eindruck, von einer Reise ohne Ort zurückgekehrt zu sein, einer Überquerung. In der Ferne blinkte vielleicht das Licht eines Leuchtturms und gab eine Richtung an. Der Weg musste allein zurückgelegt werden, ich wusste es, hatte es immer gewusst, aber nun hatte ich die Bestätigung. Dieses Gefühl, mein Leben fast wie immer zu leben, gefolgt von einer Art Schatten, der nicht mein eigener war, oder einem Blick, würde dieses Gefühl wieder verschwinden? In den ersten Tagen in Dresden stimmte ich ganz mit meinem Leben überein. Ein Zimmer suchen, die Übersetzung beginnen, mit der Stadt bekannt werden, all diese konkreten und alltäglichen Handlungen forderten mich zur Gänze, bis mir eines Abends in einer Straße in der Nähe eines hohen Kirchturms eine Silhouette entgegenkam.

[Lily Briscoe had her bag carried up to the house late one evening in September. Mr. Carmichael came by the same train.]

Sie waren zurück, die eckigen Klammern, und darin Lily Briscoe und Mr. Carmichael. Carmichael, der zuletzt aus der Gesellschaft, die sich um die Ramsays zusammengefunden hatte, verschwunden war, der erst noch mit Vergil gewacht hatte, bevor schließlich seine Kerze, seine Präsenz erlosch.

[Lily Briscoe hatte spät an einem Septemberabend ihre Tasche zum Haus bringen lassen. Mr. Carmichael war mit demselben Zug gekommen.]

Da sein, woanders sein, die Wörter schwebten im Raum, ohne Ziel, sie konnten sich gegeneinander wenden, sie hatten keinen Sinn, kaum einen Klang. Hatte ich ihre Stimme gehört, ihre Präsenz gespürt, oder einfach meine Einsamkeit bevölkert? Die letzte Vision, der ich mich entzogen hatte, kehrte eindringlich wieder – vielleicht waren darin die Bilder Dresdens entstanden?

Wie einschlafen? Ich ging in die Nacht hinaus und überquerte die Straße, um am Flussufer zu sein. Erhoffte ich noch ein allerletztes Mal? Ich hätte gerne eine Blume gehabt, die ich in den Fluss hätte werfen können und die von der Strömung davongetragen worden wäre bis zum Meer.

Die weiße Farbe überall, das Bett, die Mauern, das Gesicht, die Laken. Ich sah sie auf der Elbe schwimmen wie eine Barke, die das andere Ufer zu erreichen versucht, das endgültige Ufer des Totenreichs. In *Time passes* waren das Haus und die Menschen dem universellen Tod entgangen, auch wenn einige nicht mehr existierten, hatte doch die Menschheit überlebt, denn die Feder war nicht auf der Waagschale zu liegen gekommen. In dem weißen Zimmer war der Tod aufgetaucht, hatte sich auf die Waagschale gelegt und jemanden mitgenommen, eine Präsenz, eine Freundin. Ich hatte geredet, hatte manches gesagt und das Gefühl gehabt, dass sie es hörte, auch wenn sie bei geschlossenen Augen, schrecklich keuchend – ich werde die Worte nicht sagen, nicht denken, die gewöhnlich diese Augenblicke bezeichnen –, auch wenn sie nichts sagen konnte. Einen Augenblick lang – so kurz, dass ich nicht sicher war, ob es ihn gegeben hatte – hatte sich der Atem beruhigt.

Coda

Then indeed peace had come. Messages of peace breathed from the sea to the shore.

Und der Frieden war wirklich gekommen. Friedensbotschaften wehten vom Meer zum Ufer hin. *Breathed from the sea to the shore.* Wehten vom Meer zum Ufer. Und dann war der Frieden wirklich gekommen. Das Meer blies Friedensbotschaften ans Ufer.

Was für eine schöne Art, den Krieg zu benennen und den auf dem Kontinent unterzeichneten Frieden …

Never to break its sleep any more, to lull it rather more deeply to rest and whatever the dreamers dreamt holily, dreamt wisely, to confirm – what else was it murmuring – as Lily Briscoe laid her head on the pillow in the clean room and heard the sea.

Nie mehr seinen Schlaf unterbrechen, vielmehr tiefer einlullen. Nie mehr seinen Schlaf unterbrechen, vielmehr in tieferen Schlaf wiegen, wie auch immer die heiligen, weisen Träume der Träumer aussehen mögen, sie bestätigen – was sonst wurde da geflüstert (was war das sonst für ein Geflüster?) – während Lily Briscoe in ihrem eigenen Schlafzimmer den Kopf auf das Kopfkissen legte und dem Meer lauschte. *Never to break its sleep*, schrieb Virginia Woolf Mitte der zwanziger Jahre, während der nächste Krieg sich noch nicht wirklich abzeichnete, während man glauben konnte, der vorige sei der letzte gewesen, das Trauma war noch lebendig, die Initiativen zur Friedenssicherung mehrten sich. Sogar die große Wirtschaftskrise war nur ein winziger Punkt am Horizont.

Noch einmal daran glauben. Wissen, dass leben heißt, zum Horizont, zum Offenen, zur Hoffnung zu blicken.

Through the open window the voice of the beauty of the world came murmuring, too softly to hear exactly what it said – but what mattered if the meaning was plain? – entreating the sleepers (the house was full again; Mrs. Beckwith was staying here, also Mr. Carmichael), if they would not actually come down to the beach itself at least to lift the blind and look out.

In der Berg-Fassung war es nicht das Meer, das die Friedensbotschaften brachte, es waren die Wellen. Daraufhin wurde die Bewegung der Wellen beschrieben, woraus die Anfänge dessen entstehen würden, was einige Jahre später der wundervolle Roman *Die Wellen* werden würde. War das Ende jedes Buches vielleicht die Ankündigung des nächsten oder eines späteren Buches? Ich hätte gerne mit meiner Freundin darüber reden wollen, aber anders als beim Leuchtturm war dieses *never anymore* ein endgültiges.

Der Strand war in der ursprünglichen Fassung bar jeder menschlichen Präsenz. Weder Lily Briscoe noch Mr. Carmichael und noch weniger diese aus dem Nichts aufgetauchte Mrs. Beckwith traten in Erscheinung. Nur das Geräusch der Wellen, die sich am Ufer brachen. Durch das offene Fenster flüsterte die Schönheit der Welt hinein, zu leise, als dass genau zu hören gewesen wäre, was sie sagte – aber war das nicht unwichtig, wenn der Sinn ein einfacher war? –, und flehte die Schläfer an (das Haus war wieder voll; Mrs. Beckwith war da, auch Mr. Carmichael), doch herunterzukommen zum Strand oder wenigstens die Jalousie hochzuziehen und hinauszusehen. Zu leise, als dass genau zu hören (hörbar gewesen) wäre, was sie sagte – aber war das nicht unwichtig, wenn der Sinn klar war? – und flehte die Schläfer an, wenn sie jetzt nicht zum Strand hinuntergehen wollten, doch wenigstens die Jalousie hochzuziehen und hinauszuschauen.

They would see then night flowing down in purple; his head crowned; his scepter jewelled; and how in his eyes a child might look.

Sie würden dann sehen, wie die Nacht Purpurfluten ausschüttete; das gekrönte Haupt; das juwelenbesetzte Zepter; und wie in ihren Augen ein Kind würde aussehen können (aussehen würde). Rätselhafte Anspielungen. Eine Königin und keine Gottheit der Nacht, eine uneingeschränkte Herrschaft – und die Hoffnung auf ein Kind, vielleicht auf eine neue Geburt.

And if they still faltered (Lily was tired out with travelling and slept almost at once; but Mr. Carmichael read a book by candlelight), if they still said no, that it was vapour this splendour of his, and the dew had more power than he, and they preferred sleeping; gently then without complaint, or argument, the voice would sing its song.

In der Berg-Fassung verwies das *his*, das Maskulinum, auf Gott, eine seltsame Erscheinung in dem gewöhnlich gottlosen Woolf'schen Universum. Der Himmel war präsent als *sky* und nicht als *heaven*, nicht als Himmelreich. Aber Gott war nun verschwunden, und man hatte das Gefühl, dass es die Nacht war, die da gekrönt war und ein Zepter trug, sofern es nicht der Leuchtturm war. Und wenn sie noch zögerten (Lily war erschöpft von der Reise und schlief fast sofort ein, doch Mr. Carmichael las bei Kerzenlicht noch ein Buch), wenn sie weiter sagten: Nein, seine Herrlichkeit sei nichts als Rauch – warum nicht Dunst beibehalten? Seine Herrlichkeit sei nichts als Dunst oder nichts als Nebel; sanft, ohne sich zu beklagen oder zu hadern, sänge die Stimme das Lied.

Lily, Mr. Carmichael waren zurückgekehrt, die Klammer hatte jetzt eine andere Bedeutung. In der Berg-Fassung war es ein undeutliches, unbestimmtes »wir«, das die Stimme hörte.

Gently the waves would break (Lily heard them in her sleep); tenderly the light fell (it seemed to come through her eyelids).

Sanft würden sich die Wellen brechen (Lily hörte sie in ihrem Schlaf); liebevoll fiel das Licht (es schien durch die Lider zu dringen). *The waves would break*, in der Berg-Fassung lautete der Satz: *the wave breaks on the shore*, die Welle brach sich am Ufer, nach dem Sturm, nach dem Chaos, und dieser Satz würde so wieder aufgenommen werden in *Die Wellen*, aber in der Vergangenheitsform, *the wave broke on the shore*, es sind die letzten Worte des Buches. Nachdem sie sie geschrieben hatte, notierte Virginia Woolf in ihrem Tagebuch ihre Erleichterung darüber, die Aufgabe, die ihr am Ende von *To the Lighthouse* erschienen war, zu einem Ende gebracht, die Vision einer in der Ferne, auf der weiten Wasserfläche auftauchenden Flosse eingefangen zu haben.

And it all looked, Mr. Carmichael thought, shutting his book, falling asleep, much as it used to look years ago.

Und alles schien, dachte Mr. Carmichael, als er sein Buch zuklappte und einschlief, fast genauso wie vor Jahren. Und alles, dachte Mr. Carmichael, als er das Buch zuklappte und einschlief, schien genauso wie vor Jahren.

Von neuem drang man in jemandes Gedanken ein, von neuem las Mr. Carmichael – war es immer noch Vergil? Sugimoto sagte, das Meer sei die einzige Landschaft, die sich im Laufe der Jahre, um nicht zu sagen Jahrzehnte, Jahrhunderte, nicht veränderte.

Nach so vielen Streichungen war die letzte Seite der Berg-Fassung mehr oder weniger am Stück geschrieben. Die allerletzten Wörter unterschieden sich aber doch und endeten mit dem kommenden Tag, dem *coming day*.

All diese Fragen, die ich nicht gestellt hatte. Wie geht die Arbeit vonstatten? Wie geschieht der Übergang von einer Fassung zur nächsten? Wie entscheidet man, welche Passage man behält und welche eher nicht? Welche Gottheit lenkt diese Entscheidung? Der Intellekt? Die Intuition? Der Instinkt? Las Mr. Carmichael dasselbe Buch? War alles wie früher? Aber nein, nichts war je wie früher, es hatte dieses Zwischenspiel gegeben, diesen Bruch, etwas war geschehen – Krieg, Tod, Verlust –, und auch wenn das Licht des Leuchtturms immer noch über denselben Meeresabschnitt fegte, waren es doch nicht mehr dieselben Blicke, die es sahen.

Indeed the voice might resume, as the curtains of dark wrapped themselves over the house, over Mrs. Beckwith, Mr. Carmichael, and Lily Briscoe so that they lay with several fold of blackness on their eyes, why not accept this, be content with this, acquiesce and resign?

Und die Stimme konnte wieder anheben, während Vorhänge aus Finsternis das Haus, Mrs. Beckwith, Mr. Carmichael und Lily Briscoe bedeckten und mehrere Lagen Dunkelheit auf ihre Augen legten, warum es nicht hinnehmen, warum nicht zufrieden sein damit, sich fügen und abfinden? Da die Finsternisvorhänge das Haus, Mrs. Beckwith, Mr. Carmichael einhüllten und Schichten von Dunkelheit auf ihre Augen legten, warum es nicht hinnehmen, zufrieden sein, einwilligen und sich abfinden?

War das nicht eine Aufforderung, die *conditio humana*, die eintretenden Ereignisse zu akzeptieren, die Dinge zu nehmen, wie sie kamen? Ich hatte mein Zimmer gekündigt, hatte meine Abreise angekündigt, dabei fuhr ich nicht weg, sondern kehrte zurück, ich fuhr heim, es blieben mir ein paar Zeilen, ein oder zwei Tage noch vor Ort zu verbringen, ein letztes Mal Weihnachtsmarkt, ein letztes Mal die großen Fensterfronten des Cafés, die Straßenbahnen vorübergleiten und einander kreuzen sehen, wie Ozeandampfer, die unterwegs sind zu einem fernen Ziel.

The sigh of all the seas breaking in measure round the isles soothed them; the night wrapped them; nothing broke their sleep, until, the birds beginning and the dawn weaving their thin voices into its whiteness, a cart grinding, a dog somewhere barking, the sun lifted the curtains, broke the veil on their eyes, and Lily Briscoe stirring in her sleep clutched at her blankets as a faller clutches at the turf on the edge of a cliff.

Der Seufzer aller Meere, die um die Inseln her im Takt schlugen, beruhigte sie; die Nacht hüllte sie ein; nichts unterbrach ihren Schlaf, bis die Vögel im Morgengrauen ihre feinen Stimmen in sein Weiß mischten (im Morgengrauen zu mischen begannen), in das Quietschen eines Karrens, in ein Hundegebell irgendwo, die Sonne lüftete die Vorhänge, zerriss den Schleier vor ihren Augen, und Lily Briscoe regte sich in ihrem Schlaf, griff nach ihren Decken, wie eine Fallende (jemand, der fällt) sich an einen Grasbüschel am Felsenrand klammert.

Nie hatte ich so gut das unbeschreibliche Gefühl des drohenden Fallens wiedergegeben gesehen, morgens, zwischen Schlafen und Wachen, wach, ohne es zu wissen, wenn man wankenden Herzens eine Angst oder eine Lücke spürt, die sich ins Bewusstsein gräbt.

Her eyes opened wide. Here was she again, she thought, sitting bolt upright in bed. Awake.

Ihre Augen öffneten sich weit. Hier war sie wieder, sie war wieder da, dachte sie, gerade auf ihrem Bett sitzend. Wach.

Lily Briscoe hatte das letzte Wort, wie sie es auch ganz am Schluss haben würde, denn sie war Malerin, sie war die Künstlerin, die Schöpferin. Das wachende Bewusstsein.

Ihre Augen öffneten sich weit. Sie war wieder da, sagte sie sich, aufrecht im Bett sitzend. Wach.

Quellen

Cantus in memoriam Benjamin Britten, Arvo Pärt, Proms 2010, BBC Symphony Orchestra unter der Leitung von Edward Gardner, auf YouTube verfügbar.

Die versunkene Kathedrale, Prélude von Debussy, gespielt von ihm selbst in: Masters of the Piano Rolls, Dal Sagno, 2004.

Die versunkene Kathedrale, eine Gemäldereihe von Ceri Richards, im Internet u.a. auf der Website der Tate Gallery zu sehen.

Chernobyl, Mini-Serie in fünf Teilen, Drehbuch von Craig Mazin, Regisseur Johan Renck, 2019 auf HBO und Sky ausgestrahlt.

Die Glocken, Rachmaninow, Chœur et orchestre des Grandes Écoles (COGE), unter der Leitung von Jordan Gudefin (Orchester) und Frédéric Pineau (Chor), Konzert in der Pariser Philharmonie vom 2. Juni 2018, auf YouTube verfügbar.

The Edge of the World, Michael Powell, 1937, auf Dailymotion verfügbar.

Die Aeneis, Vergil, übersetzt von Johann Heinrich Voß.

Die Georgica, Vergil, übersetzt von Johann Heinrich Voß.

Glocken Requiem von Heinrich Johannes Wallmann, integralart.de/content/projekte/glocken-requiem-dresden.

Le Haut Livre du Graal, herausgegeben und ins Neufranzösische übersetzt von Armand Strubel, Lettres gothiques, 2007. Der zitierte Auszug wurde ins Deutsche übertragen von A.W.

Der Mann mit dem Lachen, Victor Hugo, Übersetzung Rainer G. Schmidt, Achilla Press, 2013.

Die Hebriden, Ouvertüre, Mendelssohn, London Symphony Orchestra unter der Leitung von Claudio Abbado, 1988.

Musik für Orgel von Juan Allende-Blin, Cybele Records, 2005.
On the High Line, Annik La Farge, Thames & Hudson, 2014.
The Phantom Light, Michael Powell, 1935, auf YouTube verfügbar.
Seascapes, Fotoserie von Hiroshi Sugimoto.
Streit um Kirchenglocken, Dokumentarfilm von Ulrike Lefherz, 2019 auf BR2 ausgestrahlt. Sowie verschiedene Artikel über die Glockenfriedhöfe.
Symphonie fantastique, Berlioz, Chicago Symphony Orchestra unter der Leitung von Claudio Abbado, 1984.
Symphonie der Sirenen, Arsenij Avraamov, in: *Sounds Experiments in the Russian Avant Garde*, 1908–1942, Recommended Records, 2009.
Tschernobyl – Die Natur kehrt zurück, Dokumentarfilm von Luc Riolon, 2010 auf Arte ausgestrahlt.
Gräber ohne Namen, Dokumentarfilm von Rithy Panh, Arte Video, 2018.
Walden, Henry David Thoreau, Penguin Classics, 1986.
War Requiem, Benjamin Britten, Galina Vishnevskaya, Peter Pears, Dietrich Fischer Diskau, London Symphony Orchestra unter der Leitung von Benjamin Britten, Decca, 1963, 1999 neu gemastert.
Woolf Online, ein wunderbares, 2013 entstandenes Digitalarchiv zu *To the Lighthouse*.

Originaltitel:
Cécile Wajsbrot: Nevermore

Die Übersetzung wurde
gefördert vom

CNL CENTRE NATIONAL DU LIVRE

Bibliografische Information der Deutschen Nationalbibliothek

Die Deutsche Nationalbibliothek verzeichnet diese
Publikation in der Deutschen Nationalbibliografie;
detaillierte bibliografische Daten sind im Internet über
http://dnb.d-nb.de abrufbar.

3. Auflage 2022

www.wallstein-verlag.de
Vom Verlag gesetzt aus der LD Fabiol Pro
Umschlaggestaltung: Wallstein Verlag, Göttingen
Druck und Verarbeitung: Pustet, Regensburg

ISBN 978-3-8353-5069-4